WENN EINE LÖWIN KNURRT

Lion's Pride, Band 7

EVE LANGLAIS

Copyright © 2020 Eve Langlais
Englischer Originaltitel: »When A Lioness Growls (A Lion's Pride Book 7)«
Deutsche Übersetzung: Birga Weisert für Daniela Mansfield Translations
2020

Alle Rechte vorbehalten. Dies ist ein Werk der Fiktion. Namen, Darsteller, Orte und Handlung entspringen entweder der Fantasie der Autorin oder werden fiktiv eingesetzt. Jegliche Ähnlichkeit mit tatsächlichen Vorkommnissen, Schauplätzen oder Personen, lebend oder verstorben, ist rein zufällig.
Dieses Buch darf ohne die ausdrückliche schriftliche Genehmigung der Autorin weder in seiner Gesamtheit noch in Auszügen auf keinerlei Art mithilfe elektronischer oder mechanischer Mittel vervielfältigt oder weitergegeben werden.

Titelbild entworfen von: Yocla Designs © 2016/2020
Herausgegeben von: Eve Langlais www.EveLanglais.com

eBook: ISBN: 978-1-77384-176-2
Taschenbuch: ISBN: 978-1-77384-177-9
Besuchen Sie Eve im Netz!
www.evelanglais.com

Kapitel Eins

»Spiel es noch mal ab.« Ein Mal reichte nämlich nicht, um wirklich zu verstehen, was sie da sahen.

Ohne ein Wort zu sagen, spielte Arik, der König des Löwenrudels, das Video erneut ab, dabei war sein Ausdruck ziemlich ernst. Einen Moment lang war es ganz still, was nur ziemlich selten vorkam, wenn mehrere Mitglieder des Löwenrudels versammelt waren.

Der körnige Film, der in Grüntönen aufgenommen worden war – die Aufnahmen wurden nachts mit einem speziellen Filter gemacht –, zeigte eine Lichtung in einem Dschungel, zumindest würde das Blattwerk darauf schließen lassen. Plötzlich lief eine Frau mit langen, wallenden Haaren über die Lichtung, mit nichts weiter bekleidet als einem Bikini und einem durchscheinenden Wickeltuch.

Die Frau auf dem Bildschirm blickte sich über die Schulter um, ihre Gesichtszüge in die Kamera gerichtet, die Fassungslosigkeit in ihrem Gesicht war deutlich zu erkennen. Ihr Busen hob und senkte sich auffallend. Es war ein riesiger Busen. Stacey, die über einen nicht ganz so üppigen Busen verfügte, hasste ihn schon aus Prinzip.

Eine verschwommene Bewegung am Rand des Bildschirms und dann trat eine weitere Gestalt ins Bild. Definitiv männlich, was Körperbau und Statur betraf, aber nicht ganz menschlich.

»Was zum Teufel ist das denn?«, fragte die ach so wortgewandte Luna.

»Für mich sieht es wie ein Minotaurus aus«, stellte Melly fest und legte den Kopf zur Seite, als würde das dabei helfen, die Frage zu klären.

»Aber er hat einen Löwenkopf. Wie cool«, fügte Meena hinzu.

»Der Lendenschurz ist ziemlich hübsch.« Stacey bemerkte solche Dinge wie Modeaccessoires.

»Ich habe noch nie von einem Minotaurus mit einem Löwenkopf gehört«, stellte jemand offensichtlich verwirrt fest.

»Besonders weil Minotauren schon von Haus aus Stierköpfe haben.«

»Aber sind ihre Klöten auch so groß wie die von Stieren?«

»Was spielt das für eine Rolle, verdammt?«, fuhr Luna sie an. »Dieses Ding hat ganz offensichtlich keinen Stierkopf und ist deswegen auch kein Minotaurus.«

»Wie sollen wir es dann nennen? Einen Leotaurus?«, gab Joan ihren Senf dazu.

Daraufhin riefen sie alle »Brilliant« und klatschten Joan ab, wobei manche härter zuschlugen, als nötig gewesen wäre. Damit war die Frage geklärt, wie man den Mann auf dem Bildschirm nennen sollte, doch alle weiteren Fragen waren noch offen.

»Ist das Video echt oder Blödsinn?«, fragte Teena, die jetzt stehen musste, weil der Stuhl, auf dem sie gesessen hatte, ganz unvorhergesehen zusammengebrochen war.

Arik zuckte mit den Achseln. »Ich habe keine Ahnung. Die Qualität des Films ist nicht gut genug, um sehen zu können, ob es sich um eine Maske handelt oder nicht. Allerdings möchte ich bemerken, dass ich noch niemals von einer Spezies gehört, geschweige denn eine gesehen habe, die nur einen Löwenkopf hat.« Technisch gesehen konnte das jeder Gestaltwandler mit genügend Selbstkontrolle tun, aber warum sich nur mit dem Kopf zufriedengeben, wenn vier Beine und ein Schwanz so viel beeindruckender waren?

Arik hob die Fernbedienung an, drückte einen Knopf und spielte das Video noch einmal ab, diesmal langsamer, Bild für Bild, sodass alle in der Gruppe sich eng aneinander lehnen und jedes Detail aufnehmen konnten.

Die Damen, aus denen sich die Mannschaft der Schlimmsten Schlampen zusammensetzte – und die jetzt Superheldinnen waren, weil jemand auf Video aufgenommen hatte, wie sie im Vormonat einigen Zombies in den Arsch getreten hatten –, saßen herum und überlegten, was die Aufnahmen bedeuteten.

Dabei war es nicht verwunderlich, dass sie ihre Neugierde nicht zügeln konnten.

»Was glaubt ihr, passiert, nachdem er sie weggeschleppt hat?«, fragte Joan sich laut.

»Ich würde sagen, das ist ziemlich offensichtlich. Wofür braucht ein Mann eine Frau gewöhnlich?«, murmelte Luna mit einer ordentlichen Portion Sarkasmus. »Oder soll ich es dir aufmalen?«

»Oh verdammt, nein. Nicht schon wieder deine Bilder.« Reba rümpfte die Nase. »Deine Zeichenkünste lassen einiges zu wünschen übrig.«

»Was willst du damit sagen? Ich bin eine großartige Künstlerin.«

»Wenn es um Strichmännchen und Kritzeleien geht.«

»Wenn du mehr Fantasie hättest, würdest du mein großes Talent vielleicht verstehen«, knurrte Luna.

»Wenn du das Talent nennst, dann bin ich eine wunderbare Sängerin.«

»Wie wäre es, wenn wir uns auf das Video konzentrieren und nicht auf den monatlichen Wettstreit von Die Montagsmaler mit Zerkratzen?«, schlug Arik vor.

»Ich finde schon, dass wir es ansprechen sollten, weil wir wegen ihr und ihren Strichmännchen immer verlieren«, beschuldigte sie Joan und zeigte mit dem Finger auf sie.

»Mach das nicht, oder ich reiße ihn dir ab.«

»Das würde ich aber gern sehen«, erklärte Joan grinsend.

Luna erhob sich drohend.

»Das reicht«, brüllte Arik.

Die zankenden Frauen beruhigten sich, aber Luna deutete mit einem Kopfnicken an, dass sie und Joan die Diskussion draußen fortsetzen würden. Joan lächelte. Eine Schlimme Schlampe ging nie einem Kampf aus dem Weg – es sei denn, sie ließ sich gerade ihre Nägel machen, und die französische Maniküre hatte ein Vermögen gekostet. Dann könnte eine Frau es vorziehen, sich auf das zu konzentrieren, was ihr König zu vermitteln versuchte.

»Ist das das gesamte Video?«, wollte Stacey wissen.

»Ja. Und bevor du fragst, es wurde anonym mit einem Blatt Papier geschickt.« Arik hielt das leere weiße Blatt hoch, auf dessen Briefkopf einfach nur stand: *Club Lyon Resort*.

»Gehört das Resort nicht unserem Rudel?«, fragte Stacey.

»Das tut es tatsächlich. *Club Lyon* wurde von der Firma des Rudels gekauft. Nach umfangreichen Renovierungsarbeiten wurde es endlich vor dreizehn Monaten eröffnet.«

Luna runzelte die Stirn. »Moment mal. Wenn das Ganze auf einem Gelände passiert ist, das dem Rudel gehört, warum hören wir anonym davon?«

»Das ist eine ausgesprochen interessante Frage. Eine, auf die wir die Antwort finden müssen.«

»Ich kenne die Antwort.« Melly riss wie in der Schule die Hand hoch. »Niemand wollte es dem Chef sagen, aus Angst, dass er denjenigen in den Hintern tritt.«

»Das ist auf jeden Fall eine Möglichkeit. Und eine, die ich ansprechen werde. Auf jeden Fall müssen wir uns auch um diese Entführung kümmern. Als ich dieses Video erhalten habe, habe ich Leo damit beauftragt, ein paar Nachforschungen anzustellen.«

»So ist mein Schatzi«, rief Meena, »immer in seine Bücher und Nachforschungen vertieft. Er ist so schlau und heiß.«

Irgendjemand machte Würgegeräusche. »Würdest du bitte damit aufhören? Wir haben ja verstanden, dass er vom Markt ist. Es besteht kein Grund, es uns ständig unter die Nase zu reiben.«

»Es ist niemals verkehrt, euch alleinstehende Mädels daran zu erinnern, dass er mir gehört. Und bitte denkt auch daran, was mit dem letzten Mädchen passiert ist, das ihn angemacht hat.« Dieses Mädchen endete in einem Streckverband und mit einer Glatze. Der beunruhigendste Teil des Angriffs? Meena hatte das mit einem Lächeln erledigt.

»Zurück zum Thema, die Damen.« Arik schnippte mit den Fingern und erntete darauf Gekicher, wahrscheinlich weil er sie Damen genannt hatte.

Stacey warf sich das Haar über die Schulter. Sie war die einzige echte Dame im Raum.

»Und was hat Leo herausgefunden?«, wollte Luna wissen.

»Anscheinend verschwinden seit über einem Jahr

immer wieder Frauen auf der Insel und um sie herum«, erklärte Arik und zeigte auf eine Akte auf dem Tisch. »In den meisten Fällen werden die Frauen ein paar Tage später sicher und gesund wieder aufgefunden und sie erinnern sich nicht mehr daran, wo sie gewesen sind. Normalerweise tut man es dann als Insel-Abenteuer ab, das ein wenig außer Kontrolle geraten ist. Eigentlich wäre es keine große Sache, nur dass es anscheinend ausschließlich in unserem Resort passiert und wir das hier haben.« Er zeigte auf den Bildschirm, wo das Standbild des Leotaurus zu sehen war.

»Du hast doch gesagt, das Resort hätte niemals jemanden als vermisst gemeldet. Woher sollen wir wissen, dass sie überhaupt Gast dort war?«

»Gleich nachdem ich sie alle wegen Fahrlässigkeit suspendiert hatte, hat Leo auf ihre Datenbank zugegriffen und bestätigt, dass sie dort zu Gast war.«

»Ist sie ein Mensch oder eine Gestaltwanderin?«, wollte Melly wissen.

»Shania Korgunsen ist dreiundzwanzig und entstammt einer gemischten Ehe, kann ihre Gestalt aber nicht verwandeln.« Damit war einer ihrer Eltern ein Mensch und der andere ein Gestaltwandler. Das bedeutete, dass sie immerhin das Gen besaß, auch wenn sie sich nicht selbst verwandeln konnte.

»Und wie lange ist sie schon verschwunden?«, wollte Luna wissen.

»Die Aufzeichnungen der Schlüsselkarte für das Zimmer zeigen, dass Miss Korgunsen seit zwei Tagen nicht mehr in ihrem Zimmer war.« Arik schlug mit der Faust auf den Tisch. »Seit zwei verdammten Tagen und niemand hielt es für nötig, mich zu informieren, und noch dazu scheint keiner eine Spur von ihr finden zu können.«

»Haben wir keine Spurenleser im Resort?«, wollte Reba

wissen. Sie zog die Nase kraus. »Dort hat doch sicher jemand genügend Spürsinn, um die Fährte aufzunehmen.«

»Das sollte man meinen, doch aufgrund der schweren Regenfälle können wir nicht mal bestätigen, dass Miss Korgunsen sich tatsächlich auf dieser Lichtung aufgehalten hat, und das, obwohl wir das Video als Beweis haben.«

»Und du bist sicher, dass niemand sie gesehen oder etwas von ihr gehört hat, seit sie entführt wurde?«

»Vielleicht ist sie tot.« Melly, ihre hauseigene B-Klasse-Horrorfilmfanatikerin, fuhr sich mit der Hand über die Kehle. »Auf dem Höhepunkt der Leidenschaft zu Hackfleisch verarbeitet.«

Joan lachte verächtlich. »Oder vielleicht hat es ihr so gut gefallen, dass sie einfach bei dem Leotaurus-Typen geblieben ist.«

»Wie dem auch sei, ich kann das natürlich nicht zulassen. Schließlich stehen unser Ruf und auch unsere Geheimhaltung auf dem Spiel. Wenn da jemand Frauen entführt, will ich, dass das aufhört, und ich will die Namen derer, die es vertuschen«, brüllte Arik fast und die Schlimmsten Schlampen nahmen die Forderung ihres Königs zur Kenntnis.

Eine gefährliche Mission im Paradies? Ein heißer Typ und ein Rätsel?

Die Freiwilligen ließen die Hände in die Luft schießen und schrien: »Ich, ich mach's.«

Und sofort fingen sie auch an, sich zu streiten.

Luna sprang über den Tisch, um Reba Einhalt zu gebieten, und rief: »Sie kann das nicht machen. Sie hat versprochen, sich nächste Woche um die Abordnung der Bären zu kümmern, die zu Besuch kommt.«

Woraufhin Reba erwiderte: »Luna kann es auch nicht machen, weil sie schwanger ist.«

Luna blieb vor Schock der Mund offen stehen. »Du blöde Kuh! Das ist doch noch ein Geheimnis.«

»Als könntest du verstecken, dass dein Hintern immer breiter wird.«

»Du bist ja nur neidisch, weil ich einen Hintern habe.«

»Ich mach's!«, bot Joan an.

Daraufhin warf Melly ihrer Cousine einen bösen Blick zu. »Du lässt mich hier nicht alleine, während ich mich um Großmutter kümmere, weil Mom auf ihrer Kreuzfahrt ist.«

»Aber sie liebt dich.«

»Als ich sie das letzte Mal besucht habe, musste ich ihr die Klauen kürzen – mit meinen Zähnen.«

Als sie alle über ihre jeweiligen Vorzüge diskutierten, schüttelte Stacey den Kopf. Keine von ihnen würde gehen, weil sie sie alle schlagen konnte. Sie schloss die Akte, die sie sich geschnappt hatte, während alle quasselten und kreischten.

Sie hob die Hand und ihre Höflichkeit brachte die Löwinnen zum Schweigen, als Arik sagte: »Du möchtest etwas hinzufügen, Stacey?«

»Es gibt nur eine offensichtliche Kandidatin für diese Mission. Was immer dort drüben geschieht, erfordert eine gewisse Finesse. Und bestimmte Eigenschaften.« Sie schüttelte ihre roten Locken.

»Willst du etwa behaupten, er mag Rothaarige? Es wäre kein Problem, meine Haare zu färben«, entgegnete Joan.

»Bis du die Hosen runterlässt und dein Schopf dort nicht zu deinen Haaren passt«, entgegnete Luna.

»Ich kann mich ja rasieren.«

»Ich spreche doch gar nicht von Haaren«, murmelte Stacey, »sondern Zugang. Ich kann an viele Orte gelangen, zu denen die meisten von euch keinen Zugang haben.«

»Ich wäre dazu bereit, einen fürs Team einzustecken«, entgegnete Joan mit einem Zwinkern.

»Sie redet doch nicht von Sex«, fuhr Reba sie an. »Du weißt doch genauso gut wie ich, wovon sie spricht. Du willst nur nicht zugeben, dass sie am besten für diesen Job geeignet ist.«

»Und wie soll sie mit einem möglicherweise raubtierhaften Entführer fertigwerden? Sie ist doch nur eine Eventplanerin«, beschwerte sich Joan.

»Nur?« Stacey zog eine perfekt gezupfte Augenbraue hoch. »Nur damit du es weißt, mein Job ist ziemlich kompliziert. Und es ist genau dieser Job, durch den ich Zutritt zu Büros, Personen und Informationen erhalte, zu denen normale Gäste keinen Zugang haben.«

»Du sagst ihnen einfach, dass du eine Hochzeit oder einen Junggesellinnen-Abschied organisierst, und das wird dich zu dem Entführer bringen.« Joan verdrehte die Augen.

»Und was, wenn es so ist?«

»Wie wirst du dann damit umgehen? Willst du ihn mit der Wimperntusche in deiner Tasche bedrohen?«

»Es ist nichts dagegen einzuwenden, gut auszusehen. Du solltest es bei Gelegenheit auch mal versuchen«, erwiderte Stacey und warf einen verächtlichen Blick in Joans Richtung, die noch immer ihre Laufsachen anhatte.

»Du solltest Staceys Fähigkeiten nicht unterschätzen. Schließlich hat es einen Grund, dass sie Mitglied der Schlimmsten Schlampen ist«, stellte Reba zu Staceys Verteidigung fest.

Arik hielt eine Hand hoch. »Das reicht. Als Eventplanerin des Rudels könnte Stacey tatsächlich Zugang zu verschiedenen Orten erhalten, wenn alle denken, dass sie da ist, um eine große Veranstaltung zu planen«, dachte Arik laut nach. »Damit ist es beschlossene Sache. Sie ist diejenige, die geht.«

Stacey lächelte triumphierend.

Doch ihr Triumph dauerte nicht lange an. »Aber ich

will nicht, dass du alleine gehst.« In diesem Punkt schien der König nicht mit sich verhandeln zu lassen.

»Muss ich eine von denen mitnehmen?«, fragte sie und seufzte melodramatisch – und natürlich nur gespielt. Wenn eine Löwin im Paradies schon Spaß bedeutete, so bedeuteten zwei richtig viel Ärger.

»Du willst eines von den Mädels mitnehmen und einen weiteren internationalen Vorfall auslösen?« Arik lachte. Er lachte eine ganze Minute lang. »Ganz sicher nicht. Und abgesehen davon könnte es unsere Zielperson verschrecken, wenn ich dich mit einem männlichen Löwen hinschicke. Wir brauchen jemanden, der ein wenig unauffälliger ist.«

»Wird Jeoff mir vielleicht einen seiner Welpen ausleihen?« Jeoff war der Anführer des kleinen Wolfsrudels der Stadt und außerdem für alle Sicherheitsbelange des Löwenrudels zuständig. Mit einem Wolf konnte sie umgehen. Sie würde sich eine hübsche Leine und ein Halsband besorgen, beides natürlich mit Strass besetzt, damit sie mit ihm spazieren gehen konnte.

»Eigentlich hatte ich an jemand besseren als an einen Wolf gedacht.«

Und mit besser meinte er groß, gut aussehend und völlig gehemmt.

Die Mission wurde immer besser und besser. Vor allem, als Arik ihr – wenn auch unwissentlich – die Kreditkarte des Rudels überreichte, um einige Kleider einzukaufen, damit sie sich passend anziehen konnte. *Ich fliege ins Paradies*. Was bedeutete, dass sie einen klitzekleinen Bikini brauchte – je kleiner, desto besser – und jede Menge Sonnencreme, weil ihre helle Haut sonst verbrennen würde. Gut, dass Arik ihr einen Partner mitgab, der sie damit eincremen konnte.

Brüll.

Kapitel Zwei

DIESE MISSION NERVTE SOGAR JETZT SCHON. SICHERLICH konnte er mit seiner Zeit etwas Besseres anfangen. Irgendetwas. Sogar Farbe trocknen zu sehen klang unterhaltsamer. Aber nein, Jean Francois war ein braver Soldat für seinen Chef.

»Du musst etwas sicher für mich abliefern.« Das war die einzige Anweisung, die der Chef JF gegeben hatte, abgesehen davon, ihm zu sagen, er sollte auf dem Flugfeld außerhalb der Stadt warten. Eine Startbahn, die dem örtlichen Löwenrudel gehörte. *Sag mir nicht, dass wir diesen räudigen Raubkatzen noch einen weiteren Gefallen tun.*

Seit sie in die Stadt gekommen waren, war das örtliche Löwenrudel eine ständige Quelle des Ärgers. Wer hatte entschieden, dass es eine gute Idee war, Haustieren eine so dominierende Rolle zuzuweisen? Und warum hatte sein Chef Gaston das Bedürfnis, sich mit diesem Möchtegern-Löwenkönig abzugeben?

Seit Gaston sich mit dieser katzenhaften Reba zusammengetan hatte, hatte der Chef alle möglichen Dinge getan, die nicht seinem Charakter entsprachen, darunter zum

Beispiel auch lächeln. Ein Nekromant, der lächelte und manchmal sogar richtig lachte. Vor Freude.

Pfui Teufel. Was war es mit der Liebe und dem Glück, das einen großen Mann wie Gaston packte und ihn schwach werden ließ? Weich. So weich, dass sein Chef es für eine gute Idee hielt, seinen Stellvertreter auf eine dumme Mission zu schicken, bei der man warten musste.

Und noch mehr Warten, denn die verabredete Zeit von acht Uhr morgens kam und ging. Wäre JF ein weniger geduldiger Mann gewesen, wäre er gegangen, aber der Chef bezahlte für seinen Mobilfunkvertrag, also begnügte er sich damit, eine Episode von *Breaking Bad* auf Netflix zu sehen.

Um etwa halb elf kam ein Sportwagen, der in einem leuchtenden Kirschrot lackiert war und überraschenderweise nicht von einer Kolonne heulender Polizeiwagen begleitet wurde, vor dem Flugzeug zum Stehen. Eine kurvige Rothaarige in einem Outfit, das niemals das Tageslicht hätte sehen dürfen – das Kleid hätte sich besser als Hemd geeignet, wenn man betrachtete, wie viel Bein es freiließ –, sprang vom Vordersitz und hielt einen Karton hoch.

Endlich. Das Paket zur Auslieferung. Wurde auch Zeit.

Er stieg aus seinem Wagen und ging schnell auf sie zu. »Den nehme ich.« Er streckte die Hand nach dem Karton aus und konnte nicht umhin festzustellen, wie groß er im Vergleich zu der Frau war, was sie überhaupt nicht einschüchterte.

Die Dunkelheit in ihm nahm ihren Duft wahr – katzenhaft, was nicht überraschte, aber mit einem Hauch von Zimtgewürz. Der Duft von ihr umhüllte ihn und ließ ihm das Wasser im Mund zusammenlaufen.

Du darfst den Boten nicht essen. Angesichts ihrer roten Haare wäre sie wahrscheinlich der Typ, der sich aufregt, wenn er sie fraß.

»Wie lieb von dir. Vielen Dank.« Sie strahlte ihn an und überreichte ihm das Paket. Seine Arme sanken, weil es so schwer war.

»Was zum Teufel ist da drin? Steine? Eine Leiche?« Bei seinem Chef wusste man das nie, und da die Frau zum Löwenrudel gehörte, einem verdammt verrückten Haufen, konnte das Paket durchaus auch eine Bombe enthalten.

»Das darf ich nicht sagen. Es ist ein Geheimnis. Ich kann dir nur sagen, dass ich es benötige.«

»Und wofür benötigst du es?«, fragte er, als sie die Treppe zum Flugzeug hochgingen, dessen Tür geöffnet war.

»Das brauchen wir für unsere Reise in die Tropen.«

Wir? Er hatte sich doch sicher verhört. »Unsere?«

»Hat Gaston es dir nicht gesagt? Du begleitest mich.«

Sie war das Paket? »Das ist sicher ein Fehler.«

»Kein Fehler, Süßer. Wenn du den Karton an Bord verstaut hast, vergiss bitte nicht, mein Gepäck aus dem Kofferraum zu holen.«

»Ich glaube, es ist ein Fehler.« Er wiederholte sich. »Niemand hat etwas von einer Reise gesagt.« Sicherlich hasste Gaston ihn nicht so sehr. Er würde wetten, dass dies das Werk der neuen Freundin seines Chefs war. Sie versuchte, ihn loszuwerden, indem sie ihn mit einer ihrer Katzenfreundinnen wegschickte. *Sehe ich aus wie ein Haustiersitter?*

Die fragliche Katze schien seinen Widerwillen nicht zu bemerken. Sie hielt in der Türöffnung des Flugzeugs inne, einen Fuß, der in einem Schuh mit lächerlich hohem Absatz steckte, auf der obersten Stufe der Treppe, ein strahlend gelbes Kleid, das seinen Blick anzog – und ein roter Punkt, der vom Laserzielgerät einer Waffe stammte.

Peng.

Der Schuss ging daneben, doch nicht, weil JF sich blitzschnell bewegte. Die Rothaarige brachte sich selbst in Sicherheit. In einem Moment stand da noch eine Frau auf der Rampe und in der nächsten Sekunde fiel ihre Kleidung auf den Boden und sie sprang davon und knurrte, die Hände ausgestreckt und im Begriff, sie in Pfoten zu verwandeln. Als sie auf dem Bürgersteig aufschlug, sprang sie in die Richtung, aus der der Schuss gekommen war.

Peng. Peng. Der Schütze, der sich hinter einem Auto versteckte, das außerhalb der Umzäunung am Rande des Flugplatzes geparkt war, schoss weiter und verfehlte das Ziel. Die Löwin wich jedem Schuss aus und sprang weiter auf ihn zu.

Großartig. Einfach verdammt großartig. Wollen wir wetten, dass dieser Vorfall Papierkram verursachen würde? Ganz zu schweigen von den Aufräumarbeiten. Das einzig Gute daran war nur, dass der Vorfall – und mit Vorfall meinte er, dass sie sich in die Löwenform verwandelte, und nicht das Schießen – an einem ziemlich abgelegenen Ort stattfand. Trotzdem müsste er sich wahrscheinlich um Zeugen kümmern.

Das Zuschlagen einer Autotür und das Quietschen von Reifen machten deutlich, dass sie den Schützen nicht erwischen würden. Während sie hinterhersprintete, tat JF es nicht. Er hatte nicht vor, dem Fahrzeug wie ein gewöhnlicher Hund hinterherzulaufen.

Also wartete JF wieder einmal, aber er wartete nicht stillschweigend. Er rief seinen Chef an. Es klingelte viermal und die Mailbox ging an.

Er wählte erneut.

Und noch einmal.

Dann nahm sein Chef ab und fuhr ihn in scharfem Ton an: »Was ist denn so wichtig, dass es nicht warten kann?« Gaston hörte sich außer Atem an. Verbrachten er und seine Freundin jetzt jeden Tag im Bett?

»Du kannst doch nicht ernsthaft von mir erwarten, dass ich mit einer dieser verrückten Katzen reise.« JF versuchte gar nicht erst, seine Verachtung zu verstecken. Er hatte keine Geduld mit Gestaltwandlern, nicht nach dem, was sie ihm angetan hatten.

»Ich nehme an, du hast das Paket kennengelernt.« Man konnte ihm das leichte Grinsen an der Stimme anhören.

»Ja, und sie jagt gerade einem Fahrzeug hinterher.«

»Und das lässt du zu?«

»Mir war nicht klar, dass ich sie hätte aufhalten sollen. Vielleicht hättest du mich vorwarnen können. Dann hätte ich eine Dose Thunfisch mitgebracht, um sie zu beschäftigen.«

»Ich habe dir doch den Auftrag gegeben, das Paket zu beschützen.«

»Und das tue ich. Ich halte das Paket in den Händen.«

»Ich meinte damit Stacey.«

»Als Paket bezeichnet man normalerweise einen leblosen Gegenstand, keine Frau.« Eine ausgesprochen attraktive Frau, die gerade vor Frust brüllte, als die Rücklichter des Wagens verschwanden.

»Ist doch egal, was sie ist. Deine Aufgabe besteht darin, Stacey zu beschützen, während sie ihre Ermittlungen anstellt.«

Stacey, eine Frau, die er schon ein paarmal gesehen hatte, seit er in der Stadt angekommen war. Eine Frau, der er unter allen Umständen aus dem Weg gehen wollte.

»Hat die Tatsache, dass sie Ermittlungen anstellt, vielleicht irgendetwas damit zu tun, dass jemand am Flugfeld auf sie gewartet hat, um sie zu erschießen?«

»Jemand hat angegriffen?« Gaston hörte sich überrascht an.

»Warum sonst sollte sie dem Wagen nachjagen?« Und das brachte ihn dazu, sich einen Moment lang zu fragen, ob die Freundin des Chefs vielleicht aus Spaß Autos jagte.

»Ein Angriff auf dem Territorium des Rudels. Das ist merkwürdig und dreist. Und völlig inakzeptabel. Du solltest doch dafür sorgen, dass sie in Sicherheit ist.«

»Sie ist noch am Leben und vielleicht hätte ich eher mit Gewalt gerechnet, wenn du mich darüber aufgeklärt hättest, worum es bei diesem blöden Job geht.«

»Ich hätte etwas Besseres von dir erwartet, JF. Ich habe dem König der Löwen versprochen, dass du seine Abgesandte während ihrer Reise beschützt.«

»Man kann diese verrückten Löwen nur schützen, indem man sie in einen Käfig sperrt.« Sie hatten keinerlei gesunden Menschenverstand. Außerdem griffen sie ohne Grund an. Aber die Erinnerung an seine Wunden brachte ihn nicht mehr dazu zusammenzuzucken.

»Du wirst die Frau nicht in einen Käfig sperren, JF. Und du wirst sie auch nicht fesseln. Oder sie sonst irgendwie festhalten. Du sollst sie bei allem unterstützen, was sie braucht.«

»Das möchte ich eigentlich nicht.«

»Aber das wirst du.« Gaston schien in diesem Punkt keinerlei Diskussion zu dulden. »Und fasse bitte jeden Tag einen Bericht ab. Ich möchte wissen, was ihr herausgefunden habt, sobald ihr an eurem Ziel angekommen seid.«

»Du willst wirklich, dass ich sie begleite.«

»Jetzt mehr denn je. Ich will, dass diese geheimnisvolle Sache aufgeklärt wird.«

»Welche geheimnisvolle Sache?«

»Frag Stacey.« Mit diesen rätselhaften Worten legte sein Chef auf. Er würde damit warten müssen, ihn noch mal anzurufen, denn aus dem Schatten schlenderte eine große Katze, ihr Fell hatte einen rotbraunen Schimmer, ihr Schwanz stand aufrecht und schlug stolz hin und her.

Die große Katze blieb beim Kofferraum stehen, legte den Kopf zur Seite und brüllte ihn an.

»Hast du dich etwa gerade bei mir beschwert?«

»Brüll.«

»Hör auf zu brüllen und steig ins Flugzeug. Wir sind schon spät dran.«

Auf seine Aufforderung hin erstarrte die Katze erst und wurde dann wieder weich, und die Umrisse ihres Körpers schwammen, bis eine Frau vor ihm stand. Eine nackte Frau mit vollen Hüften und erdbeerroten Brustwarzen. Ihre feuerrote Mähne passte zu den Haaren unterhalb der Gürtellinie. Als Mann war es seine Pflicht, auf so etwas zu achten. Er stellte außerdem fest, dass sie ausgesprochen lecker aussah, und seine Reißzähne bohrten sich in seine Lippen, und plötzlich hatte er einen riesigen Hunger und hätte sie am liebsten gebissen.

Sie ist nicht zum Essen da. Ein Teil von ihm war sich dessen durchaus bewusst und trotzdem sah er sie ziemlich unhöflich an. Sie tat nichts, um ihn davon abzuhalten. Stattdessen verzog ihr Mund sich zu einem Lächeln und sie schob ein ganz klein wenig die Hüfte zur Seite.

»Hast du dich sattgesehen?« Sie zwinkerte ihm zu. »Wenn du ein braver Junge bist, dann mache ich dich vielleicht zum Mitglied des Mile-High-Klubs.«

Er wusste, dass sie es darauf anlegte, ihn zu schockieren. Das schien ein Spiel für Frauen wie sie zu sein. Doch Jean Francois kannte dieses Spiel. Er drehte sich von ihr ab und sagte mit Nachdruck: »Sex im Flugzeug ist langweilig. Du solltest es mal draußen zwischen den Wolken und ohne Sicherheitsnetz versuchen.«

Ja, er hatte sie herausgefordert. Und dann ging er.

Kapitel Drei

Stacey starrte dem Mann hinterher, der mit dem Paket in der Hand, das sie ihm gegeben hatte, in das kleine Flugzeug stieg. Sie stand immer noch da und starrte, als er mit leeren Händen wieder zurückkam und die Treppe hinunterpolterte.

»Willst du den ganzen Tag da stehen bleiben oder fliegen wir bald mal los?«, fuhr er sie an. »Und wo ist eigentlich der Pilot?«

»Der Pilot ist auf dem Weg, Knackpo.« Diesen Spitznamen hatte er sich verdient, weil er daraufhin ein nervöses Zucken im Augenwinkel entwickelte. Sie machte den Kofferraum auf und beugte sich darüber. Absichtlich natürlich. »Moment, ich hole mir nur schnell ein neues Outfit, bevor du meine Taschen verstaust.«

Sie öffnete den Reißverschluss ihres Koffers und schob ihre Hand hinein. Ihre Finger streiften seidenen Stoff. Sie zerrte ein Kleid heraus, das lockere Material und die helle Farbe passten perfekt zu ihrem Haar und dem Klima, in dem sie sich aufhalten würden.

Als sie sich aufrichtete, bemerkte sie ihn direkt hinter

sich, seinen in Granit gemeißelten Ausdruck, der so ernst aussah, und doch konnte er den roten Funken in der Tiefe seiner Augen nicht verbergen. Seinen unmenschlichen Augen.

Der rote Funke gehörte zu seinem Erbe als Whampyr, einer Kreatur, die erst kürzlich entdeckt worden war, als ein Haufen von ihnen mit einem echten Totenbeschwörer in die Stadt gekommen war. Den hatte sich die glückliche Reba geschnappt.

Was genau war ein Whampyr? Niemand wusste es und Gaston, ihr Meister, verriet es nicht. Stacey und die anderen kannten nur die Grundlagen. Eine Art Gestaltwandler mit einem Körper, der dem eines Gargoyles ähnelte, der mit einer Fledermaus gekreuzt wurde. Sie tranken Blut, um sich zu ernähren, und doch waren sie laut Gaston, dem Nekromanten, keine Vampire. Und das war alles, was er dazu sagte.

Ein Geheimnis. Stacey mochte Geheimnisse, weshalb sie diese Mission in die Karibik aufregend fand.

Es dauerte nur einen Moment, bis Stacey das Kleid über ihren Körper gestreift hatte. Es fiel in hübschen Falten, die ihre Form perfekt zur Geltung brachten. »Gibst du mir bitte meine Schuhe.« Sie zeigte auf ihre Schuhe, die dort auf dem Boden lagen, wo sie sich verwandelt hatte.

»Hol sie dir doch selbst.«

Da war einer aber anscheinend ein ganz schöner Morgenmuffel. Vielleicht weil ihm die Sonne auf der Haut wehtat? Er selbst hielt sich ziemlich bedeckt und trug eine Leinenhose, ein langärmeliges Hemd und ein Jackett. Aber keine Krawatte. Er hatte außerdem einen kurz geschnittenen Bart.

Der würde an der Innenseite ihrer Schenkel ganz schön kitzeln. Wie nett von ihm.

»Ich glaube, wir hatten noch nicht offiziell das Vergnügen miteinander. Ich heiße Stacey Smithson.«

»Das ist mir eigentlich egal.«

»Das ist aber ein komischer Name.«

Er sah sie böse an, also lachte sie.

»Und obwohl du jetzt so tust, als wärst du nicht an mir interessiert, weiß ich es besser, Knackpo. Du beobachtest mich schon eine ganze Weile.« Genau wie sie ihn beobachtete.

»Falls du bemerkt hast, wie ich dich ansehe, dann war das nur, um mich davon zu überzeugen, dass du keine Tollwut hast und mich angreifst. Ihr seid nämlich nicht gerade dafür bekannt, besonders gleichmütig zu sein.«

Ihr Lächeln wurde breiter. »Du sagst ja wirklich die süßesten Sachen. Ich muss zugeben, dass ich es toll finde, dass du als mein Leibwächter für diese Reise ausgesucht wurdest.«

»Als könnte dich irgendwer vor deiner eigenen Verrücktheit beschützen.«

»Das stimmt natürlich.« Wie gut er sie doch schon kannte. »Aber ich werde es genießen, dir dabei zuzusehen, wie du es versuchst. Du bist eine faszinierende Kreatur, Jean Francois Belanger. Ich freue mich schon darauf herauszufinden, wie du bei Gaston Charlemagne gelandet bist.«

»Ich arbeite vielleicht nicht mehr lange für ihn. Wenn ich mir seine letzten Befehle so ansehe, sollte ich vielleicht meinen Lebenslauf mal auf Vordermann bringen.« Und das Ganze sagte er, ohne zu lachen.

Aber sie wusste, dass er seinen Spaß hatte. Das erkannte sie an dem nervös zuckenden Muskel in seinem Augenwinkel. »Du solltest dich um einen Job beim Rudel bewerben. Unsere Krankenkasse deckt sogar Zahnarztbesuche ab.«

»Da würde ich mich ja eher erschießen.«

»Was bist du doch für ein glückliches Kerlchen. Ich sehe schon, wir werden sehr viel Spaß miteinander haben.«

»Nein, werden wir nicht.«

»Herausforderung angenommen.« Sie zeigte auf ihre Koffer. »Bring doch schon mal diese Sachen an Bord und dann bereiten uns darauf vor loszufliegen.«

Doch er griff nicht sofort nach ihren Taschen. Im Gegenteil, er verschränkte die Arme vor seiner ziemlich eindrucksvollen Brust und erklärte: »Ich bin doch nicht dein Diener. Mache es selbst.«

»Ich?« Sie machte große Augen. »Du kannst doch nicht ernsthaft von einer Dame erwarten, dass sie ihre eigenen Taschen trägt.«

»Von einer Dame?« Er lachte. »Du bist gerade vollkommen nackt auf einem Flugfeld herumgelaufen.«

»Einer der etwas unglücklichen Nebeneffekte der Gestaltwandelei.«

»Du hast dich verwandelt, um einem Fahrzeug nachzujagen.«

»Schließlich hat jemand auf uns geschossen. Als Dame muss man manchmal die Drecksarbeit machen, um sich selbst zu beschützen, da der anwesende Mann ja anscheinend keinen Handlungsbedarf gesehen hat.«

»Willst du etwa behaupten, es sei meine Schuld gewesen, dass du dich in ein Kätzchen verwandelt hast?« Und auch wenn sich die Tonlage seiner Stimme nicht veränderte, so hörte sie doch die Ungläubigkeit darin.

»Natürlich ist es deine Schuld. Hättest du den Schützen verfolgt wie ein richtiger Mann, würden wir diese Diskussion gar nicht führen. Ich muss mich wirklich fragen, warum Gaston ausgerechnet dich zu seinem Stellvertreter ernannt hat. Deine Fähigkeiten als Leibwächter lassen einiges zu wünschen übrig.«

»Mit meinen Fähigkeiten ist alles in Ordnung.« Er knurrte die Worte fast.

»Wenn du meinst, Knackpo. Du kannst mir deine Fähigkeiten ja später mal zeigen, dann kann ich es selbst beurteilen.« Sie tätschelte ihm die Wange, bevor sie an ihm vorbeiging. Ohne ihre Koffer natürlich.

»Ich glaube, du hast etwas vergessen.«

Sie fuhr keuchend herum. »Wie kann ich nur so vergesslich sein?« Sie lächelte ihn an, als sie zu ihrem Wagen stolzierte, mit schwingenden Hüften, die er einfach ansehen musste.

Ein Raubtier wusste immer, wie man seine Beute in Sicherheit wiegt.

Sie ging an ihm vorbei, beugte sich über die Beifahrerseite des Cabrios und griff nach ihrer Tasche. »Die hier darf ich natürlich nicht vergessen«, stellte sie fest und ging dann wieder zum Flugzeug hinüber. Als sie diesmal an ihm vorbeiging, steckte sie ihm den Fünfer, den sie aus ihrer Tasche gezogen hatte, in die Brusttasche seines schwarzen Jacketts. »Das ist für deine Mühe.«

Dann ging sie weiter und spürte den bösen Blick in ihrem Rücken. Sie musste grinsen.

Dieser Ausflug wird verdammt lustig. Was würde es wohl noch brauchen, bevor der Knackpo explodierte?

Kapitel Vier

Hat sie mir etwa gerade ernsthaft ein Trinkgeld gegeben?
Diese Frau hatte wirklich ausgesprochen großen Mut. Unglaublich, dass ihr davon nicht der Kopf explodierte, so mutig wie sie war.

Doch so frustrierend JF ihre Haltung auch fand, er konnte sich einer widerwilligen Bewunderung nicht entziehen. Stacey verhielt sich wie eine Prinzessin, und die Rolle passte zu ihr.

Trotz der Tatsache, dass sie sich vor Kurzem verwandelt hatte und einem Schützen hinterhergelaufen war, sah sie aus, als käme sie gerade aus einem Salon. Ihr üppiges rotes Haar fiel über ihre entblößten Schultern. Ihre cremefarbene Haut brauchte keine Hilfsmittel, um ihre Schönheit zur Geltung zu bringen. Das Kleid, das sie trug, unterstrich ihre weiblichen Attribute.

Sie sieht zum Anbeißen aus.
War aber völlig tabu.

JF ließ sich nicht mit Gestaltwandlern ein. Niemals. Er

bediente sie auch nicht. Sie kommandierte ihn herum, als hätte sie ein Recht darauf.

Es kam ihm in den Sinn, dass er ihr Kommando ignorieren und ihren Scheiß im Auto lassen sollte. Er war nicht irgendein Lakai, den sie nach Belieben kommandieren konnte, und doch ... so sehr es ihn auch schmerzte, ihre Erwartung von Galanterie zerrte an etwas in ihm, zerrte an dem alten JF, der es sich nicht zweimal überlegte, ob er einer Frau die Tür öffnen oder Kartons tragen sollte, weil sie schwer waren. Ein Verrat durch das schönere Geschlecht, und jetzt machte er sich nicht einmal mehr die Mühe, es zu versuchen.

Vielleicht war es an der Zeit, dass er wieder damit anfing. Er fand die alten Manieren wieder, die seine Mutter ihm beigebracht hatte.

Er spähte in den Kofferraum, sah die beiden großen Koffer und den viel kleineren.

»Würdest du dich bitte beeilen, Knackpo? Schließlich müssen wir langsam mal losfliegen.«

Vielleicht sollte er anfangen, bei allen außer ihr ein Gentleman zu sein. Die Prinzessin brauchte eine Lektion, wie man mit Menschen umgeht.

JF bestieg das Flugzeug, setzte sich hin und bemerkte, dass Stacey hinten aus dem Waschraum kam, wobei ihre natürlichen Gesichtszüge durch etwas Lipgloss und Wimperntusche verstärkt wurden.

Sie lächelte ihn mit einem strahlenden, zufriedenen Grinsen an. Er konnte es kaum erwarten, es zu ersticken.

»War das denn so schwer, Knackpo?«

»Ganz und gar nicht. Man könnte sagen, ich habe mich kaum angestrengt.«

»Hast du den Kofferraum wieder zugemacht?«

»Du meinst den, den ich gar nicht erst geöffnet habe?«

»Was soll das heißen?« Stacey runzelte die Stirn und

sah aus der Tür. »Der Kofferraum an meinem Wagen ist noch immer geöffnet. Soll das etwa heißen, dass du die Taschen nicht reingebracht hast?«

»Bring sie selbst rein, wenn du deine Kleider unbedingt haben willst. Da ich nicht vorgewarnt wurde, dass ich diese Reise unternehmen würde, und ich deswegen überhaupt nichts gepackt habe, würde ich sagen, wir sind quitt.«

»Würde es helfen, wenn ich dir sage, dass ich ein paar Sachen für dich mitgebracht habe? Wenn du dich schon als mein Bruder ausgibst, solltest du wenigstens auch so aussehen.«

»Dein Bruder?« Der Gedanke an sie erweckte vielmehr fleischliche Gelüste, sodass es ihm nicht gefiel, ihren Verwandten zu spielen. Aber wenn man bedachte, wie sie sich benahm, und ihren Charakter in Betracht zog, dann sollte es nicht lange dauern, bis es ihr gelungen war, jegliche Gelüste abzutöten, die er für sie empfand.

»Ja, mein Bruder. Du kannst ja schlecht mein Freund sein. Schließlich bin ich ein Köder für den Typen, der Frauen entführt.«

»Wovon zum Teufel sprichst du da? Erkläre dich bitte, Frau.«

»Im Moment kann ich es dir nicht erklären, da ich ja ganz offensichtlich mein eigenes Gepäck reinbringen muss, weil deine Mutter dich nicht gut genug erzogen hat, um dir anständige Manieren beizubringen.«

Der Tadel traf ihn, vor allem weil seine Mutter ihn eines Besseren belehrt hatte. Aber sicher würde sogar seine Mutter verstehen, warum er sich nach dem, was ihm passiert war, so verhielt.

Als er sich hinsetzte, zwang er sich, keine Schuldgefühle zu haben. Er hörte ein paar dumpfe Schläge, als das Gepäck verstaut wurde. Ein weiterer dumpfer Schlag, als der Kofferraum des Wagens geschlossen wurde.

Er rührte sich überhaupt nicht, bis er die Drehzahl mehrerer Motoren und das Krachen eines Maschendrahtzaunes, der niedergerissen wurde, hörte. Ein höchst markantes Geräusch, ebenso wie das Quietschen der Reifen.

Was soll der Scheiß? War der Schütze zurückgekehrt? Als er zur Tür hinausschauen wollte, kam Stacey hereingeflogen und schob ihn aus dem Weg. »Wir müssen sofort los«, verkündete sie.

Als JF aus der Tür blickte, sah er, wie mehrere Wagen neben dem Cabrio haltmachten.

Was als Nächstes geschah, sah er nicht mehr, weil sie an der Tür zog und sie krachend schloss.

»Das bringt uns jetzt auch nicht viel. Der Pilot ist noch nicht an Bord«, bemerkte er. Das Cockpit war leer, die Lichter waren an und die Motoren surrten leise.

»Der Pilot ist sehr wohl an Bord, Knackpo.«

Er sagte bestürzt: »Oh nein«, als sie sich in den Pilotensessel fallen ließ. Sie begann, ein paar Hebel umzulegen, und das leise Schnurren der Motoren verwandelte sich in ein Rumpeln, als das Flugzeug vorwärts taumelte.

»Du willst mir doch nicht weismachen, dass du das Ding tatsächlich fliegen kannst.«

»Der Ausdruck, nach dem du suchst, heißt Pilot. Und du kannst es glauben oder auch nicht. Das bleibt dir überlassen. Ich habe jedenfalls vor, uns von hier wegzuschaffen.«

Noch war es nicht zu spät für ihn, aus dem Flugzeug zu springen, während es schneller wurde. Er beugte sich vor, um aus dem Fenster zu spähen, und sah gerade noch, wie das rote Cabrio in die Luft flog.

»Ich glaube, sie haben gerade deinen Wagen in die Luft gejagt.«

»Diese Blödmänner! Der Autoverleih, von dem ich ihn geliehen habe, wird ziemlich sauer sein.«

»Kannst du diese Kiste wirklich fliegen?« JF drängte sich ins Cockpit, dessen enge Abmessungen nicht für seine breite Gestalt gemacht waren. Doch vorne zu sitzen bedeutete, dass er ganz nahe bei der Verrückten war, die versuchte, die Männer zu überfahren, die auf der Rollbahn standen.

Männer, die ihre Waffen direkt auf sie gerichtet hatten.

»Sie werden schießen.«

»Schon möglich.«

»Was meinst du mit *schon möglich*?«

»Ich glaube nicht, dass sie das tun werden. Hast du schon mal gespielt, wer zuerst wegschaut? Oder das Spiel, bei dem der verliert, der zuerst blinzelt? Bei einem kannst du dir sicher sein, Knackpo, ich bin es nicht.« Sie hielt mit dem Flugzeug direkt auf die Männer zu.

Sie hatte unrecht. Die blinzelten nicht.

Stattdessen sah man, wie das Feuer aus ihren Mündungen blitzte, als sie schossen, aber als die Kugeln auf die Windschutzscheibe einschlugen, zersprang die Scheibe nicht.

»Man muss die hochwertige Qualität der Geräte des Rudels einfach lieben«, freute sich Stacey.

In diesem Moment gefiel es JF ebenfalls ausgesprochen gut, denn es bedeutete, dass er kein Zischen hörte, das ein Leck andeutete.

Da ihr anfänglicher Plan nicht zu funktionieren schien, zielten die Männer tiefer.

»Ooh, diese Idioten. Sie zielen auf die Reifen.« Sie zerrte an den Steuerknüppeln, und das Flugzeug taumelte zur Seite und drehte dann zurück, wobei es immer noch Fahrt aufnahm.

Die Männer auf dem Rollfeld wichen aus, anstatt zu

versuchen, es mit ihren Körpern zu stoppen. JF sah, wie sie zu dem Haufen Autos zurückliefen. Eines der Fahrzeuge begann, sie die Startbahn hinunter zu verfolgen.

»Sie werden versuchen, dir den Weg abzuschneiden«, erklärte er.

»Aber es wird ihnen nicht gelingen«, erwiderte sie mit trotzigem Lächeln. »Halt dich gut fest.«

Woran festhalten? Anscheinend hatte er seinen Verstand bereits hinter sich gelassen.

Als das Flugzeug abhob, wurde er in den Sitz gepresst und der vordere Teil des Flugzeugs verließ den Boden. Er schluckte hart, besonders als ein Auto am oberen Ende der Startbahn eine scharfe Kurve machte und auf sie zuhielt.

Es raste auf das Flugzeug zu. Es war zu spät, um noch Schaden anzurichten. Das kleine Flugzeug stieg weiter in die Luft, der Aufstieg war steil. Das Flugzeug verließ den Boden mit so viel Höhe, dass sie das Auto überflogen.

Aber das war nicht der Grund, warum er sich so sehr an seinem Sitz festhielt, dass seine Knöchel weiß hervortraten.

Stacey bemerkte es und fragte: »Was ist denn?«

»Ich hasse es zu fliegen«, presste er zwischen zusammengebissenen Zähnen hindurch.

»Das macht doch gar keinen Sinn. Whampyre haben doch Flügel. Ihr könnt doch fliegen.«

»Das ist etwas völlig anderes. Wenn ich ein Whampyr bin, bin ich derjenige, ich und nur ich, der fliegt, und ich muss mich nicht auf eine verrückte Katze verlassen, die einen Sarg mit Flügeln fliegt.«

»Weichei.«

»Ich bin kein Weichei.«

»Dann wirst du auch nicht verrückt, wenn ich das hier mache?« Und damit nahm sie die Hände vom Steuerknüppel.

Das Flugzeug sackte nicht plötzlich ab, aber er schrie trotzdem: »Flieg das verdammte Flugzeug, Frau!«

»Beruhige dich, Knackpo. Dieses Ding wird nicht einfach abstürzen.« Seine Schultern sackten ein wenig vor Erleichterung über ihren zuversichtlichen Tonfall. »Bis sie wirklich etwas Unentbehrliches mit ihren Kugeln treffen.«

Und da war die Anspannung sofort wieder da und hatte noch ein paar Freunde mitgebracht. »Das ist nicht witzig.«

»Das kommt darauf an, wen man fragt. Meine Schlampen finden mich toll. Meine Feinde hingegen ... sie wissen, dass ich keine Scherze mache.«

Beim Anblick ihres Profils, der Stupsnase, der feinen Gesichtszüge, der süßen Lippen konnte er nicht anders, als spöttisch zu sagen: »Wie viele Feinde kannst du schon haben?«

»Zu viele, um sie zu zählen. Ich bin die Geißel der Nagetierpopulation. Der elegante Tod für diejenigen, die dem Rudel schaden könnten. Ein Seelenzerstörer für diejenigen, die mich verehren und doch nicht meinen hohen Ansprüchen genügen können ...«

»Und worin bestehen diese hohen Ansprüche?« Er machte die Anspannung, unter der er immer noch stand, dafür verantwortlich, dass er diese Frage gestellt hatte. Er selbst hatte keinerlei Interesse. Wer scherte sich schon um diese Frau und was ihr bei einem Mann gefiel?

Ich sicher nicht. Und trotzdem hörte er sich aus irgendeinem Grund interessiert ihre Antwort an.

»Ich mag gepflegte Männer, besonders wenn sie Anzug und Krawatte tragen. Leute, die erfolgsorientiert sind, Bürohengste, die am Schreibtisch sitzen. Ganz besonders mag ich weiche Finger.« Sie schnurrte die Worte. »Ich will einen Gentleman, jemanden, der weiß, wie man eine Dame behandelt, im Schlafzimmer und außerhalb.«

»Hört sich langweilig an.«

»Aber nur, weil du ganz offensichtlich nicht der Typ Mann bist, den ich suche.«

»Das trifft sich gut, du bist nämlich auch nicht mein Typ.« Er fuhr sie an, hauptsächlich aus Prinzip, aber da stimmte doch sicher etwas nicht, weil er sich angegriffen fühlte. Angegriffen, weil sie ihn zurückgewiesen hatte? Es war ja nur eine Zurückweisung, wenn es ihm etwas ausmachte, und das tat es nicht. Kein bisschen.

»Und was für eine Art Frau magst du?«, wollte sie wissen.

»Die Art Frau, die nicht viel redet.«

»Du stehst also auf Nekrophilie. Das ist ja nicht allzu weit hergeholt, weil dein Chef ein Nekromant ist.«

»Ich schlafe nicht mit Toten.«

»Mit Stummen?«

»Nein. Ich meinte damit, dass ich keine Frauen mag, die die ganze Zeit quatschen und die Luft um sie herum verschwenden.«

»Um es also anders auszudrücken, bist du auch wieder nur so ein Typ, der nach dem Motto ›Rein, raus, danke Maus‹ agiert, ohne die geringste Finesse.«

»Ich habe ausgesprochen viel Finesse.« Und warum hatte er schon wieder das Gefühl, sich rechtfertigen zu müssen?

»Das behauptest du, Knackpo. Aber da müsste ich erst mal Beweise sehen.«

Zeig es ihr. Zieh sie aus diesem Sitz und sorge dafür, dass sie den Mund hält.

Nein.

Und nicht nur, weil sie das Flugzeug steuerte. Er ließ sich nicht mit Gestaltwandlerinnen ein. Besonders nicht mit dieser.

Allein die Tatsache, dass er sie anziehend fand, war für ihn ein Warnsignal. Er sollte sich lieber fernhalten.

Das Flugzeug hatte seine Flughöhe erreicht und sie klatschte in die Hände. »Nächster Halt, karibischer Urlaubsort. Wenn du willst, kannst du dich jetzt abschnallen und dich frei bewegen.«

Und wie er das wollte. Im Cockpit war es zu eng, um Abstand zu ihr zu halten. Zu ihrem Duft. Ihrem Lächeln. Und der Tatsache, dass sie unter ihrem Kleid überhaupt nichts trug. Wie leicht es wäre, seine Hand unter ihren Rock gleiten zu lassen und die rosa Falten zu berühren, die sie ihm vorher so frech gezeigt hatte.

Und es würde mir nichts ausmachen, auch einmal darüber zu lecken ...

Er stürzte von vorne in den komfortableren Fluggastraum mit Ledercouch und Sitzen im Kapitäns-Stil. JF setzte sich hin, schloss die Augen und seufzte.

»Hast du etwa jetzt schon Heimweh?«, fragte sie und folgte ihm.

»Was zum Teufel machst du da? Geh sofort wieder zurück und steuere dieses Flugzeug.« Er zeigte mit dem Finger streng in Richtung Cockpit.

»Keine Panik, Knackpo. Ich habe auf Autopilot umgestellt. Alles in Ordnung. Falls irgendetwas Merkwürdiges passiert, fängt irgendetwas an zu piepen. Normalerweise.«

»Und was, wenn nicht?«

»Dann liegt hier sicher irgendwo ein Fallschirm rum.«

»Die richtige Antwort wäre: Es wird nichts Merkwürdiges passieren.«

»Aber wo bliebe denn da der Spaß? Sei nicht immer so ernst.«

»Ich werde weniger ernst sein, wenn niemand versucht, mich in einen Schweizer Käse zu verwandeln. Wer hat da auf dem Flugfeld auf dich geschossen?« Als er es nämlich Gaston erzählt hatte, schien dieser von dem Angriff überrascht gewesen zu sein.

»Gute Frage.« Sie zuckte mit den Achseln. »Dafür kämen mehrere Leute infrage, aber höchst wahrscheinlich ist mein Ex-Freund dafür verantwortlich. Er kann ziemlich jähzornig sein.«

»Du hast ja einen tollen Geschmack, was Männer angeht. Und wolltest du dich nicht mit Bürohengsten verabreden?«

»Es war ein Fehler, das gebe ich zu. Michael war nicht der, der zu sein er vorgab. Er hat behauptet, er hätte mit Import- und Exportgeschäften zu tun. Er hatte mir allerdings verschwiegen, dass es sich dabei um Drogen handelte. Drogen heiße ich nicht gut und ich hasse Lügner. Also habe ich dafür gesorgt, dass er verhaftet und ins Gefängnis gesteckt wird.«

»Du hast einen Drogendealer, der noch dazu dein Freund war, ins Gefängnis stecken lassen?« Er starrte sie mit offenem Mund an.

»Ihn und einen Teil seiner Mitarbeiter. Ich habe gehört, dass ein Richter ihn wegen guter Führung früher aus dem Gefängnis entlassen hat.«

»Und jetzt versucht er, dich zu töten.«

»Kannst du es ihm verdenken? Weil er sich für ein Leben als Krimineller entschieden hat, hat er all das hier verloren.« Und dabei deutete sie auf ihre Kurven.

Sieh nicht hin.

Er konnte nicht anders. Sie war wie ein böses, zur Perfektion geschnitztes Idol, das dazu geschaffen worden war, einen Mann dazu zu zwingen, etwas zu begehren, das zu begehren er sich weigerte.

Lüge. Ich will sie. Ich will sie an den Haaren packen, sie nach vorne beugen und Dinge mit ihr tun, die sich so verdammt gut anfühlen würden. Aber das würde er nicht tun. Weil Sodomie gegen das Gesetz war.

»Ich brauche dringend etwas zu trinken«, stellte sie fest.

»Ich gehe doch recht in der Annahme, dass du mir keinen Drink holen wirst.«

»Richtig, keine Chance, Prinzessin.«

»Das war ja klar«, murmelte sie und ging zum hinteren Teil des Fliegers, nur dass sie nicht weit kam.

Stolperte sie absichtlich auf seinen Schoß? Was ist eigentlich aus der Tatsache geworden, dass Katzen über einen unglaublichen Gleichgewichtssinn und Anmut verfügen?

Wie dem auch sei, jedenfalls fiel sie genau auf ihn drauf.

JF fing sie auf, aber nicht bevor ihr Hintern auf seinem Schoß gelandet war.

»Ups. Wie ungeschickt von mir. Ich wollte dir nicht wehtun.« Sie lächelte ihn verlegen an.

Er durchschaute ihr Spielchen sofort. »Du kannst damit aufhören, es zu versuchen.«

»Was zu versuchen?« Sie klimperte mit den Wimpern.

»Mich vorzuführen. Mit mir zu flirten. Ich bin als dein Leibwächter eingestellt. Und mehr nicht. Ich bin weder dein Spielzeug noch habe ich das geringste Interesse an deinem Charme.«

»Nicht mal ein kleines bisschen?« Sie begann, sich auf seinem Schoß zu winden, und schnell schob er sie von sich weg.

»Benimm dich mal, Frau.«

»Warum sollte ich?«

»Weil Damen sich nicht gleich dem Erstbesten an den Hals schmeißen.«

»Immer mit der Ruhe, Knackpo.«

»Nein. Worüber wir tatsächlich reden sollten sind diese Männer, die auf dich gezielt haben, und was wir unternehmen werden, falls sie es noch einmal versuchen sollten.«

Anstatt daran zu denken, wie leicht es wäre, sie an sich zu ziehen und ihre Muschi zu lecken.

»Wie kommst du darauf, dass sie auf mich geschossen haben?«

»Du hast mir doch gerade noch gesagt, dass es dein Ex-Freund, der Knacki war.«

»Nein, ich habe gesagt, dass es möglich sei. Das bedeutet aber längst noch nicht, dass er es auch war. Immerhin hat Michael seine Zeit mit mir sehr genossen. Warum sollte er versuchen, mich zu töten, wenn er mich genauso gut entführen lassen und mich zu seiner Sexsklavin machen könnte?«

»Du würdest allen Ernstes zu einem Drogendealer zurückkehren?«

»Natürlich nicht, trotzdem wäre es romantisch, wenn er es versuchen würde. Und was die ganze Schießerei angeht, wer kann sich schon sicher sein, dass sie nicht hinter dir her waren? Schließlich bist du doch derjenige, der für einen Nekromanten arbeitet. Was echt richtig cool ist. Weißt du eigentlich, wie eifersüchtig die Schlampen vom Rudel sind? Reba hat wirklich ein Riesentor geschossen, als sie sich Gaston geschnappt hat. Wer will keinen Freund haben, der die Toten beschwören kann?«

»Sie haben nicht auf mich geschossen«, knurrte er. Sicher war er nicht eifersüchtig, dass Stacey so viel Bewunderung für Gaston zum Ausdruck brachte. Ganz offensichtlich kannte sie den Musikgeschmack des Mannes nicht.

»Wie kannst du dir da so sicher sein?«, fragte sie.

»Also erstens wusste niemand, dass ich auf diesem Flugfeld sein würde.«

»Und wieso glaubst du, jemand wüsste, dass ich dort wäre? Wir Löwinnen sind ziemlich gut darin, uns anzuschleichen.«

»Du bist überhaupt nicht gut darin, dich anzuschleichen. Man kann dich schon meilenweit sehen, wenn du mit deinem kleinen, roten Sportwagen ankommst.«

»Da könntest du recht haben. Die Aufmerksamkeit, die ich durch diesen Wagen bekomme, rechtfertigt auf jeden Fall die enorme Ausgabe.«

»Er wurde in die Luft gejagt.«

»Nein, er hat sich geopfert, damit die Versicherung für das neueste Modell bezahlt.« Sie lächelte glücklich.

»Vielleicht stehen die Schützen in irgendeinem Zusammenhang mit deinem Vorhaben in der Karibik.«

»Es wäre jedenfalls ausgesprochen spannend, wenn die Geschichten miteinander verknüpft wären.«

So sehr er auch so tun wollte, als würde es ihn nicht interessieren, so wusste JF doch ganz genau, dass er es mit seinem Trotz zu weit trieb. »Warum genau willst du eigentlich auf die Inseln?«

»Schaust du jemals *Akte X*?«

»Ist das nicht diese merkwürdige Sendung mit den Außerirdischen?«

»Ja. Es geht da um ein Agententeam, Mulder und Scully, das nach Beweisen jagt, um übernatürliche Rätsel zu lösen.«

»Und dieser Mulder, löst er Fälle mithilfe seiner Katze?«

Sie sah ihn mit offenem Mund an. »Ich dachte, du kennst die Sendung.«

»Nein.«

»Es gibt keine Katze. In diesem Szenario bin ich Scully, das Gehirn der Operation, und du bist Mulder, der sein eigenes Ding macht. In diesem Fall geh mir einfach aus dem Weg, damit du mir nicht in die Quere kommst.«

»Denn Gott bewahre, ich könnte klaren Menschenverstand und ein vorsichtiges Herangehen an die Situation vorschlagen.«

»Siehst du, du versuchst jetzt schon, die ganze Sache langweiliger zu machen. Dabei bist du nur dabei, weil Arik darauf bestanden hat, dass ich nicht alleine fliegen sollte. Anscheinend macht er sich Sorgen darüber, dass ich verschwinde, genau wie die anderen Frauen.«

»Was denn für andere Frauen?«

»Ich kenne sie nicht alle, aber Shania wurde anscheinend von einem Mann mit Löwenkopf entführt.«

Er sah sie blinzelnd an. »Hast du mich unter Drogen gesetzt?« Denn er hatte sie sicher falsch verstanden.

»Warum glaubst du, ich hätte dich unter Drogen gesetzt? Außer«, strahlte sie, »meine ausgesprochen attraktiven Pheromone lassen dich nicht kalt.«

»Das tun sie nicht. Aber es liegt wohl etwas in der Luft, das dazu führt, dass ich Dinge höre. Ich hätte nämlich schwören können, dass du gesagt hast, eine Frau sei von einem Mann mit Löwenkopf entführt worden.« Und das ergab überhaupt keinen Sinn.

»Du hast richtig gehört. Und meine Aufgabe ist es herauszufinden, was es mit dem Leotaurus auf sich hat. Das ist übrigens so eine Art Minotaurus mit Löwenkopf.«

JF presste die Lippen aufeinander und sagte nichts zu dem selbst erfundenen Namen. Auf was für ein Himmelfahrtskommando hatte Gaston ihn da geschickt?

Und warum freute sich ein Teil von ihm auf das Abenteuer – gemeinsam mit ihr?

Kapitel Fünf

Der Mann wusste anscheinend nicht, wie man lächelt. Stacey war davon überzeugt, und je mehr sie ihm von dem Leotaurus erzählte, umso tiefer wurden die Falten auf seiner Stirn. Sogar so tief, dass sie sich schon fragte, ob sie für immer bleiben würden.

»Um es zusammenzufassen, Knackpo, meine Rolle besteht darin, Dinge herauszufinden und mich selbst als Köder zu benutzen, während du dich als mein dummer älterer Bruder ausgibst und dich ansonsten nicht einmischst.«

»Also, ich bin mir ziemlich sicher, dass ich dich beschützen soll.«

»Du, der sich wie ein Gentleman benimmt?« Sie lächelte. »Ich will doch nicht, dass du dir wehtust.« Sie tätschelte ihm die Wange. »Aber ich sag dir was, wenn du wirklich mal ausprobieren möchtest, dich wie ein Gentleman zu benehmen, könntest du mir die Taschen tragen und mir Getränke besorgen.«

»Ich bin als dein Leibwächter hier und nicht als dein persönlicher Butler.«

»Ich brauche aber keinen Beschützer. Ich kann schon auf mich selbst aufpassen, mal ganz davon abgesehen, dass ich nicht möchte, dass du mir im Weg stehst. Wie soll ich denn die Entführer ködern, wenn du immer mit bösem Gesicht im Weg rumstehst?«

»Ich mache kein böses Gesicht.«

»Aber lächeln tust du auch nicht.«

»Wie es ist damit?« Er zeigte eine Menge Zähne.

Sie schreckte zurück. »Tu das nicht. Davon bekommt man ja Albträume.«

»Wie merkwürdig, ich würde dasselbe von dir behaupten. Immer wenn das Rudel einfällt, verrammeln wir alle Türen und Fenster und verstecken alle zerbrechlichen Gegenstände.«

»Weil wir eben wissen, wie man Spaß hat. Du solltest am besten mal Unterricht darin nehmen.«

»Und mit wem? Mit dir etwa?« Er grinste. »Warum hältst du dich für etwas Besseres?«

Brauchte er darauf wirklich eine Antwort? »Da ich eine Löwin bin, bin ich schon von Natur aus besser als du. Ich bin besser als fast jeder, mal ausgenommen andere Löwen.« Sie verdrehte die Augen, als wäre es offensichtlich.

»Katzen müssen wirklich die schlimmsten Tiere sein, mit denen man es zu tun haben kann«, murmelte er.

»Vielen Dank. Das liegt daran, dass wir majestätisch und intelligent sind.«

»Wohl eher dumm und sich dessen noch nicht mal bewusst.«

»Kein Wunder, dass du noch Single bist, Knackpo. So gewinnt man keine Dame für sich.«

»Oh, tut mir leid, ich habe gar keine Dame gesehen.« Er sah sich übertrieben um und sie musste einfach lachen.

»Ganz schön frech. Du kannst ja weiter so tun, aber ich habe das Gefühl, dass dir durchaus gefällt, was du siehst.«

»Du solltest deine Gefühle besser mal überprüfen lassen, weil ich es jetzt ein für alle Mal sage, ich habe keinerlei Interesse daran, mir eine Hauskatze zuzulegen.«

»Nicht mal, wenn ich dir sage, wie gern ich Haut abschlecke?«

»Nicht mal, wenn du kochen und putzen würdest.«

Sie rümpfte die Nase. »Bäh. Warum sollte ich so was tun? Siehst du diese Hände?« Sie hielt ihre perfekt maniküren Finger hoch. »Diese Hände sind nicht für heiße Seifenlauge und ekelhafte Schwämme gemacht.«

»Wofür sind sie denn dann gut?«

»Viele andere Dinge.«

»Wie zum Beispiel? Was machst du beruflich?«

»Ich bin die Eventplanerin des Rudels.«

Er lachte verächtlich. »Also machst du gern Party. Was für eine Überraschung.«

»Ich muss dir aber sagen, dass meine Stellung im Rudel ziemlich kompliziert ist. Es ist nämlich nicht einfach, größere Versammlungen ohne Zwischenfälle über die Bühne zu bringen.«

»Meinst du damit, du kannst nicht einfach eine halbe Kuh in die Mitte werfen und mit einem Glöckchen klingeln?«

Ihre Lippen zuckten amüsiert. »Das kommt auf die Gelegenheit an.«

»Wenn dieser Fall aber so ernst ist, wieso haben sie dann dich geschickt? Gibt es kein Sicherheitsteam, das für solche Fälle besser ausgestattet ist?«

»Arik möchte die ganze Sache noch relativ geheim halten, bis er genau weiß, was vor sich geht. Am meisten stört ihn, dass es vor ihm geheim gehalten wurde. Daher findet die ganze Untersuchung auch unauffällig statt. Und genau deswegen wurde ich ausgewählt. Mein Beruf als Eventplanerin des Rudels, die da ist, um eine Hochzeit zu organisieren, wird mir im Resort Zugang zu allen möglichen Bereichen verschaffen, die normalen Gästen nicht zugänglich sind.«

»Das hört sich ziemlich kompliziert an. Eine Frau ist verschwunden. Warum jagt ihr den Typen nicht einfach und holt sie euch zurück?«

»Weil niemand dazu in der Lage war, eine Spur zu finden. Durch den Regen wurden alle Spuren weggespült. Nicht mal eine Duftspur konnte lokalisiert werden.«

»Ich wette, dass es mir gelingen würde. Gib mir einen Tag.«

»Du möchtest dich umschauen? Nur zu. Dann bist du mir wenigstens nicht im Weg.«

»Du bist wirklich ziemlich arrogant, weißt du das eigentlich?«

»Und du etwa nicht?«, entgegnete sie mit spöttischem Lächeln.

»Es ist nicht meine Schuld, dass ich dir haushoch überlegen bin.«

»Wenn ich es nicht besser wüsste, würde ich sagen, du bist ein Löwe.«

Er schauderte. »Also, das ging jetzt aber echt unter die Gürtellinie.«

»Toll, jetzt bist du eingeschnappt, und dabei bist du doch derjenige, der mich die ganze Zeit beleidigt.«

»Ich möchte gar nicht hier sein.«

»Das sagst du immer wieder und doch ...« Sie ging vor ihm in die Hocke, legte ihre Hände auf seine muskulösen Oberschenkel und lächelte. »Ich bin durchaus dazu in der Lage zu erkennen, wenn ein Mann Interesse an mir hat.«

Er sah sie an und das Funkeln in seinen Augen war der Beweis. »Ich müsste schon tot sein, um dich nicht ficken zu wollen. Aber ich muss dich nicht mögen, um das zu tun. Eine Muschi ist eine Muschi.«

»Aber wir sehen nicht alle gleich aus.«

»Wenn das Licht erst aus ist, gibt es keinen Unterschied.«

»Aber du würdest wissen, wenn ich es bin. Das garantiere ich dir, Knackpo.«

»Ich bezweifle es. Die Frauen sind doch alle gleich.« Und er sagte es nicht so, als wäre das etwas Gutes.

Dann würde sie eben seine Meinung ändern müssen. »Eine weitere Herausforderung. Wie schön.«

»Wovon zum Teufel sprichst du da?«

»Ich spreche davon, dass du immer wieder den Fehdehandschuh zückst. Und weißt du was, Knackpo? Ich nehme die Herausforderung an. Am Ende unseres kleinen Ausflugs werden wir nicht nur miteinander geschlafen haben, sondern du wirst mich auch mögen. Sehr sogar.« Verdammt, wenn Mr. Cool und Arrogant seine Karten richtig ausspielte, würde sie vielleicht sogar in Erwägung ziehen, ihre Affäre über die Reise hinweg auszudehnen.

»Ich dachte, ich bin nicht dein Typ.« Er hielt seine Hände hoch. »Ich habe raue Finger.«

»Dafür gibt es schließlich Manikürens.«

»Ich möchte aber nicht dein Freund sein.«

»Ich habe auch nie behauptet, dass dein Status in meinem Bett permanent sei. Ich bezweifle sogar stark, dass es dir gelingt, mein Interesse lange zu halten, und dann wird es dir verdammt wehtun, wenn ich mir jemand anderen suche.« Sie stand auf und ging in Richtung Cockpit.

»Oder aber, Prinzessin, vielleicht bist du diejenige, die mich darum bittet zu bleiben, aber ich lasse dich dann einfach fallen.«

Dass sie sich in einen Mann verliebte, der sie ihr eigenes Gepäck schleppen ließ? Niemals.

»Schnall dich an, Knackpo, wir gehen in den Landeanflug.« Und das Spiel um den Sieg begann genau jetzt.

Kapitel Sechs

Trotz aller Bedenken von JF landeten sie ohne Zwischenfälle. Das Flugzeug rollte mit kaum einer Bodenwelle auf das Rollfeld und verlangsamte bis zum Stillstand, als es die richtige Stelle am Terminal erreichte.

Wirklich irgendwie enttäuschend. Er hatte sich eine Fantasie ausgedacht, in der er aus dem Flugzeug springen und mit seinen großen Flügeln schweben musste, um sie anschließend darum betteln zu lassen, dass er sie rettete.

Aber die fliegende Blechbüchse landete unfallfrei, wenn man seinen Geisteszustand außer Acht ließ, nachdem er einige Stunden mit der Katze verbracht hatte.

JF konnte es kaum erwarten, wieder festen Boden unter den Füßen zu haben. Wenn er doch nur der Frau entkommen könnte, die für seine Anwesenheit auf einer tropischen Insel verantwortlich war. Auch wenn ihr Einsatz auf der Insel vielleicht durchaus nützlich war, konnte er sich die Katastrophe vorstellen, die ihre Ausführung nach sich ziehen würde. Was hatte sich der Löwenkönig dabei gedacht?

Sicherlich glaubte niemand, dass diese flatterhafte Prinzessin wirklich einen entscheidenden Unterschied machen könnte.

Die Tür zum Flugzeug öffnete sich und die Frische der Luft, die nach Flugzeugabgasen und duftenden Dschungelblüten roch, kitzelte seine Nase.

So viele Gerüche. Dinge, die es zu jagen gilt.

Die Bestie in seinem Inneren freute sich auf eine Ernährungsumstellung. Er hingegen wusste bereits, dass er das kühle, frische Wetter des nahenden Herbstes vermissen würde.

Die Hitze, so schwül, dass sie die Haut benetzte, füllte die Kabine und ließ ihm die Haare zu Berge stehen. Seine natürlich kühlere Körpertemperatur bewahrte ihn vor dem Schwitzen, aber er würde wahrscheinlich seinen Mantel ausziehen müssen. Was zum Kotzen war. JF zog es vor, sich in mehreren Lagen zu kleiden.

Als er ins Sonnenlicht trat, lieferte er am oberen Ende der Treppe eine große Zielscheibe, eine finstere Zielscheibe, als jemand einen scharfen Fingernagel in seine Wirbelsäule stach.

»Wirst du deinen dicken Hintern jetzt mal bewegen oder willst du den ganzen Tag auf der Treppe im Weg herumstehen?«, fragte Stacey und versuchte, ihn aus dem Weg zu drücken. Als ob sie ihn bewegen könnte.

»Stell mich nicht auf die Probe, Frau.«

»Hast du Angst, dabei durchzufallen? Was, wenn ich dir verspreche, dass es ein Multiple-Choice-Test ist?«

Warum nahm sie alles, was er sagte, und verdrehte ihm die Worte im Mund? Es brachte einen Mann dazu, ihr den Mund zuzukleben zu wollen – oder etwas hineinzustecken.

Ich habe etwas, das genau die richtige Größe hat ...

Er ging die Treppe hinunter und bemerkte zwei Leute, die vom Terminal hereinkamen, beides Fremde, die in strahlend weißes Leinen gekleidet waren. Der Mann in

Shorts, die Frau mit einem Tennisrock. Mit den passenden goldenen Locken hätten sie Geschwister sein können.

Sie waren noch nicht einmal zwei Minuten auf dem Boden und er hätte schon wetten können, einige Löwen gefunden zu haben. Und da wurde behauptet, dass Kaninchen sich rasend schnell vermehren würden. Wenigstens schmeckten Kaninchen köstlich, besonders wenn sie frisch waren. Da er gerade daran dachte, es war an der Zeit, eine Futterquelle zu finden.

Wie wäre es, wenn ich die Prinzessin esse?

Verlockend, aber an ihr zu nagen würde wahrscheinlich nicht gut ankommen. Gaston hatte etwas dagegen, dass seine Angestellten Menschen und Gestaltwandler verzehrten. Irgendwas darüber, dass nur Kannibalen fühlende Wesen fressen. Persönlich fand JF, dass sein Chef den Wandlern zu viel Anerkennung zollte. Nur weil sie sprechen konnten, standen sie noch längst nicht auf der gleichen evolutionären Stufe wie er.

Was diejenigen betraf, die seinen Snobismus infrage stellen könnten? Das Einzige, was über einem Whampyr stand, war der Nekromant, der half, sie zu machen. Und selbst dann ... mit Whampyren war nicht zu spaßen.

»Du musst Stacey sein.« Der Mann mit dem kurzen blonden Haar, der kurzen weißen Hose und einem rosa Hemd kam mit ausgestreckter Hand auf sie zu und lächelte. Das Lächeln erstarrte, als JF ihn weiter böse anstarrte.

»Wer bist du?«, fuhr JF ihn an und betrachtete den Fremden, um herauszufinden, ob er über eine Waffe verfügte.

»Äh, ich bin Maurice. Ich komme vom *Club Lyon*. Ich bin hier, um euch ins Resort zu bringen.«

»Kannst du dich ausweisen?« Nicht dass JF mehr gebraucht hätte, als einmal ordentlich zu schnüffeln. Der unangenehme Geruch nach Löwe füllte seine Nase. Für einen jungen Löwen hatte der Junge wirklich einen starken Geruch.

»Beachte meinen Bruder bitte gar nicht. Nach dem Fliegen ist er immer so unleidlich.« Stacey drängte sich an ihm vorbei. »Hi, ich bin Stacey. Wie schön, dich kennenzulernen.« Sie balancierte das Paket, das sie aus dem Flugzeug mitgebracht hatte, und schüttelte dem Mann die Hand, und JF tat sein Bestes, um nicht zu knurren.

Der Anblick, wie sie den anderen Mann berührte, entzündete etwas Primitives in ihm, das er sich nicht erklären konnte. Er spürte keine Gefahr. Im Gegenteil, der junge Mann wirkte nervös, was ihn wiederum schwach erscheinen ließ.

Doch das Wissen, dass er ihn wahrscheinlich mit einem einzigen Hieb k. o. schlagen konnte, hielt JFs finsteren Blick nicht ab. Es veranlasste Maurice jedoch, seine Hand wegzuziehen und einen Schritt zurückzutreten.

»Sieh nur, was du jetzt wieder angerichtet hast«, rief Stacey und machte einen Schmollmund. »Du bist schon wieder so schlecht drauf.«

»Es war ein langer Flug. Sicher hat er Hunger und Durst«, sagte die Frau an Maurice' Seite und lächelte ihm verschämt zu.

»Und wer bist du?«, fragte Stacey in verärgertem Ton, da sie unterbrochen worden war.

»Ich bin Jan. Ich gehöre auch zur Gästebetreuung. Sagt mir einfach Bescheid, was ich tun kann, damit euer Aufenthalt bei uns unvergesslich wird«, sagte sie und sah ihn bei diesen Worten direkt an.

Doch das war vergebliche Liebesmüh. Sie roch nämlich fast genauso stark nach Löwe wie Maurice. Und er hatte bereits mit Stacey alle Hände voll zu tun, vielen Dank. Er wollte nicht noch eine weitere Streunerin am Hals haben.

Stacey trat vor ihn und zwang Jan dazu, sie anzusehen.

»Meine eigene Bedienstete, wie wundervoll. Aber anscheinend seid ihr ohne etwas zu trinken aufgetaucht.«

Jan presste die Lippen zusammen. »Es tut mir leid. Wir haben Wasserflaschen im Jeep.«

»Wasser?« Stacey rümpfte die Nase. »Ich dachte, wir wären hier im Paradies.«

»Sobald wir im Resort sind, kann ich etwas Passenderes für euch finden.«

Stacey änderte ihre Taktik, wendete sich von Jan zu Maurice und sagte überschwänglich: »Ich kann es kaum erwarten, alles über das Resort zu erfahren. Arik hat mir bereits erzählt, wie wunderbar es ist. Melly weiß nicht, dass wir eine Überraschungshochzeit für sie planen.« Während Stacey weiterplauderte, musste JF sich beherrschen, um nicht die Augen zu verdrehen.

Was für ein Blödsinn. Warum machte sie allen etwas vor? Warum sagte sie den Leuten nicht einfach, aus welchem Grund sie wirklich hier waren?

Hier sind Leute verschwunden. Sagt uns alles, was ihr wisst. Sonst passiert was ...

Nach jahrelangem Leben in List und Täuschung hatte er es satt. Er hatte das Versteckspiel satt. Aber das war nicht seine Mission. Er war nur als Leibwächter dabei. Was für ihn in Ordnung war. Er hatte kein Interesse daran, sich in Probleme mit dem Rudel einzumischen. Das sollten die Löwen unter sich regeln.

»Oh, Bruderherz, sei ein Schatz und trage meine Koffer, während ich mich im Badezimmer ein wenig frisch mache.« Stacey ließ ihm keine Zeit zu antworten, sondern drehte sich um und ging Arm in Arm mit Jan zurück zum Terminal.

»Ich bin doch nicht dein verdammter Diener«, murmelte er und bemerkte erst dann, dass Maurice noch da war.

»Die Frauen zollen den Männern einfach nie den gebührenden Respekt«, entgegnete der junge Mann mit schwachem Lächeln. »Ich möchte dir einen Rat geben. Wenn du deine Schwester magst, solltest du sie von hier fortschaffen.«

»Warum?«, fragte JF und bemühte sich, unbeteiligt zu klingen und seine Überraschung zu verbergen. Sie waren noch keine fünf Minuten auf der Insel, und schon gingen merkwürdige Dinge vor sich.

»Im Moment ist es hier nicht sicher.«

JF ging zum Gepäckfach des Flugzeuges und es gelang ihm, gleichgültig zu wirken, als er fragte: »Was ist denn los? Habt ihr vielleicht Probleme mit dem Zikavirus, von dem man in letzter Zeit so viel hört?«

»Nein, es geht nicht um einen Virus. Ich rede von etwas, das weitaus gefährlicher ist, aber nur für jemanden wie deine Schwester.«

»Jemanden, der nervig und eingebildet ist und hohe Ansprüche stellt?« Er zog die Koffer heraus und versuchte, nicht unter ihrem Gewicht zu stöhnen. Kein Wunder, dass sie sie nicht selbst schleppen wollte. Hatte sie Zement mitgenommen?

»Es sind Frauen verschwunden.«

»Etwa mehr als eine?«, fragte er so nebenbei wie möglich, während er die zwei größten Taschen zu dem Golfwagen schleppte, der in der Nähe geparkt stand.

»In den letzten Monaten sind insgesamt drei verschwunden.«

Drei. Stacey hatte die eine aus dem Resort erwähnt und die Tatsache, dass es in der Vergangenheit andere gegeben hatte. Versuchte da jemand, ihr Verschwinden zu vertuschen?

»Sind sie tot?«

»Nicht dass wir wüssten.«

»Und warum geht ihr dann davon aus, dass sie verschwunden sind? Vielleicht haben sie sich einfach mit den Einheimischen eingelassen.« Und das wäre keinesfalls verwunderlich gewesen. Wunderschöne Frau kommt ins Paradies und lernt einen Einheimischen kennen. Vielleicht einen Surfer, Yoga- oder Salsa-Lehrer. Sie ist hin und weg und beschließt, ein neues Leben hier zu starten, statt zu ihrem alten zurückzukehren.

»Sie haben sich nicht mit Einheimischen eingelassen. Sie wurden entführt.«

»Wie schrecklich.« Das waren die richtigen Worte, auch wenn es ihm eigentlich egal war. »Verfolgt die Polizei schon die Spuren?«

»Die Polizei hat keine Ermittlungen angestellt. Die Beamten sind davon überzeugt, dass die Mädchen einfach weggelaufen sind.«

»Du scheinst aber anderer Meinung zu sein. Warum?«

Maurice hielt den Kopf gesenkt, als er auf die andere Seite des Golfwagens ging. »Hier ist es nicht sicher. Wenn du deine Schwester liebst, solltest du sie von hier fortschaffen, bevor sie auch verschwindet.«

JF war dagegen machtlos. Er lehnte sich zu dem jungen Kerl und sagte: »Eigentlich stehen wir uns nicht besonders nahe. Wir haben nicht die gleiche Mutter. Ich mag sie nicht einmal so sehr. Sie ist eine verwöhnte Göre. Und wenn sie spurlos verschwände, würde das ein paar der Erbschaftsprobleme lösen. Hast du vielleicht irgendwelche Hinweise für mich, wie ich sie noch schmackhafter für den Entführer machen könnte?«

Der offen stehende Mund und die weit aufgerissenen Augen seines Gegenübers brachten JF fast zum Lachen.

Aber nur fast.

Und dann hörte er den Schrei.

Kapitel Sieben

STACEY KONNTE NICHT AUFHÖREN ZU SCHREIEN. Es war schrecklich. Einfach schrecklich. So schrecklich, dass sie sich auf die Toilette gestellt hatte. Und deswegen sprang sie auch direkt Jean Francois in die Arme, als dieser kurzerhand die zerbrechliche Tür eintrat.

Da er anscheinend aus Stein gemacht war, geriet er nicht einmal ins Wanken und er ließ sie auch nicht fallen. Und das war gut so, denn sonst wäre sie dem *Ding*, das am Fuß der Toilette saß, viel zu nahe gekommen.

»Was zum Teufel ist denn los?«, rief er.

Sie hatte den Eindruck, dass er ziemlich viel schrie. Aber es machte ihr nichts aus. Besonders weil er so eine schöne, tiefe Stimme hatte.

»Beschütze mich vor diesem Monster. Töte es!« Stacey zeigte auf die Spinne, die es gewagt hatte, in ihre Kabine zu kriechen, während sie ein paar SMS nach Hause geschickt hatte. Sie hatte sich für einen Besuch des Badezimmers entschieden, weil sie dort WLAN und ein wenig Privatsphäre hatte. Sie hatte allerdings nicht damit gerechnet, unterbrochen zu werden. Und noch dazu war es purer

Zufall gewesen, dass sie das ekelhafte, haarige Ding, das in Richtung ihrer Sandalen krabbelte, bemerkt hatte.

»Du schreist, als würde man dich umbringen, und alles nur wegen einer verdammten Spinne?«

Sie hatte ihre Arme um seinen Hals, ihre Beine um seinen Körper geschlungen und war viel zu nahe an ihn gepresst, um sein Gesicht sehen zu können, doch sie hörte die Ungläubigkeit in seiner Stimme.

»Es ist nicht nur irgendeine Spinne. Es ist eine große Spinne. Noch dazu eine haarige.« So haarig, schluchz. »Mit vielen Beinen.« Allein bei dem Gedanken an all diese Beine erschauderte sie.

Quetsch.

»So, bist du jetzt glücklich?«

Würg. »Nein. Das habe ich gehört.« Sie machte noch ein paar weitere Würgegeräusche. »Bäh. Ich kann nicht glauben, dass du einfach draufgetreten bist.« Weitere Würgegeräusche. »Igitt, das klebt jetzt wahrscheinlich alles an deinem Schuh.«

»Das stimmt. Du hast recht, sie war ziemlich groß. Und ziemlich matschig. Willst du mal sehen?«

Als er sich hinhocken wollte, sprang sie von ihm weg, eilte aus der Kabine und verließ die ganze schreckliche Szene mit der ekelhaften, zerquetschten Spinne.

»Ich hasse dich«, verkündete sie und marschierte aus dem Badezimmer. Sie ignorierte die blonde Hotelangestellte, die so tat, als wäre nichts, doch Stacey durchschaute das Mädchen. Sie hatte etwas Verschlagenes an sich. Etwas, das Stacey nicht gefiel. Und ganz besonders missfiel ihr, wie Jan ihren falschen Bruder betrachtete, als er aus dem Bad kam.

»Danke, dass du dich um deine Schwester gekümmert hast«, zwitscherte Jan. »Ich hätte ja auch eingegriffen, doch sie hat mich nicht reingelassen.«

Also, natürlich nicht. »Um die Tür aufzumachen, hätte ich ja auf den Boden treten müssen.« Und dann hätte die blutrünstige Arachnoide die Möglichkeit gehabt anzugreifen.

Jean Francois lachte verächtlich. »Wenn du dann langsam mal fertig bist, dich wie ein Baby zu benehmen ... deine Sachen wurden mittlerweile schon gebracht.«

»Arachnophobie ist eine anerkannte Krankheit.«

»Die sich auch *Weicheiigkeit* nennt«, entgegnete er. »Schließlich handelte es sich nur um eine Spinne. Genauso harmlos wie eine Fliege.«

»Du solltest wissen, dass jedes Jahr Menschen durch Spinnenbisse ums Leben kommen. Und es ist weithin bekannt, dass Fliegen Krankheiten übertragen.«

»Soll ich dir vielleicht einen Kaffee bringen, während du weiterjammerst, Prinzessin Weichei?«

»Warte nur, ob ich dich rette, wenn du schreist, weil dein Leben in Gefahr ist«, grummelte Stacey.

»Das musst du nicht, denn im Gegensatz zu dir, *Schwesterherz*«, entgegnete er spöttisch, »habe ich vor gar nichts Angst.«

»Wir werden ja sehen«, murmelte sie, als sie an ihm vorbeiging. Selbst der größte und mutigste Mann fürchtete etwas. Sobald sie seine Schwäche entdeckte, würde sie sie ausnutzen, so wie sie Joans Vorliebe für Jalapeño-Käse-Dip gegen sie verwendete, wenn Stacey sich ihr rotes Kleid ausleihen wollte. Joan war allergisch gegen Gewürze, konnte aber der Verlockung von Nachos und Käsesoße nicht widerstehen. Dann bekam sie Blähungen, was bedeutete, dass Stacey sich das heiße rote Kleid schnappen und richtig Party machen konnte.

Wenn Joan klug wäre, würde sie einfach nachgeben und Stacey das verdammte Kleid schenken. Andererseits trug sie das Kleid gerade deshalb so gern, weil es eine Herausforderung war, es überhaupt erst zu bekommen.

Ihre Fahrt zum Resort erfolgte nicht in einem normalen Auto, sondern in einem offenen Jeep mit vier Plätzen. Maurice übernahm natürlich das Steuer, aber anstatt dass Jan neben ihm saß, rutschte sie nach hinten und klopfte auf die Bank neben sich. »Wir sollten deine Schwester vorne sitzen lassen. Die Windschutzscheibe wird dafür sorgen, dass der Wind ihr nicht die Frisur zerstört.«

Dann lachte Jan geziert.

Das hasste Stacey. Ganz besonders wenn es auf ihre Kosten ging. Wagte dieses kleine Kätzchen es tatsächlich, sie herauszufordern? Sich an Jean Francois heranzumachen, als hätte sie das Recht dazu?

Er gehört mir. Woraufhin sie verwundert innehielt. Er war eigentlich nur als ihr Leibwächter gedacht und kam ganz bestimmt nicht als Freund infrage, egal wie sexy sie ihn fand. Er war nämlich erstens kein erfolgreicher Geschäftsmann und zweitens kein Löwe.

Mit einem Bären oder einem Wolf könnte sie noch umgehen. Selbst ein weiterer Nekromant hätte die richtigen Gene und ausreichend Prestige, um ihre Mama glücklich zu machen. Aber als Stellvertreter eines Barbesitzers? Noch dazu einer, der weder Gestaltwandler noch Vampir war?

Ich kann etwas Besseres kriegen. Sie hatte etwas Besseres verdient als den Mann mit dem verärgerten Gesichtsausdruck auf dem Rücksitz.

Entschlossen, ihn zu ignorieren, setzte sie sich auf den Vordersitz und sah sich nicht einmal nach ihm um – und auch nicht zu der kleinen Schlampe, die sich sicher bereits an ihn drückte.

Stacey unterhielt sich mit Maurice, der all ihre Fragen über die Insel beantwortete.

Es war keine besonders große Insel, etwa zweihundertfünfzig Quadratkilometer, von denen ein Teil noch unerschlossen war.

»Siehst du dort drüben?« Maurice nahm eine Hand vom Steuer, um auf einen üppig bewachsenen grünen Berg zu zeigen. »Das ist ein Vulkan. Er ist seit Ewigkeiten inaktiv, doch für die Eingeborenen ist er heilig und deshalb sind der Berg und seine Umgebung geschützt.«

»Wie viele Leute leben auf der Insel?«

Offenbar hing diese Zahl von den Ferienanlagen selbst ab. Zählte man nur die Einheimischen, dann waren es nur ein paar Tausend Einwohner. Aber die Resorts selbst steigerten diese Zahl, vor allem in der Hochsaison.

Stacey konnte nachvollziehen warum. Sie waren buchstäblich im Paradies. Warmes Wetter, üppiges Grün und ein Land, das vor Leben strotzte.

Es waren nur wenige Fahrzeuge unterwegs, die meisten davon Kleinbusse und Transporter, auf denen die Namen der Ferienorte prangten. Von Häusern und anderen Annehmlichkeiten sahen sie wenig, die Straße vom Flughafen führte größtenteils durch Dschungelgebiet, das nur von anderen Straßen unterbrochen wurde, von denen die meisten mit einem Schild mit dem Namen des jeweiligen Resorts beschildert waren. *Club Paradise. Strand-Club. Club Springs.*

Bei den Namen gab es einen Mangel an Originalität, aber sie versprachen alle eines: einen spektakulären Urlaub.

Aber ich bin nicht hier, um mich zu entspannen. Sie war hier, um herauszufinden, was mit Shania geschehen war. Vielleicht um sich mit dem Leotaurus zu treffen und ihre Schlampen eifersüchtig zu machen.

Ich frage mich, ob Jean Francois eifersüchtig wird.

Als kalter und humorloser Mann hatte er wahrscheinlich nicht genügend Leidenschaft in sich, sodass es ihm etwas ausmachte.

Verdammt, hatte der Mann überhaupt Spaß am Sex?

Sie dachte, sie hätte eine Erektion gespürt, als sie sich auf seinen Schoß gesetzt hatte, aber sie war nicht lange genug geblieben, um sicher sein zu können.

Ich sollte es auf jeden Fall noch einmal versuchen. Eine Entscheidung, die keinen Sinn machte. Sie mochte den Kerl nicht. Sie mochte ihn überhaupt nicht. Aber sie musste es wissen. *Findet er mich attraktiv?*

Maurice fand sie auf jeden Fall attraktiv. Der arme Junge konnte sie nicht ansehen, ohne rot zu werden. So süß. Jean Francois hingegen konnte nicht aufhören, finster dreinzuschauen. Sogar noch süßer.

Die Tore, die in den Ferienort führten, wurden von hoch aufragenden goldenen Löwen gesäumt. Der Bogen darüber war ein goldenes Filigran mit dem Namen *Club Lyon Resort*, der in die Schnörkel und die kunstvollen Verzierungen eingraviert war. Hübsch, aber selbst der hohe Zaun würde niemanden, der entschlossen war hineinzukommen, davon abhalten.

Hinter den Toren lag das Paradies. Üppige Bäume, deren Blätter in lebhaftem Grün leuchteten, säumten die gepflasterte Zufahrt zum Gebäude. Helle Blüten explodierten in strahlenden Farben und verströmten liebliche Düfte, die sie in der Nase kitzelten. Sie schloss genüsslich die Augen und atmete tief ein. *Es duftet gut genug, um sich darin zu wälzen.* Denn, ja, Löwen liebten es sehr, sich im Laub zu wälzen.

Mit geschlossenen Augen atmete sie noch etwas tiefer ein, diesmal allerdings sah sie an den offensichtlichen Düften vorbei, um die darunter liegenden herauszufiltern. Der Auspuff des Jeeps. Ein Hauch von beißendem Rauch. Ein Hauch von Salz in der Luft. Das Meer war in der

Nähe. Sie konnte es kaum erwarten, ihre Zehen in das warme Wasser zu tauchen. Nach Einbruch der Dunkelheit. Ihre blasse Haut vertrug die Mittagssonne nicht.

Der Jeep hielt vor einem großen Gebäude aus gebleichten Korallen an. Einzigartig und sehr hübsch.

Maurice sah, wie sie sich umschaute. »Das gesamte Resort ist aus den natürlichen Ressourcen der Insel gebaut.«

»Ich weiß nicht so recht, ob ich es natürlich nennen würde, Korallen kaputt zu machen, um daraus etwas zu bauen«, stellte Jean Francois fest und sprang hinten aus dem Jeep. Dann hielt er Jan die Hand hin, die sie lächelnd ergriff.

Niemand half Stacey aus dem Jeep.

Maurice schüttelte den Kopf. »Alle Materialien wurden recycelt, nicht geerntet oder zerstört. Im Dschungel gibt es haufenweise umgefallene Bäume oder Bäume, die beschnitten werden müssen, damit sie im nächsten Sturm nicht umfallen. Und auch bei den Korallen gibt es Zyklen, während der die alten Teile absterben und herunterfallen. Und diese Teile benutzen wir, wenn sie an den Strand gespült werden.«

»Ist das Lavagestein?«, fragte Stacey und zeigte auf den dunkleren Stein in der Mauer. »Ich dachte, ich hätte gelesen, dass der Vulkan sich auf staatlich geschütztem Grund befindet.«

»Das stimmt, doch im Laufe der Jahre haben die Inselbewohner Gestein außerhalb dieser Zone gefunden. Und dann ist da natürlich noch der ganze Kram, der am Strand gefunden wird.«

Eigentlich war es Stacey egal, woher der Ferienort seine Materialien bezog. Sie fragte aber trotzdem, denn je mehr sie wusste, desto wahrscheinlicher war es, dass ihr etwas auffiel. Joan mochte Staceys Job als Veranstaltungsplanerin verunglimpfen; was sie jedoch nicht verstand, war Staceys Fähigkeit, Situationen und Menschen zu lesen. Stacey musste gut sein, um Brautzilla-Situationen zu vermeiden.

Sobald sie das Innere des Gebäudes erreicht hatten, verlief der Anmeldeprozess ähnlich wie in anderen Resorts. Ein dickes Silikonband wurde um ihr Handgelenk gelegt und die Enden wurden versiegelt, um ein Entfernen zu verhindern. Das Band bewies, dass sie im Resort zu Gast war.

Sie hielt es mit einem Lächeln hoch. »Freigetränke.«

»Getränke. Essen. Handtücher. Alles, was ihr braucht. Außerdem fungiert es auch als Schlüssel.« Maurice zeigte ihnen wie. »Haltet euer Handgelenk einfach vor die Tür und der Sensor darin wird euch den Zutritt gewähren.«

Faszinierende Technologie. Im Wohnblock des Löwenrudels verfügten alle Wohnungen über Handabdruck-Scanner, aber für ein Hotel wäre das vielleicht ein wenig übertrieben.

»Müssen auch all die Angestellten eines tragen?«, fragte sie und zeigte auf Maurice' Handgelenk. Im Gegensatz zu ihrem goldenen war sein Band tiefrot.

»Jeder auf dem Gelände trägt eines, selbst die Lieferanten und die Leute der Putzkolonne. Es hilft uns dabei zu identifizieren, wer hierhergehört.«

Sie fragte sich, ob der Leotaurus auf dem Video auch ein Band getragen hatte. Sie dachte darüber nach, was sie auf dem Video gesehen hatte, konnte sich aber nicht daran erinnern. Als sie zum Golfwagen gingen, auf dem sich ihr Gepäck befand, schickte sie schnell eine SMS an Melly.

»Würdest du das Ding bitte wegstecken?«, grummelte Jean Francois. »Ich bin mir sicher, dass dein Facebook-Status ein paar Minuten warten kann.«

»Es ist ja nicht meine Schuld, dass ich Freunde habe, die daran interessiert sind, was ich tue.«

»Vielleicht hättest du dann einen deiner Freunde mitbringen sollen.«

Weil es ihr im Blut lag, sich wie eine verwöhnte Göre zu benehmen, stemmte sie die Hände in die Hüften und erwiderte frech: »Ich werde unserem Dad sagen, dass du immer gemein zu mir bist. Ich habe ihm ja gleich gesagt, dass dieser ganze Ausflug uns nicht dabei helfen würde, uns besser zu verstehen.«

Seine Lippen zuckten. Nur ein winziges bisschen. Doch sie hatte es gesehen.

»Dad hätte ein Kondom tragen sollen«, lautete seine Antwort.

»Und ich dachte schon, du würdest sagen, meine Mutter hätte besser schlucken sollen.«

Der arme Maurice verschluckte sich so heftig, dass er fast erstickte, und diesmal sah sie auf jeden Fall ein amüsiertes Zucken um Jean Francois' Mundwinkel.

Dich werde ich auch noch knacken!

Der Golfwagen, in den sie sich alle gezwängt hatten – allerdings ohne Jan, die sie an der Rezeption zurückgelassen hatten –, fuhr um die weitläufigen Pfade, die das Resort durchkreuzten. Während sie unterwegs waren, zeigte Maurice ihnen ein paar interessante Dinge.

»Die Tennisplätze befinden sich ganz hinten im Resort, zusammen mit dem Bogenschießen und dem Rasenkegeln. Am östlichen Ende des Strandes befindet sich das Spa. Dort gibt es Innen- und Außenbehandlungen. Am Strand finden bei Sonnenaufgang Yogakurse statt und den ganzen Tag über verschiedene andere Sportarten. Am westlichen Ende des Hauptstrandes kann man Boote, Tretboote und Kajaks mieten, wenn man gern Wassersport betreiben möchte.«

Während er eine Litanei von Aktivitäten, die alle mit anstrengender Arbeit und Schweiß verbunden waren, von seinem Platz aus herunterrasselte, beobachtete Stacey stattdessen das unbewegte Profil ihres Begleiters.

Der Mann lächelte selten und schien sich an diesem tropischen Ort überhaupt nicht wohlzufühlen. Er hatte noch keines seiner Kleidungsstücke ausgezogen. Schade. Sie fragte sich, was er unter all den Lagen verbarg.

So wie er war, sah er völlig fehl am Platz aus. Angesichts seines ständigen missmutigen Gesichtsausdrucks musste sie ihn abservieren, wenn ihr Versuch, den Leotaurus zu ködern, funktionieren sollte. Auf keinen Fall würde jemand versuchen, sie zu entführen, solange ihr *Bruder* zu nahe bei ihr bliebe.

Angesichts seiner heftigen Abneigung gegen sie – die auf jeden Fall vorgetäuscht war, weil *Hallo, ich bin fantastisch!* – wäre es wahrscheinlich nicht schwer, ihn davon zu überzeugen, in eine Richtung zu gehen, während sie in eine andere ging. Und zwar in die Richtung, die sie zu dem mysteriösen Gestaltwandler führen würde.

Der Wagen hielt vor einem rosafarbenen dreistöckigen Gebäude. Es gab zwei Türen pro Stockwerk und zahlreiche Fenster.

»Das hier ist das Bella-Gebäude. Ihr wohnt ganz oben, von dort aus hat man den besten Blick.«

»Wer wohnt sonst noch hier in dem Haus?« Und um ihre Neugierde zu vertuschen, fügte sie hinzu: »Ich bin ein richtiges Nachtkätzchen. Ich möchte nicht die anderen Gäste wach halten.«

»Lärm ist kein Problem. Das gesamte mittlere Stockwerk wird gerade renoviert.«

»Und das untere Stockwerk?« Interessiert betrachtete sie die zugezogenen Vorhänge.

»Das ist leer.«

»Er lügt«, sagte Jean Francois und Maurice zuckte merklich zusammen.

»Das tue ich nicht.«

»Sag ihr die Wahrheit.« Ihr Begleiter musste gar nicht erst »sonst setzt es was« hinzufügen. Trotzdem konnte man ihm die Drohung laut und deutlich an der Stimme anhören.

Maurice seufzte. »Ich darf eigentlich nicht darüber reden. Aber anscheinend ist der weibliche Gast, der dort wohnt«, er zeigte auf die Tür vor ihnen, »irgendwohin verschwunden.«

»Irgendwohin verschwunden?«, fragte Stacey. »Freiwillig? Oder hat da jemand nachgeholfen?«

Diese Nachfrage schien Maurice unangenehm zu sein. »Ich bin sicher, dass es ihr gut geht, wo immer sie auch sein mag. Die Verbrechensrate auf der Insel ist ausgesprochen niedrig und die wenigen Vergehen, die es gibt, sind meist keine Gewaltverbrechen.«

»Das kann ich kaum glauben. Normalerweise sind Löwen und andere Gestaltwandler eher gewalttätig.«

Maurice schien von Jean Francois' Aussage ein wenig schockiert zu sein.

Stacey hatte Mitleid mit ihm und sagte: »Du musst kein Geheimnis daraus machen, wenn mein Bruder dabei ist. Und obwohl er vielleicht kein fantastischer Gestaltwandler ist wie wir, weiß er darüber Bescheid und wird unser Geheimnis bewahren.«

»Das hoffe ich sehr, denn die Eingeborenen der Insel sind alle Menschen.«

»Alle?«, fragte sie.

Er nickte.

»Du aber nicht.«

»Ich komme eigentlich nicht von hier. Alle Gestaltwandler, die du hier im Resort treffen wirst, kommen von woanders her.«

»Wie sieht es mit dem Verhältnis Mensch zu Gestaltwandler aus?« Als er sie scharf ansah, zuckte sie mit den

Achseln. »Ich bin einfach nur neugierig. Ich plane eine Hochzeit für eine Freundin.«

»Ich dachte, du wärst hier, um ein besseres Verhältnis zu deinem Bruder aufzubauen.«

»Da erwische ich gleich zwei Fliegen mit einem Sprung«, sagte sie zwinkernd.

»Wir würden uns wahrscheinlich näherstehen, wenn sie nicht die ganze Zeit arbeiten würde«, stellte Jean Francois fest. »Warum zeigst du uns nicht unsere Zimmer? Dann kann sie sich vielleicht entspannen.«

»Wenn ihr mir bitte folgen würdet.« Maurice ging sie die Treppe hinauf zum Obergeschoss. Ein breiter Balkon führte um das ganze Gebäude.

Maurice zeigte auf die Tür. »Wenn du dein Handgelenk bitte hier gegen halten würdest.« Sie wedelte mit der Hand vor dem schwarzen, matten Viereck herum und mit einem Klicken öffnete sich das Schloss der Tür. »Jetzt habt ihr fünfzehn Sekunden Zeit, um die Tür zu öffnen, bevor sie sich automatisch wieder verschließt.«

Als die Tür aufschwang, streckte Maurice seinen Arm aus und zeigte an, dass sie zuerst hineingehen sollten.

Stacey trat ein und bemerkte sofort die hohen Decken und Keramikfliesenböden, die dazu beitragen würden, den Raum kühl zu halten, sowie die Klimaanlage, die mit einem lauten Surren kühle Luft ausblies. Der Raum verfügte über ein riesiges Himmelbett, das mit Netzen bespannt war, eine Zweisitzer-Couch und einen niedrigen Tisch sowie eine Kommode mit einem Fernseher darauf. Alles sah neu aus.

Stacey warf ihre Handtasche auf die geblümte Bettdecke, bevor sie ihre Schuhe abstreifte, um einen Blick ins Badezimmer zu werfen. Es war riesig und komplett in Weiß und Aquamarinblau gehalten, einschließlich der Dusche, die mit Glas verkleidet war. Auch eine Badewanne war mit im Raum, strategisch vor dem Fenster mit Blick auf den Dschungel platziert.

»Das Zimmer ist in Ordnung«, verkündete sie.

»Das andere Zimmer ist identisch«, erklärte Maurice. »Die Zwischentür wird auch mit dem Armband entsperrt, lässt sich aber auch mit einem Riegel versperren, falls ihr mal, äh, etwas mehr Privatsphäre braucht.«

Und obwohl sie ihn nicht ansah, konnte Stacey sich seine geröteten Wangen gut vorstellen.

Es war Ariks Idee gewesen, Stacey und Jean Francois in angrenzenden Zimmern unterzubringen. Aus irgendeinem Grund schien er zu glauben, dass sie so nicht in Schwierigkeiten geraten würde.

Kennt er mich auch nur annähernd?

Zum Ende der Besichtigungstour wies Maurice sie auf den Safe im Schrank, die verschiedenen Toilettenartikel, die ohne Aufpreis erhältlich waren, sowie auf die versteckte Minibar hin. Bevor er ging, fragte sie ihn: »Du musst die Insel doch mittlerweile ziemlich gut kennen. Kannst du mir sagen, wo eine Löwin sich nackt an den Strand legen kann?«

»Du überlegst dir jetzt schon, wie du deine Klamotten am schnellsten loswirst?«, schnaubte der Spielverderber. »Warum überrascht mich das nicht?«

Maurice andererseits verstand ihre Frage.

»Das Resort selbst ist, wie bereits erwähnt, mit einer Mischung aus Einheimischen und hinzugezogenen Wandlern besetzt. Wir konnten es nicht ausschließlich mit Löwen bestücken, sonst hätte die örtliche Regierung vielleicht bemerkt, dass etwas nicht stimmt, und protestiert. Wir haben keine Sicherheitszonen als solche auf dem Gelände selbst, aber ...«

Maurice ging zu der großen Schiebetür aus Glas, die zum Balkon führte. »Im Osten liegt der ruhende Vulkan, von dem ich euch erzählt habe, mit dem Land, das als Naturschutzgebiet gilt. Die Menschen können zwar herumwandern, aber sie dürfen den Dschungel nicht beschädigen oder den Vulkan selbst besteigen. Das ist zu gefährlich. Diese Regel gilt natürlich nicht für die Tierwelt auf der Insel. Das Innere des Vulkans ist ein besonders guter Platz zum Sonnenbaden. Und wenn man brüllt, hallt es.«

»Wunderbar.« Denn kein Löwe, der diesen Namen wert ist, würde die Chance verpassen, in seiner Löwengestalt in der tropischen Sonne zu liegen.

»Hast du noch irgendwelche weiteren Fragen?«, wollte Maurice von Jean Francois wissen.

»Wo ist die nächste Bar?«

Stacey klatschte in die Hände. »Eine exzellente Idee, lieber Bruder. Betrinken wir uns stilvoll.«

Und damit scheuchte sie Maurice aus dem Zimmer und wandte sich an JF. »Trink einen für mich mit.«

»Was hast du vor?«, fragte er und verschränkte ablehnend die Arme vor der Brust.

So sexy.

»Du hast doch gehört, was Maurice gesagt hat. Die verschwundene Shania hat hier im Erdgeschoss gewohnt.«

»Wir sind noch nicht einmal eine Stunde da und du hast bereits vor, dort einzubrechen?«

»Einzubrechen?« Sie lächelte. »Wenn man es professionell macht, muss man nicht die Tür eintreten, zumindest nicht, wenn man spezielle Apps dafür hat.« Sie hielt ihr Telefon hoch.

»Willst du damit behaupten, du hättest eine App auf deinem Telefon, mit der man Schlösser knacken kann?«

»Ich habe sogar etwas Besseres. Eine Schlampe, die weiß, wie man mit Codes umgeht.« Sie prüfte ihre Nachrichten und lächelte. »Und habe ich erwähnt, dass Melly auch in ihrer Freizeit hackt?«

Sie öffnete die speziell auf ihrem Telefon installierte App, bevor sie ging. Als sie dazu aufgefordert wurde, hielt sie ihr Armband dagegen, bis sie einen Piepton hörte. Dann griff sie nach seinem Arm. Ihre Finger berührten seine Haut und ein Ruck ging durch sie hindurch. Statische Elektrizität mal eine Zillion und alles verschmolz zu einer einzigen Stelle an ihrem Körper.

Erschrocken traf ihr Blick auf seinen und sie bemerkte, dass seine Augen glühten. Sie leuchteten rot.

Irgendwie böse.

Ziemlich cool.

Und alles für mich.

Ihre Lippen verzogen sich zu einem Lächeln. »Halt mal einen Moment lang deine Hand hier dagegen«, sagte sie und presste sein Handgelenk an ihr Telefon, bis es piepte. »Jetzt kommst du überall rein.«

»Wird das Spuren in ihrem System hinterlassen?«

»Willst du behaupten, Melly würde nachlässig arbeiten?« Sie schnaubte. »Natürlich nicht. Allerdings haben wir jetzt etwas Besseres als den Universalschlüssel und können hier im Resort überall hin, und zwar ohne dass jemand es jemals herausfindet.«

»Weißt du eigentlich, dass andere das Gleiche tun könnten, wenn es dir so leichtfällt?«

»Genau, und deswegen kann ich auch nichts von dem glauben, was sie sagen oder von ihren Computersystemen erfahren. Denk also daran, wenn du deinen Drink genießt.«

»Oh, ich werde dich nicht allein lassen, Prinzessin.«

»Aber Knackpo, ist das deine Art zu sagen, dass du mitkommen möchtest, um dich in Shanias Zimmer umzusehen?«

»Es ist meine Art, dafür zu sorgen, dass du nicht in Schwierigkeiten gerätst.«

Sie kicherte. »Ja, aber nur damit du vorgewarnt bist, die Tatsache, dass du dabei bist, wird nichts daran ändern.«

»Und welche Ausrede benutzen wir, wenn wir erwischt werden?«

»Ausrede?« Sie lachte verächtlich. »Ausreden sind etwas für Weicheier. Ich gehe mutig überall hin, wo es mir gefällt. Falls ich erwischt werde, zeige ich meinen Busen.«

Er sah an sich hinab. »Manche von uns haben diesen Vorteil nicht.«

»Ach, jetzt untertreib mal nicht, Knackpo. Ein wunderbarer Waschbrettbauch funktioniert manchmal auch.«

»Du willst also damit sagen, dass ich mich zur Hure machen soll, wenn wir erwischt werden?«

»Ich würde es eher als etwas anderes bezeichnen. Wir nutzen eben die Gaben, mit denen Mutter Natur uns ausgestattet hat.«

»Oder du könntest es zur Abwechslung damit versuchen, dich von allem Ärger fernzuhalten.«

Bei dieser Bemerkung prustete sie ihm zu. »Hör zu, Knackpo. Wenn du zu viel Angst hast mitzukommen, geh in die Bar oder bleib in einem von unseren Zimmern. Mir ist ehrlich gesagt egal, was du tust.« Außer er hatte vor, sich einen runterzuholen. Dann würde sie gern zuschauen. »Ich gehe jetzt.« Und das tat sie und machte die Tür hinter sich zu, da er keine Anstalten machte, ihr zu folgen.

Sie hüpfte die Treppe hinunter und war einerseits froh, dass sie sich nicht auch noch um ihn kümmern musste, andererseits war sie auch verärgert, weil sie ihn nicht für einen regeltreuen Feigling gehalten hatte. Nein, er verfügte über die Art Selbstbewusstsein, die man von Anführern kannte. Das Gute daran war nur, dass ein Mangel an Abenteuerlust sie von seinem insgesamt fantastischen Aussehen ablenkte.

Als sie unten angekommen war, sah sie sich schnell um,

ob jemand sie beobachtete. Dann wedelte sie mit ihrem Handgelenk vor dem Sensor herum und machte die Tür auf, als das Schloss sich klickend öffnete.

Als sie einen Schritt ins Innere wagte, legte sich eine Hand über ihren Mund und sie wurde in den Raum gezogen. Dann schlug die Tür hinter ihr ins Schloss.

Kapitel Acht

»Verdammte Scheiße!«, schrie er, als Stacey ihn mit dem Ellbogen in den Bauch stieß, ihm ihren Fuß auf seinen Rist knallte und ihren Kopf nach hinten schlug und sein Kinn traf.

Er lockerte seinen Griff so weit, dass sie sich befreien konnte, und wirbelte herum, wobei sie feststellte, dass er es war. Aber sie hielt nicht an. Sie trat ihm gegen den Knöchel und mit einem festen Stoß stieß sie ihn zu Boden. Dann stürzte sie sich auf ihn.

Die Überraschung über ihre Fähigkeiten hielten ihn am Boden – das und die Tatsache, dass sie auf ihm saß. Ihre Augen funkelten, ihre Brüste hoben und senkten sich mit ihrem schweren Atem und ihre Muschi war fest an ihn gepresst.

Das entging seinem Körper nicht.

Sie bemerkte es auch, was bedeutete, dass er ein langsames, sich entfaltendes Grinsen geschenkt bekam.

»Ja, hallo, was haben wir denn da, Knackpo?« Sie rieb sich an ihm und obwohl sein Körper sofort reagierte und sein Schwanz hart wie Stahl wurde, sah er sie böse an.

»Warum hast du das gemacht?«

»Fragt der Mann, der mich überfallen wollte.«

»Ich wollte nur beweisen, dass du nicht aufpasst.«

»Oh bitte, Knackpo, das ist nicht das erste Mal, dass ich Katz-und-Maus spiele. Ich wusste, dass du da bist.«

»Warum hast du dann überhaupt zugelassen, dass ich dich mir schnappe?«

»Ich hatte gehofft, du würdest mich gegen die Wand pressen und es mir besorgen.«

»Das kannst du verfickt noch mal vergessen«, fuhr er sie an. Obwohl ihm der Gedanke auch schon gekommen war.

»Wir könnten ficken.« Sie rieb sich noch ein wenig an ihm und unterwarf ihn ihrer schrecklichen Art von Folter. »Du musst mich nur darum bitten.«

»Du kannst mich mal.«

»Du musst nur sagen wo«, sagte sie mit anzüglichem Lächeln.

Unter der Gürtellinie natürlich. Allerdings behielt er diese Erwiderung für sich. »Wer hat dir eigentlich beigebracht, so schmutzig zu kämpfen?« Das hatte er nämlich gar nicht von ihr erwartet. Und dabei hätte er das eigentlich erwarten sollen. Er hatte schon zuvor gesehen, wie die Löwinnen kämpfen. Aber Stacey schien anders zu sein als sie. Weicher, femininer. Ganz offensichtlich hätte er den Rotschopf besser beobachten sollen.

»Alle Löwenjungen lernen von Geburt an, wie man sich verteidigt. Mal ehrlich, Knackpo, du hättest es besser wissen sollen.«

»Ich teste nur deine Fähigkeiten, Prinzessin.«

Am liebsten würde ich ihre oralen Fähigkeiten testen. Er konnte dem dunklen Wesen in seinem Inneren wirklich keinen Vorwurf machen, dass es das vorschlug.

»Wie hast du es eigentlich geschafft, vor mir hier zu

sein?«, wollte sie wissen. »Auf der Treppe bist du nicht an mir vorbeigekommen.«

»Ich bin vom Balkon gesprungen.« Und er hatte sich schnell verwandelt, damit er auch keine Geruchsspur hinterließ. »Und dann bin ich durch den Hintereingang gekommen.«

»Du kleiner Bösewicht. Du hast beschlossen, mich zu überraschen. Wie süß von dir.«

»Eigentlich wollte ich dir beibringen, dass du vorsichtiger sein musst.«

»Und stattdessen habe ich dir beigebracht, dich nicht mit mir anzulegen.« Sie beugte sich über ihn, so nahe, dass er ihren Atem auf seinem Gesicht spürte. Er roch nach Erdbeeren, genau wie ihr Lipgloss. »Bekomme ich jetzt auch einen Preis, weil ich den Kampf gewonnen habe?«

Später hätte er auch nicht mehr sagen können, warum er es getan hatte. Doch ohne nachzudenken, schlug er ihr auf den Hintern, und als sie große Augen machte, sagte er: »Hier ist dein Preis.«

»Nur ein einziger Schlag. Das ist aber kein toller Preis, wenn du mich fragst.«

»Wäre es dir lieber, wenn ich dich übers Knie lege und dir den Hintern versohle?« Kaum hatte er die Worte ausgesprochen, wurde ihm klar, dass er einen Fehler gemacht hatte. Besonders weil ihr Lächeln daraufhin immer breiter wurde.

»Ja, das würde mir tatsächlich gefallen.«

»Schade, aber daraus wird nichts.« Er rollte sie herum, sodass sie auf dem Boden lag und er aufspringen konnte.

Er hätte nicht sagen können, ob es der Mensch oder die Bestie war, die in seinem Kopf traurig aufheulte: *Nein!*

Für einen Moment lag sie da, zu schön, um wahr zu sein, und viel zu verlockend. Selbst als er sich ermahnte, dass sie wahnsinnig war und Katzengene hatte, minderte das sein Verlangen nicht im Geringsten.

Sie wollte es. Wollte ihn. Das hatte sie ziemlich deutlich gemacht. Er wollte sie. Wollte sie an den feuerroten Haaren packen und von hinten in sie hineinstoßen.

Aber JF machte sich eher hart, als seinen niederen Instinkten nachzugeben. Er hatte sich schon einmal von der Lust beherrschen lassen, und das hätte ihn fast das Leben gekostet. Den gleichen Fehler würde er nicht noch mal machen.

Als er sich von ihr abwandte, verschaffte er sich einen Überblick über den Raum, den sie betreten hatten. Der Grundriss war identisch mit dem der oberen Etage, allerdings mit ein paar kleinen Unterschieden, nämlich der Unordnung, die überall herrschte.

»Haben sie das Zimmer auf der Suche nach Spuren auf den Kopf gestellt?«, fragte er, als er über und um die verschiedenen auf dem Boden verstreuten Dinge herum trat.

»Das bezweifle ich. Ich glaube einfach, wir haben es mit jemandem zu tun, der ziemlich unordentlich ist.« Sie zeigte auf den Haufen Kleidung neben dem Bett. »So sieht es nämlich aus, wenn jemand ein wenig betrunken nach einer Partynacht nach Hause kommt und es gerade so schafft, sich auszuziehen und ins Bett zu fallen.« Sie zeigte mit dem Finger auf den Koffer, der voller unordentlicher Klamotten war. »Und den Koffer hat sie auf der Suche nach dem perfekten Outfit durchwühlt.«

»Wäre es nicht besser, die Sachen aufzuhängen?« Schon allein die zerknitterte Kleidung ließ ihn erschaudern.

»Solche Leute haben weder die Nerven noch die Zeit, Dinge zu falten oder im Schrank aufzuhängen.«

»Das hört sich ja fast so an, als würdest du aus Erfahrung sprechen.«

»Falls das deine Art ist, mich zu fragen, ob ich selbst unordentlich bin, dann lautet die Antwort nein. Dazu liebe ich meine Klamotten viel zu sehr. Aber einige der Mädchen aus dem Rudel sind so, deswegen fühle ich mich auch gar nicht schuldig, wenn ich ab und zu ein paar Klamotten vor ihnen rette.«

»Du stiehlst Kleidung.«

»Ich bevorzuge den Ausdruck *ausborgen*, manchmal eben für immer. Aber natürlich nur Klamotten, die wirklich gerettet werden müssen.«

»Das ist aber immer noch stehlen.«

»Falls du dich dann besser fühlst, ich werde deine Sachen wahrscheinlich nicht anfassen. Aber du kannst jederzeit meine ausleihen.«

Er sah zuerst an sich herab, schaute dann sie an und sagte langsam: »Dir ist aber schon klar, dass sie mir nicht passen würden, selbst wenn ich Interesse daran hätte, sie mir auszuleihen.«

»Das weiß ich, aber findest du es nicht ausgesprochen großzügig von mir, dass ich es dir angeboten habe?«

Die Art und Weise, wie ihr Verstand arbeitete, war offensichtlich auf einem ganz anderen Niveau als der Rest der Welt. Er gab ihrem erbsengroßen Katzenhirn die Schuld.

JF entfernte sich von Stacey und ging ins Badezimmer. Die Ablage neben dem Waschbecken war mit Flaschen und Kompaktpuder in verschiedenen Farbtönen übersät.

»Allerdings ist sie ganz offensichtlich nicht freiwillig von hier fortgegangen«, stellte Stacey fest. »Ein Mädchen, das auf Make-up steht, würde zumindest ihre Wimperntusche mitnehmen.«

»Natürliche Schönheit braucht keine Schminke.«

»Es spricht nichts dagegen, ein wenig nachzuhelfen.«

Wenn sie noch schöner war, könnte es sein, dass er sich vergaß.

Als er wieder zurück ins Schlafzimmer kam, nahm er sich einen Moment, um tief durchzuatmen. Er prüfte die verschiedenen Fährten und einige fielen ihm auf.

»Ich rieche Maurice und Jan«, sagte er laut und hatte ihren Duft erkannt, obwohl er sie erst ein Mal getroffen hatte.

»Und ich wette, dieser Bananengeruch stammt von dem Mädchen.« Sie hielt eine Flasche Bodylotion mit der gelben Frucht auf dem Etikett hoch. »Und dann sind da noch zwei andere Düfte.«

»Einer gehört einem Menschen mit strengem Körpergeruch.« Der sollte wohl besser mal in ein Deo investieren.

»Und noch jemand anderes. Jemand, der nach Löwe riecht, aber irgendetwas stimmt mit dem Geruch nicht.« Sie rümpfte die Nase.

»Könnte es sein, dass ihr Entführer in ihrem Zimmer war, bevor er sie sich geschnappt hat?«

»Vielleicht.« Sie gingen hinüber zur Balkontür, die er so problemlos geöffnet hatte, da das Schloss sich leicht knacken ließ. Dann ging sie in die Hocke und strich mit den Fingern über die Laufspur der Tür. Sie zog ein Haar hervor. Ein goldenes Haar. Sie hielt es hoch und betrachtete es.

»Das könnte jedem gehören«, bemerkte JF und stellte sich neben sie.

»Stimmt. Aber allein die Tatsache, dass so viele verschiedene Beweise vorhanden sind, ist merkwürdig. Also, ich kann jedenfalls verstehen, warum die Hotelleitung und die Polizei glauben, dass das Mädchen von selbst verschwunden ist. Allerdings kann jeder Idiot sehen, dass sie überhaupt nichts mitgenommen hat. Nicht mal ihre Handtasche.« Die große Tasche stand auf dem Nachttisch und sie ging hinüber, um hineinzusehen.

Eine rosa Schutzhülle erweckte ihre Aufmerksamkeit. Sie zog ein Handy hervor und drückte auf den An-Knopf.

»Keine Batterie.«

»Du hättest es wohl besser nicht anfassen sollen. Gib es mir. Ich wische deine Fingerabdrücke ab.«

»Das behalte ich.«

»Ich bin mir ziemlich sicher, dass du es nicht nötig hast, das Handy des Mädchens zu stehlen. Du hast doch schon eins.«

Sie warf ihm einen bösen Blick zu. »Ich stehle es ja auch nicht. Meins ist viel besser als dieses Modell der siebten Generation. Ich sammle nur Beweise. Vielleicht finden wir darauf etwas, das uns einen Hinweis darauf gibt, was sie vorhat.«

»Immer unter der Voraussetzung, dass du ihr Passwort knacken kannst.«

»Nur keine Sorge, Knackpo. Wenn es darauf ankommt, kann ich alles knacken.«

Und was noch merkwürdiger war, er hätte schwören können, dass er gehört hatte: *und auch dich.*

Da es im Zimmer keine weiteren Beweise gab, außer dass es offensichtlich war, dass hier ein Verbrechen verübt worden war, gingen sie in ihr Zimmer zurück – und zwar jeder in seins, wobei er darauf achtete, vorher noch alle Dinge abzuwischen, die sie berührt hatten –, um sich für den Abend vorzubereiten.

Oder zumindest machte sie sich bereit. Er starrte den Inhalt der Tasche an, die sie für ihn gefüllt hatte. Er zog die Kleidung Stück für Stück heraus, seine Verärgerung wuchs und er schnappte fast über, als er nicht nur einen, sondern zwei Bananentangas entdeckte.

Für diejenigen, die den Ausdruck nicht kennen, ein Bananentanga ist das, was Männer, meist mit dicken Bäuchen, tragen, um ihren Mangel an Männlichkeit und

Eiern zu demonstrieren. Der Stoffmangel an den Badehosen war erschreckend, die Tatsache, dass sie dachte, er würde sie tragen, war allerdings noch schlimmer.

Sie landeten natürlich sofort in der Mülltonne, zusammen mit den engen athletischen Shorts, dem Netz-Oberteil und dem T-Shirt mit der Aufschrift *Heißer Typ allzeit bereit*.

Er behielt jedoch die wenigen Dinge, die nicht völlig abartig waren, wie die bunten Hemden mit Kragen und die hellbraunen Shorts. Er würde in den Läden im Resort einkaufen müssen, um sich ein paar passendere Klamotten zuzulegen.

Fürs Erste behielt er sein derzeitiges Ensemble an. Die Hose war zwar etwas zerknitterter, als ihm lieb war, und sein Hemd nicht so frisch wie zu Beginn des Tages, aber doch ganz passabel. Am nächsten Tag würde er es allerdings nicht mehr tragen können, nicht bei der Hitze. Er würde dann unangenehm auffallen.

Andererseits fiel er an diesem tropischen Ort schon jetzt unangenehm auf. Die Menschen kamen an solche Orte, um sich zu amüsieren. Um Zeit in der Sonne zu verbringen. Reichlich zu trinken. Sich flachlegen zu lassen.

JF hasste all diese Dinge. Nun, abgesehen vom Flachlegen. Er war schließlich ein Mann mit Bedürfnissen. Bedürfnisse, die die Frau im Raum neben ihm nicht involvieren sollten.

Eine Frau, die ihn in den Wahnsinn trieb, und sie hatten noch nicht einmal einen ganzen Tag zusammen verbracht.

Gefangen im Paradies mit einer verhätschelten Prinzessin.

Wie schrecklich. Warum hatte Gaston nicht jemand anderen schicken und JF zu Hause lassen können?

Die meisten Menschen hätten dafür getötet, an seiner

Stelle zu sein. JF wusste das und verstand sogar, dass er ein Idiot war, weil er so verbissen darauf beharrte, alles zu hassen, was bis jetzt geschehen war. Aber er konnte nicht anders. Er fühlte sich so verdammt fehl am Platz.

Dieser Urlaubsort war ein Ort des Sonnenscheins und der Hemmungslosigkeit. Ein Ort, an dem die Menschen ihre Wachsamkeit ablegten und Spaß haben konnten, ohne an die Folgen oder das Morgen zu denken.

Doch JF konnte sich nicht entspannen. Sich zu entspannen könnte die Bestie im Inneren entwischen lassen. Eine Bestie, die nicht sehr viele Moralvorstellungen hatte. Sie könnte Dinge tun, schlimme Dinge, die ihm Ärger verursachen würden.

Erst vor Kurzem hatte er gesehen, was passierte, wenn Angehörige seiner Art sich dazu entschieden, Hunger und mutwillige Begierde den gesunden Menschenverstand besiegen zu lassen. Einige der anderen Soldaten, die Gaston geschaffen hatte, hatten sich gegen ihn gewandt. Sie hatten sich gegen die Regeln gewandt, die ihre Existenz bestimmten, und getötet. Menschen und Wandler getötet, um sie zu fressen.

Das war aus so vielen Gründen inakzeptabel.

Ein Whampyr, der die Regeln missachtete, war eine Gefahr für sich und andere. Ohne Regeln jagten sie ohne Gewissensbisse und Bedenken. Und wenn das geschah, starben sie, weil Gaston, der Retter und Schöpfer der Whampyre, nicht zulassen konnte, dass seine Untergebenen außer Kontrolle gerieten.

Selbst ohne die Drohung seines Schöpfers ließ JF nicht zu, dass seine Selbstdisziplin ins Wanken geriet. Er, nicht die Dunkelheit in ihm, beherrschte diesen Körper.

Diese Mission würde seine Grenzen auf die Probe stellen. Seine Fähigkeit testen, der Versuchung ins Auge zu blicken – statt unter dem Hals in das freiliegende Tal zwischen ihren blassen Brüsten zu schauen und den lieblichen Duft einer Frau zu ignorieren, versüßt mit einem Hauch von Vanille, der ihm das Wasser im Mund zusammenlaufen und seine Zähne schmerzen ließ – und sich so zu verhalten, wie ein Bruder es tun sollte, beschützend und mit bösem Blick alle abwehren. Stattdessen verlangte es ihm nach einer gewissen Rothaarigen und er hätte sie am liebsten an sich gezogen, um zu sehen, wie gut sie zu ihm passte, wenn sie sich an ihn schmiegte.

Ich bin mir jetzt schon sicher, dass es sich perfekt anfühlen würde. Und ich würde wetten, dass sie absolut göttlich schmeckt. Einmal kurz lecken würde doch sicher nicht schaden?

Das war der blanke Wahnsinn.

»Bist du bereit, Stoney?« Es überraschte ihn nicht, dass sie sein Zimmer betrat, ohne vorher anzuklopfen.

Was hätte sie wohl getan, wenn sie mich bei etwas Unanständigem erwischt hätte? Hoffentlich mitgemacht.

»Stoney?«, hakte er nach.

»Na ja, ich kann dich ja schlecht Knackpo nennen. Oder wolltest du vielleicht, dass die Leute denken, wir hätten eine Beziehung wie die Typen aus *GoT*?« Als er sie verständnislos ansah, lächelte sie breit. »Schaust du etwa nicht *Game of Thrones*?«

»Ich lese lieber, als fernzusehen.«

»Dann solltest du den ersten Band von George R.R. Martin lesen. Da passieren alle möglichen merkwürdigen und coolen Dinge in seiner Welt und in seinem verdrehten Verstand. Vielleicht kannst du dir da was abgucken. Und da ich nicht die Cersei zu deinem Jamie mimen möchte, brauche ich einen passenden Spitznamen für dich, damit die Leute nicht denken, dass wir es miteinander tun.«

»Und warum benutzt du nicht einfach meinen richtigen Namen? Ich habe nämlich einen, weißt du.«

»Ja, ich weiß. Jean Francois. Aber das ist viel zu lang. Du hast doch sicher einen kürzeren Spitznamen. Wenn eine Frau schreit, während sie einen Orgasmus hat, dann darf sie den Mund nicht zu voll nehmen und es dürfen nicht mehr als zwei Silben sein.«

Sie sagte wirklich die unglaublichsten Sachen. Doch dieses Spielchen konnte er auch spielen. »Und ich dachte schon, dass Frauen lieber etwas richtig Großes im Mund haben.« Sie formte mit dem Mund ein »O« und er stellte sicher, dass sie mitbekam, wie er ihr auf den Mund starrte, als er sagte: »Du musst den Mund schon ein bisschen weiter aufmachen.«

»Du überraschst mich, Knackpo.«

»Nenn mich Jean.«

»Das war der Name meiner Großmutter.«

Sie verglich ihn mit einer alten Frau? Er runzelte die Stirn. »Gaston nennt mich JF.« Die meisten seiner Gefährten nannten ihn bei seinen Initialen.

»Ich gehöre doch nicht zu deiner Bruderschaft. Das ist völlig inakzeptabel. Aber wenn ich unbedingt irgendwas nehmen muss, nenne ich dich eben Francois. Auch wenn sich das viel zu Französisch anhört.«

»Wahrscheinlich weil ich Frankokanadier bin.«

»Kanadier?« Ihre Stimme wurde vor Unglauben eine Tonlage höher. »Darauf wäre ich nie gekommen. Schließlich sind Kanadier normalerweise ausgesprochen nett.«

»Ich bin nett.« Er zeigte ihr die Zähne. »Schließlich habe ich dich bis jetzt noch nicht getötet.«

Sie lachte. »Die Nacht ist noch jung. Es besteht noch Hoffnung.«

Mit glöckchenhellem Lachen verließ sie den Raum und er konnte ihr nur folgen, angelockt von dem hypnotisierenden Schwingen ihrer Hüften in dem viel zu kurzen Kleid. Konnte man es überhaupt als Kleid bezeichnen? Es bedeckte kaum die Rundung ihres Hinterns. Es schmiegte sich an ihren Körper und verstärkte die Wölbung ihrer Hüften und ihre schmale Taille. Was die Vorderseite betraf, so zog der tiefe V-Ausschnitt den Blick auf sich.

Es wäre so einfach, diesen Stoff zur Seite zu schieben und die weiche Haut ihrer Brust zu küssen.

Kein Küssen gestattet.

Beißen?, schlug sein inneres Tier vor.

Definitiv kein Beißen.

Auch nicht lecken.

Oder streicheln.

Spielverderber. Er hätte nicht sagen können, welche seiner inneren Stimmen es sagte.

Die Abenddämmerung war hereingebrochen und doch blieb das Resort hell erleuchtet und die Fackeln, die den Weg säumten, flackerten in ihren Glaskuppeln, die Glühbirnen im Inneren sahen aus wie echte Flammen.

Er bemerkte andere Gäste, die zu zweit oder mehr unterwegs waren, die meisten Hand in Hand, alle dorthin, wo das entfernte Dröhnen eines harten Basses die Luft erfüllte.

Der Pavillon, den sie betraten, war riesig, die gewaltige Terrasse voller Tische, von denen einige groß genug waren, um Gruppen von bis zu zehn Personen zu empfangen, während an den äußeren Rändern kleinere Tische mit zwei oder vier Stühlen standen.

Am riesigen Buffet gab es einen stetigen Strom von Menschen, die Teller und Besteck balancierten, während sie die Speisen auf ihre Teller häuften und dann einen Platz fanden, um sie zu sich zu nehmen.

»Sei so nett, Bruderherz, und hole uns etwas zu essen, während ich uns einen Tisch suche.«

Wieder kommandierte sie ihn herum, doch noch bevor er ihr sagen konnte, sie solle sich ihr verdammtes Essen selbst holen, war sie verschwunden. Sie glitt anmutig zwischen die Menschen und ließ ihn allein zurück.

Da es verdächtig wäre, wie ein steinerner Fels inmitten des ganzen Geschehens zu stehen, ging er auf den Buffettisch zu, füllte aber nur einen Teller voll. Was er essen wollte, gab es weder auf einem Tisch noch auf einer Warmhalteplatte.

Mit seiner beträchtlichen Körpergröße konnte er über die meisten Köpfe hinwegsehen und entdeckte die feuerrote Mähne seines Schützlings. Stacey hatte sich natürlich einen Tisch in der Mitte des Geschehens ausgesucht, einen mit Menschen gefüllten Tisch, an dem es keinen Platz mehr gab.

Mit einem heftigen Knall ließ er den Teller mit den Speisen vor sie krachen.

»Danke.«

»Bitte«, presste er zwischen zusammengebissenen Zähnen hervor.

»Hi, ihr alle, das hier ist Francois, mein geliebter Bruder.«

»Möchte dein Bruder sich vielleicht zu uns setzen?«, fragte ein junger Kerl – *schnüffel* –, dem Geruch nach ein Tiger. Der Typ stand auf und schob seinen Stuhl beiseite, um Platz für ihn zu machen.

»Mach dir keine Umstände«, murmelte er, »ich gehe direkt zur Bar.« Er konnte ein paar alkoholische Getränke vertragen, ohne betrunken zu werden. Alkohol machte ihm nicht viel aus, aber im Gegensatz zu normalen Gerichten genoss er das heiße Brennen, das ihm die Kehle hinunterlief.

JF lehnte sich an den äußersten Rand der Bar, mit direktem Blick auf seine falsche Schwester, und sah sich um und notierte alle Einzelheiten, die er sehen konnte.

Die aus einer Art weißem Stein gebaute Terrasse war

mehrstöckig. Auf der obersten Etage, wo sie sich aufhielten, befanden sich die Tische und das Buffet sowie die erste Bar. Die zweite Etage hatte bequeme Sitzgelegenheiten mit Kissen und kleinen Tischen, an denen man ein Getränk abstellen konnte und die um ein großes Schwimmbecken angelegt waren, in dem ein paar Leute schwammen.

Die dritte Etage war schmaler und ging in den Strand über. Und obwohl das Abendessen auf der obersten Etage stattfand, waren Leute überall unterwegs, und in dieser enormen Anzahl von Menschen befanden sich unangenehm viele Gestaltwandler.

Tiere, die sich für Menschen ausgaben.

Das Raubtier in ihm sträubte sich. JF hatte normalerweise nichts dagegen, inmitten von Gestaltwandlern zu sein. Zum Teufel, der Klub, in dem er arbeitete, stellte eine ganze Reihe von ihnen ein und empfing sie auch als Gäste. Wenn er jedoch im Klub war, befand er sich in seinem Territorium. In der Gegenwart seines Teams.

Hier war er nur ein weiterer Gast. Ein Mann, der von Haustieren umgeben war, die in der Überzahl waren. Aber das Beste daran war, dass sie keine Ahnung hatten, was unter ihnen wandelte.

Die Wandler konnten seine Art nicht riechen. Für sie war er ein leerer Geruchsfleck. Das bedeutete, dass er in der Öffentlichkeit tatsächlich darauf zurückgreifen musste, Düfte zu tragen, damit sie sich nicht zu lange darüber wunderten.

Bei einem Glas Whisky – als ob er sich herablassen würde, etwas Buntes, Kitschiges zu trinken – wanderte er umher und identifizierte aus Spaß die verschiedenen Rassen. Es waren ziemlich viele.

Am lautesten Tisch saßen Wölfe. Ein rauer Haufen, der wahrscheinlich anfangen würde zu heulen und zu singen, solange der Alkohol floss.

Es war natürlich eine große Zahl von Löwen anwesend. Keine Überraschung, wenn man bedachte, wem die Anlage gehörte.

Ein paar Tiger, sogar zwei Füchse, die unter sich blieben, schienen auch dabei zu sein. Und dann waren da noch die Menschen. Viele, viele Menschen, viele von ihnen Angestellte, aber es gab auch mehr als nur ein paar Gäste, die nicht nach Gestaltwandler rochen. Das überraschte ihn. Er hatte erwartet, dass ein Resort, das von Löwen geführt wird, nur auf ihre Art ausgerichtet ist.

Andererseits wurde das Rudel nicht dadurch stinkreich, dass es nur Löwen bediente. Sie wussten, wie Gewinn erzielt werden konnte.

Dennoch fragte er sich, wie oft sie ein Chaos aufräumen mussten, wenn ein betrunkener Gestaltwandler aus Versehen sein Tier hatte entkommen lassen. Hatte das Resort eine spezielle Crew, um lästige menschliche Zeugen loszuwerden?

Gaston hatte ein Protokoll für solche Situationen. JF wäre mehr als glücklich, dem Resort zur Hand zu gehen, wenn sie Hilfe bräuchten. Das Beseitigen von Leichen war etwas, auf das er sich spezialisiert hatte – nachdem er einen Bissen davon genommen hatte.

Obwohl es schon eine Weile her war, dass er so etwas tun musste. Seit sie nach Amerika gezogen waren, war Gaston sehr streng darauf bedacht, wen und was sie essen durften. In der heutigen modernen Zeit, in der Smartphones jeden überall aufzeichnen, fürchtete der Chef, dass die Whampyre erwischt werden könnten.

Wahrscheinlich eine berechtigte Sorge, aber das war auch kein Trost, wenn sein leerer Magen vor Hunger knurrte. Und er hatte nicht gegessen, bevor er abgereist war.

Ich werde später auf die Jagd gehen müssen. Mal sehen, was er im Dschungel finden konnte.

Er trank die bernsteinfarbene Flüssigkeit in seinem Glas mit einem Schluck aus und hörte Staceys silberhelles Lachen, das nach Glöckchen klang, während sie sich amüsierte. Er fragte sich, ob ihre Fröhlichkeit nur geschauspielert war für denjenigen, der vielleicht zusah, oder ob dies die wahre Stacey war. Eine Partygirl-Prinzessin. Eine Frau ohne Hemmungen und ohne Moral.

Nicht dass ihn das interessierte. Sie war nicht sein Typ und er war nicht darauf aus, mit irgendjemandem etwas anzufangen.

Trotz des milden Abends und des halbwegs anständigen Alkohols konnte JF es nicht ertragen, von so viel Lärm und Ausgelassenheit umgeben zu sein. Nicht wenn er so hungrig war wie jetzt.

Ich muss etwas essen. Die Gäste waren tabu. Er würde sein Blut woanders finden müssen.

Sobald er den Strand betrat, versanken seine Schuhe im Sand. Nicht gerade das richtige Schuhwerk für einen Spaziergang. Es blieb nicht unbemerkt.

»Du weißt aber schon, dass die meisten Leute sich die Schuhe ausziehen, bevor sie einen Strandspaziergang machen«, stellte eine Stimme hinter ihm fest. Eine Stimme, die er kannte. Als er sich umdrehte, sah er Jan, die ein ausgesprochen attraktives Kleid im Sarong-Stil trug und offene Haare hatte, die ihr über die Schultern fielen und von einer Blume im Haar gehalten wurden.

Ausgesprochen attraktiv, aber dennoch schürte sie sein Verlangen nicht so sehr, wie Stacey es tat.

»Ich bin nie barfuß.« Schließlich war er in einem Land groß geworden, in dem das halbe Jahr über Winter herrschte.

»Du solltest es mal versuchen«, neckte Jan ihn.

Bei ihrem Ton und dem Lächeln runzelte er die Stirn. Nur einem völlig beschränkten Idioten würde nicht auffallen, dass sie mit ihm flirtete. Wenn er nur nicht immun dagegen wäre.

Vielleicht sollte er Jan eine Chance geben. Immerhin arbeitete sie hier und könnte ihm einen Anhaltspunkt geben. Außerdem war er hungrig. Im Gegensatz zu einigen seiner Artgenossen wusste er, wie er nur einen einzigen stärkenden Schluck nehmen konnte.

»Warte, ich helfe dir.« Sie kniete sich vor ihm hin und ihr blonder Schopf war fast auf der richtigen Höhe, um ein weiteres seiner Bedürfnisse zu stillen.

Jan öffnete seine Schnürsenkel und zog ihm die Schuhe aus, direkt gefolgt von seinen Socken. Erst als er barfuß war, sah sie zu ihm hoch. »Ist das nicht schon viel besser?«

Ganz ehrlich? »Der Sand ist viel wärmer, als ich gedacht hatte.«

»Weil den ganzen Tag über die Sonne darauf geschienen hat.« Aus irgendeinem Grund blieb Jan vor ihm hocken, ihr Gesicht fast auf der richtigen Höhe. Und ihre Augen glänzten vor Interesse.

Es wäre so einfach –

»Bruderherz, da bist du ja.« Er hörte Staceys Stimme nur einen Moment, bevor er ihren Geruch wahrnahm.

Eine verärgerte Falte erschien auf Jans Stirn.

»Bist du schon damit fertig, dich zu amüsieren?«, fragte er sie über seine Schulter hinweg.

»Ich bin müde. Schließlich war es eine beschwerliche Reise.« Stacey hielt sich die Hand vor den Mund, als sie übertrieben gähnte. »Bringst du mich zu meinem Zimmer zurück?« Es war weniger eine Frage als ein Befehl.

»Ich glaube, dein Bruder möchte noch nicht schlafen gehen. Ich kann dich von jemandem im Golfwagen zu deinem Zimmer bringen lassen«, bot Jan ihr an.

»Nein, vielen Dank. Was meine Unversehrtheit angeht, so vertraue ich nur Francois. Er ist so groß und stark.« Stacey entgegnete das mit einer gespielten Süße, die selbst Jan nicht entging. »Wollen wir dann, Bruderherz?« Und bevor er etwas darauf erwidern konnte, verschlang sie ihren Arm mit seinem und zog ihn von Jan weg.

Nach ein paar Metern, als sie außer Hörweite waren, besonders weil die Wellen an den Strand krachten, zischte er: »Was sollte das denn? Ich wollte noch einige Informationen aus Jan herausquetschen.«

»Das sah eher so aus, als wollte sie etwas aus dir herausquetschen, und zwar mit ihrem Mund.«

»Na und? Das geht dich gar nichts an.«

»Ich vertraue ihr nicht.«

Zumindest waren ihre Instinkte in Ordnung, denn ihm ging es ebenso. »Wer hat denn behauptet, ich würde ihr vertrauen? Aber sie könnte ein paar Dinge wissen, die ich vielleicht erfahren hätte, wenn du dich nicht eingemischt hättest.«

»Oder du hättest dich selbst in Schwierigkeiten gebracht.«

»Ich bin schließlich kein Idiot.«

»Bist du dir dessen auch sicher? Die Erfahrung hat nämlich gezeigt, dass dumme Sachen passieren, wenn Männer mit dem kleinen Kopf zwischen ihren Beinen statt dem großen Kopf zwischen ihren Schultern denken.«

»Erstens ist er nicht klein und zweitens bin ich ein erwachsener Mann. Und das bedeutet, dass ich schlafen darf, mit wem ich will, und dazu benötige ich deine Erlaubnis nicht.« Aber warum fühlte es sich dann so falsch an, darüber zu sprechen, mit einer anderen Frau zu schlafen, die nicht Stacey war? Es fühlte sich fast so an, als hätte er etwas falsch gemacht.

Und aus irgendeinem Grund vergrub sie auf seine Antwort hin ihre Fingernägel in seinen Arm. »Schließlich haben wir eine Mission und sind nicht hier, um uns mit den Angestellten zu vergnügen.«

»Sag mir jetzt nicht, du bist eifersüchtig.« Das konnte doch nicht sein, aber wie sonst ließe sich ihre merkwürdige Reaktion auf Jans Flirtversuche erklären?

»Eifersüchtig? Ha«, sagte sie verächtlich. »Du träumst wohl. Ich habe dich nur vor etwas gerettet, das du später wahrscheinlich bereuen würdest. Du solltest mir danken.«

»Ich habe immer die Kontrolle über das, was ich tue, also bereue ich nie etwas.« Außer der Tatsache, dass er vor langer Zeit auf die falsche Frau hereingefallen war. Eine Frau, die buchstäblich versucht hatte, ihm das Herz aus dem Leib zu reißen. Aber immerhin hatte er eine zweite Chance bekommen.

»Wir haben alle etwas, das wir bereuen, Knackpo. Dinge, von denen wir uns wünschen, wir hätten sie getan. Dinge, die wir im Nachhinein anders gemacht hätten.«

»In der Vergangenheit zu schwelgen hat keinen Sinn.« Das war die reinste Ironie, besonders in Anbetracht der Tatsache, dass es seine Vergangenheit war, die jetzt dazu führte, dass er sich auf keine Beziehung mehr einließ.

»Ich könnte nicht behaupten, dass ich etwas dagegen hätte, im Hier und Jetzt zu leben.« Sie tanzte vor ihm, ein rothaariger Kobold mit einem strahlenden Lächeln, die Schuhe in einer Hand, so wie er seine in der Hand hielt. Er, barfuß im Sand, an einem Strand mit einer Frau. Das Einzige, was fehlte, waren eine Flasche Wein und eine Decke. Denn im Sand zu ficken war nicht gut für die empfindlichen Körperteile.

»Und da das dein Motto ist, überrascht es mich, dass du die Party jetzt schon verlassen hast.« Er hatte sich gefragt, ob sie jemanden mit auf ihr Zimmer nehmen würde.

Denjenigen hätte ich getötet.

Aus was für einem Grund?

Brauchte er denn wirklich einen?

»Ich habe mich lange genug gezeigt, um gesehen zu werden. Falls unser Entführer dabei war, hat er mich sicher bemerkt.«

»Und gesehen, dass du mit mir davongegangen bist.«

»Mach dir keine Sorgen, ich habe laut genug gesagt, sodass alle es hören konnten, dass ich meinen Bruder vor der Schlampe retten muss, die versucht, ihn in ihre Krallen zu bekommen.«

»Dir ist aber schon klar, dass diese Bemerkung sicher auch irgendwann Jan zu Gehör kommen wird.«

»Das hoffe ich doch. Dann versteht sie vielleicht den Wink mit dem Zaunpfahl und lässt ihre Finger von dir.«

»Sonst passiert was?«

Sie sah ihn mit ihren lebhaften grünen Augen an. »Ich verweigere die Aussage mit der Begründung, dass du sie später eventuell gegen mich verwenden könntest.«

»Du darfst keine der Angestellten töten.«

»Wer hat denn gleich etwas von töten gesagt? Ich bin eher fürs Verstümmeln. Das hinterlässt einen bleibenden Eindruck.«

Er seufzte. »Ich hoffe wirklich, du machst nur Witze.« Obwohl ein Teil von ihm, seine dunklere Seite, sich über ihre unverfroren gewalttätige Seite freute. Eine Dame, die durch und durch böse war. Wie verlockend.

»Du wirst es bald herausfinden.«

»Heißt das, ich sollte ihr besser den Mund zuhalten, wenn sie später rüberkommt, damit ich sie ordentlich durchvögle?« Er wusste auch nicht, warum er sie unbedingt reizen musste. Wozu war das gut?

Sie stemmte die Hände in die Hüften und in ihren Augen erschien ein so gefährlicher Ausdruck, dass das Verlangen ihn plötzlich so heftig überkam, dass er sie am liebsten zu Boden geworfen und es ihr besorgt hätte.

»Du solltest besser nicht mit mir spielen, Knackpo.«

»Sonst was?« Und weil er gern fies war, fügte er hinzu: »Was krabbelt denn da hinter dir über den Sand?«

»Wo? Was?«, kreischte sie und wandte sich suchend um. Nur dass sein Plan nach hinten losging, als sie schrie: »Da ist bestimmt noch eine Spinne. Sie kommen, um mich zu holen!« Stacey warf sich in seine Arme und weil er nicht damit gerechnet hatte, geriet er ins Wanken. Sie schlang Arme und Beine um ihn und verschränkte die Knöchel hinter seinem Rücken.

»Da ist keine Spinne«, gab er zu, während er sie mit der freien Hand am Hintern festhielt und weiterging.

»Sagst du das, weil es die Wahrheit ist oder weil du mich auf dem Boden absetzen willst, damit ich mich meiner Furcht stelle?«

Weil sie den dunklen Teil der Hotelanlage erreicht hatten, wo zu beiden Seiten des Pfades hohe Bäume aufragten, tat er etwas ganz Untypisches. Er log, weil es ihm Spaß machte. »Halte dich besser gut fest. Vor uns sind ein paar Spinnennetze.«

Der billige Nervenkitzel, als sie sich im Anakonda-Stil an ihn schmiegte, war das Unbehagen wert, zu wissen, dass er gegen ihren Charme nicht immun war.

»Du hast mich noch gar nicht gefragt, warum ich so früh zu Bett gehen will.«

»Weil du müde bist, nehme ich an.«

»Natürlich nicht, du Dummerchen. Ich brauchte einen Vorwand, um von dort zu verschwinden, weil Melly mir eine SMS geschrieben hat. Sie hat ein paar Informationen für uns, was bedeutet, dass wir heute noch unsere Hausaufgaben machen müssen. Dann können wir morgen voll durchstarten. Oder zumindest ich. Du kannst damit weitermachen, dich wie ein viel zu fürsorglicher älterer Bruder zu verhalten und alle böse anzuschauen.«

»Oder ich könnte einfach im Dschungel verschwinden, wo die vermisste Frau zuletzt gesehen wurde, und den Schuldigen jagen.«

»Was bringt dich zu der Annahme, dass du etwas finden könntest, das allen anderen entgangen ist?«

»Ich bin eben gut.«

»Dieses Urteil bleibt mir vorbehalten.« Sie zwinkerte ihm zu.

Er verstärkte den Griff und vergrub seine Finger in ihren Pobacken, und er konnte ihre Haut spüren, weil ihr Kleid nach oben gerutscht war. »Du wirst danach nicht mehr genügend Kraft haben, um dir ein Urteil zu bilden, geschweige denn überhaupt zu denken.« Wenn es um sie ging, ließ er jedes Mal diese gewagten Behauptungen vom Stapel und plötzlich stand die Luft zwischen ihnen in Flammen. Ihnen wurde heiß und es breitete sich ein erwartungsvolles Schweigen aus.

Dann lachte sie. »Du bist mir ja wirklich einer, Francois.« Die Art, wie sie seinen Namen sagte, ihn mit Lippen und Zunge liebkoste, ließ ihn Dinge an einem Ort fühlen, den er schon lange für tot erachtet hatte.

Der verdammte Whisky musste ihm Verdauungsstörungen bereitet haben, denn er war sicher nicht auf diese verwöhnte Prinzessin hereingefallen. Sie war absolut und völlig unpassend für ihn.

Ein wildes Kind, während er gelassen war.

Eine Löwin, die nicht für einen Whampyr geeignet war.

Eine Frau, die sein inneres Tier ansprach und seine brodelnde Begierde weckte.

Eine Versuchung, der er um jeden Preis widerstehen musste.

Kapitel Neun

W<small>ARUM</small> <small>IST</small> <small>ER</small> <small>SO</small> <small>WILD</small> <small>ENTSCHLOSSEN,</small> <small>MIR</small> <small>ZU</small> widerstehen?

Sie konnte sehen, dass er sich bemühte, konnte aber gleichzeitig sein Verlangen nach ihr nicht ganz verbergen. Als er sie – mit müheloser Kraft – mit sich herumtrug, spürte sie die Erektion, die er nicht verstecken konnte und die gegen ihren Unterleib drückte. Sie hatte den Funken von etwas in seinen Augen gesehen. Und doch versuchte er nicht ein einziges Mal, sie zu küssen oder sie zu Boden zu werfen und sie wild und heftig zu nehmen.

Als sie den besser beleuchteten Teil des Weges erreichten, setzte er sie schließlich ab, und sofort fehlte ihr sein fester Griff um ihren Hintern. Noch verblüffender war, dass er sie gehen ließ. Nicht ein einziger Klaps auf ihren Hintern oder ein Pfiff, weil sie so frech mit den Hüften wackelte, als sie davonstolzierte.

Was für eine Enttäuschung.

Der Mann war ein solches Rätsel. Selbstbewusst. Sparsam mit seinem Humor und ohne gesunden Menschenverstand und Geschmack. Wirklich, er sollte

Stacey dafür danken, dass sie ihn aus den Klauen der affektierten Jan gerettet hatte. Die Mitarbeiterin des Resorts sah in ihm offensichtlich ein Ticket, um von dieser Insel an bessere Orte zu gelangen. Geldgierige Kuh.

Stacey mochte sie nicht, und zwar mit einer Leidenschaft, die normalerweise nur den Plagiaten von Designerstücken vorbehalten war. War es da ein Wunder, dass sie sich fast auf sie gestürzt und ihr das Gesicht abgerissen hätte, als sie Jan mit Francois gesehen hatte? Sie hatte auf jeden Fall ein nicht sehr damenhaftes Knurren von sich gegeben, das einige Partygäste auf der Terrasse dazu veranlasste, sie misstrauisch zu beäugen.

Gut, dass Stacey einen Grund hatte, ihn wegzuschleifen, bevor er und Jan in die Nacht abdriften konnten und Dinge taten, die Stacey die Krallen rausspringen ließen, ohne sich dessen bewusst zu sein.

Warum interessiert mich das überhaupt? Und es störte sie tatsächlich, was nur eines bedeuten konnte.

Ich bin eifersüchtig. Was für ein neuartiges Konzept, besonders da es um einen Mann ging, den sie nicht einmal mochte.

Aber seinen schönen Körper schon.

Okay, ihre innere Katze hatte recht. Der Mann war wie ein Backsteinhaus gebaut. Mit ihm Sex zu haben, wäre wie auf einem Berg zu reiten, mit harten Graten und festen Stößen –

Böses Kätzchen. Ihr Verstand konnte einfach nicht aufhören, sich unanständige Dinge auszumalen. Vielleicht sollte sie diese wahnsinnige Begierde nach ihm aus ihrem Körper vertreiben. Ihn verführen, ihren erotischen Drang befriedigen, und dann könnten sie beide normal weitermachen.

Wenn ich nicht so sehr mit Francois und dem, was er tut, beschäftigt wäre, könnte ich mich bei einigen männlichen

Gästen einschmeicheln und sehen, ob sie etwas wissen. Oder mich sogar Maurice nähern. Er wäre leicht zu verführen.

Francois hatte recht, es war eine gute Idee, die Mitarbeiter nach Informationen auszuquetschen. Stacey konnte mit den Männern umgehen, zumindest mit den Heteros, während Francois ein Interesse an den weiblichen Mitarbeitern vortäuschen konnte. Ihre Flirtversuche ermutigen und ...

»Hörst du das Knurren auch?«, fragte er hinter ihr.

»Da jagt anscheinend irgendetwas im Dschungel«, fuhr sie ihn an, weil sie verärgert war, dass er ihr so naheging.

Und das nach nur einem Tag. Sie kannte den Mann kaum und trotzdem verärgerte er sie mehr als die Flohinvasion, die sie damals im Urlaub im Haus am See gehabt hatten.

Als sie an ihrem Zimmer ankamen, legte sie ihr Handgelenk gegen die Tür und das Schloss sprang wütend auf. Sie machte die Tür auf und wollte eintreten, als Francois sich an ihr vorbeischob.

»Wo sind bitte deine Manieren?«, beschwerte sie sich.

»Die gelten schließlich nicht nur für alle anderen.«

»Und Dummheit ist nicht nur für Heldinnen, die in Spukhäusern duschen gehen«, grummelte er als Antwort.

Sie blinzelte, als könnte sie kaum glauben, dass er einen Witz gemacht hatte. Verdammt noch mal.

»Und was ist gut daran, wenn du mich einfach aus dem Weg drängst?«, wollte sie wissen, nachdem sie eingetreten war und die Tür zugemacht hatte.

»Ich wollte mich versichern, dass niemand hier drinnen auf dich wartet.«

»Wäre das der Fall gewesen, hätte ich es sofort gerochen.«

»So wie du mich riechst?«

»Ich kann dich ausgesprochen gut riechen. Obwohl ich

natürlich sagen muss, dass du mir ein wenig zu jung für Old Spice vorkommst.«

»Aber dadurch rieche ich wie ein Mensch.«

»Und wie riechst du ohne?« Sie hatte nämlich gehört, dass seine Gattung nach gar nichts roch, was in den Ohren einer Katze völlig unmöglich klang. Jeder hatte einen Duft. Einen ganz einzigartigen. Und er doch sicher auch? Andererseits hatte sein Chef, Gaston, tatsächlich keinen. Aber der spielte mit toten Dingen. Wahrscheinlich war es besser, dass niemand das riechen konnte.

»Wenn du brav bist, lasse ich dich vielleicht eines Tages mal an mir riechen, nachdem ich geduscht habe.«

»Oder wir könnten zusammen duschen, du weißt schon, um Wasser zu sparen.«

Er antwortete nicht. Wie schade. Sie hätte jemanden, mit dem sie duschen und der ihr den Rücken einseifen konnte, gut gebrauchen können.

»Das Zimmer ist sicher«, verkündete er. »Es gibt keine Anzeichen dafür, dass jemand eingedrungen ist.«

»Jetzt fühle ich mich schon so viel besser.« Melodramatisch hielt sie sich eine Hand an die Stirn. »Was habe ich nur getan, bevor du in mein Leben getreten bist?«

»Ich kann dir jedenfalls sagen, was ich getan habe, ich habe nämlich nicht auf einen Klugscheißer gehört.«

»Vielen Dank.«

»Wofür denn?«

»Dass du mich klug genannt hast. Das bemerkt nicht jeder. Die meisten halten mich einfach nur für hübsch.«

Er funkelte sie böse an.

Sie lächelte. »Wenn du mir eine Minute Zeit gibst, um in etwas Bequemeres zu schlüpfen, können wir zusammen durchgehen, was Melly geschickt hat.«

Seine Antwort war ein Grunzen, weshalb sie bei der Auswahl des Outfits vielleicht einen Tick unartiger war, als sie es hätte sein sollen. Sie verließ das Badezimmer nur in einem kurzen Negligé. Kein Höschen, keine Robe, nichts als weiße Seide mit Spitzenbesatz.

Er trug immer noch seine hellbraune Hose und sein Hemd. Und er hatte bereits seine Socken und Schuhe ausgezogen.

Was er nicht ausziehen konnte, war sein Gesichtsausdruck. Hatte sie ihn für unfähig gehalten, anders zu schauen als mürrisch und missbilligend?

Wie falsch sie gelegen hatte. Er verzog zwar keine Miene, aber seine Augen ... seine Augen glühten, sie glühten in der Tiefe vor roter Hitze.

»Warum setzt du dich nicht schon mal auf die Couch, Knackpo, dann können wir beide gleichzeitig lesen, was sie geschickt hat.«

»Es macht mir nichts aus, wenn wir uns abwechseln.«

»Hast du etwa Angst vor mir?« Es könnte sein, dass sie dabei mit den Wimpern geklimpert hatte.

Ein echter Mann würde sich nie von einer Herausforderung abwenden. Er setzte sich energisch auf die Couch und mit einem zufriedenen Grinsen setzte sie sich neben Francois, ganz nahe neben ihn, den Kopf an einen Teil seiner Schulter und seiner Brust gelehnt. Er hatte steinharte Muskeln, und doch fand sie ihn seltsamerweise bequem.

Sie hielt ihr Telefon hoch und begann dann damit, eine Reihe von Kontrollen einzugeben – Fingerscan, Code, noch ein Scan, noch ein Code.

Er seufzte. »Ist all dieses Getue wirklich notwendig?«

»Melly nimmt die Sicherheit des Rudels ausgesprochen ernst. Dann sehen wir uns mal an, was sie uns mitzuteilen hat.«

Das Erste, was in dem von Stacey eröffneten Bericht auftauchte, war ein kurzer Absatz. *Hab ein paar Sachen über die verschwundenen Frauen herausgefunden. Tatsäch-*

lich dauert es schon länger an, als wir erwartet hatten. Mindestens schon ein paar Jahre. Die anderen Urlaubsorte haben es einfach nicht bekannt gemacht. Und es sind nicht nur Frauen, die verschwinden; manchmal verschwinden auch Männer.

Ein bisexuelles Raubtier? Faszinierend.

Die Nachricht ging weiter. *Ich habe das Video eingehender untersucht. Habe es durch einige Filter und so weiter laufen lassen. Ich konnte weder die Identität des Mannes feststellen noch herausfinden, ob es eine Maske war oder ob er tatsächlich so aussieht. Aber ich habe ein paar Dinge entdeckt.*

Da es Melly war, konnte sie ihre Botschaft Stacey nicht einfach sagen; sie musste sie ihr zeigen.

Ein Videofenster ging auf, in dem ein riesiges Dreieck prangte, das beim Drücken den Clip abzuspielen begann. Das Filmmaterial war klarer als zuvor, aber das war nicht die einzige Veränderung. Als der Leotaurus die Lichtung betrat, sprang die Wiedergabe auf Zeitlupe und es gab eine Nahaufnahme von seinem Handgelenk.

Francois stieß mit dem Finger auf den Bildschirm. »Und das ist das berühmte Video, wegen dem wir hier sind?«

»Ja.«

»Dir ist aber schon klar, dass es wahrscheinlich irgendein Typ ist, der einen Scherz macht, oder?«

»Wenn das tatsächlich der Fall ist, wird es ausgesprochen leicht sein, ihn zu erwischen und die Sache zu beenden.« Sie zeigte auf den Arm des Leotaurus. »Er trägt ein Armband.«

»Dreiviertel der Menschen auf dieser Insel tragen Armbänder, weil sie entweder Gast oder Angestellte sind. Es gibt keine Möglichkeit festzustellen, zu welchem Resort dieses Band gehört.«

Das stimmte natürlich, trotzdem war es immerhin ein Hinweis. Dann lief das Video weiter, immer noch in Zeitlupe, und es wurde noch einmal herangezoomt, kurz bevor der Leotaurus und sein Opfer das Bild verließen. Ein Kreis um seine obere Schulter und der Zoom der Stelle zeigten einen schwarzen Fleck.

»Er hat eine Tätowierung«, stellte sie laut fest.

»Und auch das trifft wieder auf ziemlich viele Leute zu.«

»Hast du eine Tätowierung?« Sie musste sich das einfach fragen, da er immer von Kopf bis Fuß verdeckt war. Er trug sogar immer langärmelige Hemden. Und er hatte es vorgezogen, seine eigenen Klamotten anzubehalten, anstatt die anzuziehen, die sie für ihn mitgebracht hatte. Ausgesprochen schade. Sie hatte ein paar süße Badehosen für ihn eingepackt.

»Alle Spuren, die ich eventuell auf meinem Körper trage, gehen nur mich etwas an und nicht dich.«

»Das soll heißen, dass du welche hast?« Sie kniete sich hin. »Zeig sie mir.«

»Nein.«

»Und warum nicht?«

»Ich bin kein Zirkusfreak, den du anglotzen kannst.«

»Irgendwann wirst du dich ausziehen.«

»Wenn ich das tue, werde ich mich in meinem eigenen Zimmer befinden und die Tür abschließen.«

»Ist das etwa eine Herausforderung, Knackpo?«

»Können wir auf den Rest des Berichts zurückkommen?«

»Feigling«, murmelte sie leise. Dann lehnte sie sich wieder an ihn und runzelte die Stirn, als sie den nächsten Paragrafen sah. Sie las ihn laut vor. »Unter den Bewohnern der Insel gibt es eine sehr alte Legende, die von Generation zu Generation weitergegeben wird. Und die handelt von Leuten mit Löwenköpfen, die in den Bergen leben.«

»Gestaltwandler?«, hakte er nach. »Vielleicht gab es sie mal hier auf der Insel, aber sie sind ausgestorben.«

»Aber sie sagen, diese Leute hätten Löwenköpfe. Gestaltwandler verwandeln sich nicht nur teilweise.«

Da musste er widersprechen. »Das stimmt nicht ganz. Und obwohl es eher selten ist, können manche Gestaltwandler sich nur teilweise verändern, sodass sie zwar einen menschlichen Körper haben, doch der Rest von ihnen sich in ihr Tier verwandelt hat.«

»Das ist wirklich ausgesprochen selten. Also, wenn ich mich besonders anstrenge, kann ich eventuell meine Klauen ausfahren, ohne mich gleich komplett zu transformieren. Aber nur den Kopf, einen vollständigen Löwenkopf und sonst nichts ...« Diesmal war es an ihr, des Teufels Anwältin zu spielen. »Da ist es schon wahrscheinlicher, dass es einen Stamm gibt, der Löwen jagt und ihre Köpfe als Kopfbedeckung trägt.«

»Du willst echt behaupten, sie tragen die Köpfe dessen, was sie getötet haben, als Hut?«

»Eher als so eine Art Maske, und es gibt da auch einen Präzedenzfall. Die alten Ägypter benutzten Tierköpfe, um mehr wie Götter auszusehen. Aber um auf Mellys Bericht zurückzukommen, anscheinend wurden diese damals als Götter verehrt. Ab und zu brachte man ihnen Opfer in Form von frisch gefangenem Fisch, Obst und Gemüse, und einmal im Jahr eine Jungfrau.« Sie sah zu Francois auf. »Glaubst du, jemand inszeniert da die alten Legenden?«

»Es ist eher so, als ob jemand den alten Aberglauben benutzt, um Spaß zu haben. Das ist ein Schwindel. Jemand dachte offensichtlich, es wäre lustig, diese angeblichen alten Götter nachzuahmen, und benutzt sie, um Sex zu haben.«

»Nur dass die Leute ihm keine Frauen opfern. Er stiehlt sie sich.«

»Aber stiehlt er sie sich wirklich? Es sieht nicht gerade so aus, als würde die Frau auf dem Video sich gegen ihn wehren.«

»Aber sie sieht aus, als hätte sie Angst.«

»Sie hatte Angst und war aufgeregt. Als hätte sie erwartet, dass irgendetwas passiert. Die Furcht stammte wahrscheinlich daher, dass man ihr gesagt hat, sie müsse durch den Wald rennen, während irgendetwas sie verfolgt. Und als er das dann tat, wurde ihre Angst durch Vorfreude ersetzt.«

»Glaubst du wirklich, das Ganze ist ein Schwindel? Aber warum hat Shania sich dann mit niemandem in Verbindung gesetzt?«

»Wie lange ist sie jetzt schon verschwunden? Drei Tage, vier?«

»Heute Abend sind es drei Tage.«

»Es ist nicht allzu schwer, sich vorzustellen, dass sie immer noch in einer Orgie der Sinne schwelgt.«

»Eine Orgie, die drei Tage dauert?« Sie schürzte die Lippen. »Wer zum Teufel ist so gut im Bett?«

»Ich habe es einmal drei Tage lang ausgehalten.«

Seine Antwort schreckte sie so sehr auf, dass sie beinahe rückwärts umgefallen wäre, weil sie den Kopf so hob, um ihm ins Gesicht zu sehen.

Er lächelte nicht. Es gab keinerlei Anzeichen dafür, dass er sie nur aufzog. Stattdessen gab es nur mehr dieser flirrenden Hitze.

»Dann nehmen wir doch einfach mal an«, entgegnete sie und versuchte, sich nicht davon ablenken zu lassen, wie viel Durchhaltevermögen ein Mann wohl aufbringen musste, um eine Frau drei Tage lang befriedigt im Bett festzuhalten, »dass du recht hast. Dass sie freiwillig mit ihm mitgegangen ist. Wohin sind sie verschwunden? Er trägt das Armband eines Resorts, genau wie sie. Wären sie in diesem Resort geblieben, hätte jemand sie gesehen oder zumindest ihre Anwesenheit bemerkt. Laut Melly helfen die Armbänder dabei, den Aufenthaltsort der Gäste zu bestimmen, wenn sie sie auf dem Gelände benutzen. Aber wir hatten noch keine Pings. Wenn er sie also irgendwo auf diesem Grundstück versteckt hat, dann muss er ihr das Armband abgenommen und es irgendwie geschafft haben, ihre Anwesenheit geheim zu halten, während er es gleichzeitig schaffte, sie mit Nahrungsmitteln zu versorgen. Oder er ist irgendwo anders zu Gast und hat sie von ihrem Grundstück in ein anderes Resort gebracht?«

»Oder sie haben sich eine Wohnung in der Stadt genommen. Oder er hat sie irgendwo auf eine Jacht gebracht. Oder sie sind irgendwo draußen in der Wildnis und campen. Bis jetzt sind das allerdings alles nur Mutmaßungen ohne jeglichen Beweis.«

»Aber immerhin lasse ich mir etwas einfallen und mache nicht alles runter, was ich sage.«

»Das nennt sich die Stimme der Vernunft.«

»Ich bin eine Löwin; wir sind nicht immer vernünftig.«

»Ich weiß. Deswegen seid ihr ja auch so schreckliche Haustiere.«

Sie starrte ihn ungläubig an. »Hast du mich jetzt tatsächlich mit einer Hauskatze verglichen?«

»Du bist doch eine Katze. Katzen haben Besitzer. So ist das eben.«

In einem Moment saß sie noch neben ihm und im nächsten hatte sie sich auf ihn gesetzt. »Das nimmst du sofort zurück. Ich bin weitaus mehr als nur eine blöde Hauskatze.«

»Du bist eine irrationale Frau, die sich in Dinge stürzt,

um eine Neugier zu befriedigen, die keinen Platz für sorgfältiges Nachdenken oder Abwägen lässt.«

»Ich glaube, in deiner umständlichen Art hast du mich gerade rücksichtslos genannt.«

»Das habe ich tatsächlich.«

Sie lächelte. »Vielen Dank. Und da man mich nicht für meine riskanten Handlungen verantwortlich machen kann ...« Sie drückte ihren Mund auf seinen. Verschloss seine Lippen mit einem Kuss und freute sich darüber, dass er scharf die Luft einsog.

Ihre Luft.

Und er stieß sie auch nicht weg.

Oder protestierte.

Also küsste sie ihn weiter. Sie schob ihren Mund über seinen und kostete die feste Linie seiner Lippen, die kalte und irgendwie geheimnisvolle Textur seines Mundes, der nach Whisky und nichts anderem schmeckte.

Wie seltsam.

Entschlossen, seinen wahren Geschmack zu finden, teilte sie seine Lippen mit ihrer Zunge, steckte sie in seinen Mund und schob sie an seinem entlang. Mehr Whisky und ein Hauch von etwas Kaltem und Heißem, aber immer noch kein richtiger Geschmack.

Er fasste nach ihrem Hintern, grub seine Finger in ihre Haut und begann, sie zu bewegen. Er rieb sie an sich und die Schwellung seiner Hose war der Beweis seiner Erregung und drückte sich an sie, auch wenn seine Hose im Weg war.

Er konnte seine Lust nicht mehr verbergen. Er wollte sie. Sie wollte ihn, was bedeutete, dass sie auf keinen Fall aufhören konnte.

Sie griff nach seinen breiten Schultern und spürte seine festen Muskeln. Ihre Zungen tanzten weiter, saugten und glitten übereinander, während er ihren Arsch mit den Händen umklammerte und sie an sich rieb.

Das Verlangen in ihr wurde mit der Reibung ihrer Körper immer heftiger. Ihre Lippen lösten sich voneinander und er küsste sie den Hals hinab. Er leckte und saugte an ihrer Haut, bis sie stöhnte. Ein Schaudern überlief ihren ganzen Körper und konzentrierte sich in ihrer Muschi, während die Spirale der Lust immer schneller wirbelte.

Er küsste immer weiter an ihr hinab und bahnte sich einen Weg zu dem tiefen Ausschnitt ihres Nachthemdes. Mit einer kleinen Bewegung seines Mundes schob er den Stoff beiseite und legte eine rosarote Brustwarze frei. Er saugte daran, zog sie in seinen Mund und liebkoste die aufgerichtete Knospe mit seinen Lippen und Zähnen.

»Oh ja«, zischte sie. »Saug daran.«

Und das tat er. Er saugte hart an ihrer Brustwarze und sorgte dafür, dass sie sich noch mehr aufrichtete, bevor er der anderen Brust seine Aufmerksamkeit zuwandte. Er überschüttete sie mit Aufmerksamkeit, leckte und saugte an ihrer Haut, während sie sich auf seinem Schoß wand.

Ihr Verlangen kochte hoch und Begierde raste durch ihre Adern. Und ein gesteigertes Bewusstsein verstärkte jede Berührung, jedes Stöhnen und jede Liebkosung.

Er nahm seine Lippen von ihrer Brust, um sie noch einmal zu küssen, und es wurde eine heiße und feurige Umarmung, bei der sie ihre Finger in sein Haar vergrub und daran zog.

Erregt hüpfte sie auf seinem Schoß. Sie stand ganz kurz davor. Sie brauchte nur einen leichten Schubs, um einen Orgasmus zu haben. Noch einmal ließ er seinen Mund wandern, über ihre Kieferlinie zum Ohrläppchen. Er leckte ihre Ohrmuschel und sie seufzte.

»Mehr«, stöhnte sie.

Er ließ seine Lippen wieder nach unten wandern und

hielt an ihrer pochenden Halsschlagader inne. Dann biss er ihr in den Hals, und zwar stark genug, sodass sie einen Laut ausstieß.

»Oh ja, beiß mich. Beiße mich fest.«

Mach mir dein Zeichen. Nimm mich.

Stattdessen warf er sie auf die Couch und floh schneller, als sie blinzeln konnte. Er floh durch die Tür, die ihre Räume voneinander trennte, und schloss sie hinter sich zu. Merkwürdig.

Lief er los, um ein Kondom zu holen?

Klick.

Das hatte doch sicher nichts zu bedeuten. Vielleicht musste er pinkeln und wollte nicht, dass sie reinkommt.

Sie wartete.

Sie wartete noch etwas länger.

Aber er kam nicht zurück.

Verdammt. Es war ihr noch nie passiert, dass ein Kerl davongelaufen war. Und was jetzt? Ihre Muschi pochte. Alles schmerzte vor aufgestauter Begierde.

Soll ich ihm nachgehen?

Und ihn anflehen, etwas gegen das Feuer zu tun, das er in ihren Lenden entfacht hatte?

Ich, einen Mann anflehen? Wohl eher nicht.

Es gibt nur eine Sache, die man tun kann, wenn ein Körper nach Erleichterung verlangt, sie aber zu stolz war, es sich selbst zu besorgen.

Klare Nacht. Heiße Brise. Viele schöne Gerüche.

Sie zog sich aus, bevor sie den Balkon betrat.

Kapitel Zehn

In dem Moment, in dem JF sein Zimmer betrat, um der Versuchung zu entgehen, schloss er die Tür ab. Dann starrte er sie an, wohl wissend, dass nur ein fadenscheiniges Portal zwischen ihm und *ihr* stand.

Die Frau, die ihn erst vor wenigen Augenblicken dazu gebracht hatte, sich selbst zu vergessen.

Selbst jetzt konnte er sich noch an das Gefühl in seinen Armen und den Geschmack in seinem Mund erinnern. Die Art und Weise, wie sie bei seinen Liebkosungen dahinschmolz und nach mehr verlangte.

Warum gebe ich ihr nicht, was sie will?

Weil er fast die Kontrolle verloren hätte.

Er fuhr sich mit den Fingern durchs Haar und wirbelte von der Tür weg. Er schritt durch den Raum, jeder Zentimeter von ihm pulsierte, das Blut rauschte durch seine Adern, sengend heiß, und erhitzte seine normalerweise kühle Haut.

Seine Zähne waren aus seinem Zahnfleisch herausgedrückt worden, lang und scharf, so scharf, dass er ihre Haut eingekerbt hatte. Nur ein winzig kleiner Schnitt, genug, damit er einen Tropfen schmecken konnte.

Einen. Winzigen. Tropfen.

Nur eine Andeutung. Er hatte fast den Verstand verloren.

Er hätte beinahe seine Zähne in sie geschlagen, um an ihr zu saugen, sie zu verschlingen und von ihr zu trinken, bis dieser Heißhunger nachließ. Hätte sie keinen Ton von sich gegeben, hätte er vielleicht die Kontrolle verloren, und was wäre dann passiert?

Pure verdammte Glückseligkeit.

Zum Glück war er davon losgekommen, bevor er etwas tat, was er später bereut hätte, und war geflohen.

Du bist geflohen wie ein elender Feigling, behauptete sein heimtückischer Verstand.

Nein, wie ein Mann, der noch einen weiteren Tag leben wollte. Wenn JF die Kontrolle verlor und ihr die Kehle herausriss, könnte er sich genauso gut seine eigene Kehle aufschlitzen. Gaston, seinem Herrn, und Arik, dem Löwenkönig, wäre sein Leben einen Scheiß wert.

Wer sagt, dass du sie getötet hättest? Man konnte auch trinken, ohne Schaden anzurichten. Ein Paar winzige, stecknadelkopfgroße Einstiche und er konnte wie mit einem Strohhalm von ihr trinken. Aber die Regeln waren klar. Keine Nahrungsaufnahme von Gestaltwandlern, zumindest nicht ohne Erlaubnis.

Dann gab es da noch seine persönliche Regel. Lass dich nicht mit Gestaltwandlern ein. Niemals.

Das letzte Mal war es nicht gut für ihn ausgegangen.

Wie lange werde ich diese eine Erfahrung noch als Ausrede benutzen?

Ja, es stellte sich heraus, dass Sasha nicht die war, die zu sein sie vorgegeben hatte. Und dass nichts von dem stimmte, was sie gesagt hatte. Zu dieser Zeit war JF nur ein Mensch und hatte nicht verstanden, dass es andere Dinge gab, versteckte Dinge auf der Welt. Er hatte sich in das Mädchen mit den goldenen Haaren verliebt. Eine Frau, die, ähnlich wie Stacey, seine Leidenschaft entfachte. Er hatte jedoch nicht erwartet, dass das sprudelnde Äußere ein Monster verbarg. Eine Löwin, aber eine, die es genoss, aus Spaß zu töten.

Eine Verführerin, die Männer, menschliche Männer, dazu verführte, sich mit ihr zu treffen und sich in sie zu verlieben, sodass sie, als sie sich schließlich in ihre katzenartige Bestie verwandelte und zuschlug, keine Möglichkeit zur Verteidigung mehr hatten.

Keinen Schutz dagegen, von ihren Krallen aufgeschlitzt zu werden.

Keinen Schild gegen ihre Zähne.

Er hätte in dieser Nacht sterben müssen. Das wäre er auch, wenn Gaston ihn nicht gefunden hätte, weil der Geist eines anderen Opfers ihn zum blutenden Körper von JF geführt hatte.

Wie gut JF sich noch an das Gefühl und den Geschmack des Blutes erinnerte, das an seinen Lippen gesprudelt war, die Kälte, die sich in seinen Knochen ausgebreitet hatte. Die Gefühllosigkeit überall. Sollte er mit aufgerissenem Körper nicht etwas fühlen?

Gaston hatte ihm tief in die Augen geschaut, ernst und gleichzeitig voller Mitgefühl. Und er hatte ihm eine Frage gestellt: »Willst du um jeden Preis leben, damit du dich und die anderen, die das gleiche Schicksal erlitten haben, rächen kannst?«

Ja. Er hatte nie erfahren, ob er das Wort nur gedacht hatte oder ob es ihm über die Lippen gekommen war.

Es spielte keine Rolle. Das nächste Mal, als er aufwachte, war er etwas Neues. Etwas anderes. Stärker.

Unmenschlich.

Er war ein Whampyr und er bekam seine Rache.

Aber Rache hatte seine Abneigung gegen Gestaltwandler auch nie geheilt. Sie hatte ihm nie geholfen, über den Verrat von jemandem hinwegzukommen, von dem er dachte, sie würde ihn lieben.

Jahre später verstand JF nun im Nachhinein, dass Sasha die ganze Zeit über gegen ihn gespielt hatte, aber das war nur ein schwacher Trost und trug nicht zu seinen Vertrauensproblemen mit dem anderen Geschlecht bei.

Man konnte ihnen nicht trauen.

Niemals.

Auch wenn sie gut schmeckten. Vor allem, wenn sie gut schmeckten. Würde er sich daran erinnern, dass es Stacey war, die sich unter ihm wand, während sie einen Orgasmus hatte, oder würde er in diesen dunkleren Albtraum zurückfallen, in den, in dem er mit Blut auf den Lippen und der Leiche der Frau, die ihn betrogen hatte, in den Armen erwachte?

Er fürchtete sich davor, das herauszufinden. Das, mehr als seine Vertrauensprobleme, war der Grund, warum er vor Stacey geflohen war. Deshalb hatte er die Tür verschlossen. Das war der Grund, warum er das pochende Verlangen in seinem Körper ignorierte.

Er zog sich aus, ohne sich um Knöpfe oder Falten zu kümmern, ließ seine Kleidung auf den Boden fallen und floh ins Badezimmer. Er drängte seinen fiebernden Körper in die Dusche und stellte das Wasser an. Das Wasser war auf kalt gestellt, doch die lauwarme Brühe, die herauskam, kühlte seine Haut nicht. Und es bändigte auch nicht die brodelnde Glut seines Verlangens.

Sie schmeckte so perfekt. Fühlte sich so richtig an.

Der ursprüngliche Teil von ihm fragte sich, warum er nicht zurückging und sie für sich beanspruchte. Sex war Sex. Sie bot ihn an. Er wollte es. Wo war das Problem?

Selbst wenn er nicht so von ihr trinken konnte, wie er es wollte, konnte er dennoch in ihre samtigen Tiefen sinken. Seinen Schwanz so tief in sie stoßen, dass er sie von innen heraus prägte.

Verdammter Wahnsinn.

Man fickte nicht mit denen, zu deren Schutz man abgestellt worden war.

Er durfte auch nie vergessen, dass sie eine Gestaltwandlerin war. Man hatte ihm seit seiner Wiedergeburt schon lange beigebracht, dass diese Wesen unter seiner Würde waren.

Warum kann sie also nicht unter mir im Bett sein?

Darum.

Einfach nur darum.

Wenn er es nicht mehr aushielt, dann konnte er es sich ja mit der Hand selbst besorgen. Mit diesem Gedanken im Hinterkopf schloss er die Augen gegen den Strahl der Dusche und nahm seinen pochenden Schwanz in die Hand. Er schloss seine Finger fest darum und begann, sich selbst zu streicheln. Er kannte seinen Körper, wusste, wie viel Druck er auf die samtige Länge gehärteten Stahls ausüben musste. Er wusste, wie schnell er ihn auf und ab pumpen musste.

Er wusste allerdings nicht, warum er sich ausgerechnet sie vorstellte, die feurige Rothaarige, die Augen auf Halbmast, die Lippen geöffnet. Wie schön sie auf den Knien aussehen würde, die Lippen um seinen Schwanz gelegt, wenn sie ihm einen blies. Ihn mit dem Mund verwöhnte.

Würde er auf ihre Lippen spritzen oder würde er sie lieber umdrehen, bis sie ihm ihren wunderbaren Hintern präsentierte? Ein Hintern, der dazu bestimmt war, von ihm gehalten zu werden, während er sie von hinten fickte, tief in ihre samtigen Falten eintauchte, sie stieß und …

Er grunzte und das Sperma schoss aus seinem Schwanz,

und als er die Augen wieder aufmachte, sah er die kalten, sterilen Fliesen der Dusche und nicht ihren sanften Gesichtsausdruck.

Schlimmer noch, er mochte zwar seine Ladung verschossen haben, aber sein Schwanz blieb teilweise erigiert. Er wollte sie immer noch haben.

Verdammt.

Er trat aus der großen, gekachelten Kabine und blieb nackt, die Feuchtigkeit auf seiner Haut perlte ab, die Abdrücke auf seinem Körper waren kaum sichtbar, silberne Linien waren in jeden Teil seiner Haut eingebrannt, vom Hals bis zu den Fußsohlen. Sogar seine Kopfhaut hatte sie. Nur sein Gesicht war unberührt – was auch besser war, denn nur so konnte er unbemerkt unter den Menschen wandeln.

Die Klimaanlage tuckerte vor sich hin und blies kalte Luft in den Raum, sodass er, als er davorstand, spürte, dass ihm kühler wurde.

Tief durchatmen. Augen geschlossen halten. Den Verstand freimachen. Gelassenheit legte sich über ihn.

Bis er einen Löwen brüllen hörte, laut und wütend.

Dann ein johlendes Heulen.

Sicherlich ist es nicht sie.

Sein Blick glitt zur Wand, die ihre Räume voneinander trennte.

Erzähl mir nicht, dass sie so dumm ist.

Ja, das war sie.

Er nahm sich nicht einmal Zeit, um sich Kleider anzuziehen, sondern streifte nur schnell Boxershorts über, bevor er die Tür zwischen ihren Zimmern aufstieß, und ein Blick genügte, um zu wissen, dass sie ausgeflogen war. Das Kleid auf dem Boden und die offene Glasschiebetür machten das deutlich. Er lief zur Tür und trat auf ihren Balkon. Der leere Balkon, der frisch nach Katze roch.

Ich werde ihr das Fell über die Ohren ziehen und zu Handschuhen verarbeiten. Sobald er sie gefunden hatte.

Diese Seite des Gebäudes hatte mehr Privatsphäre als einige der anderen im Resort, da sie am Rande des Dschungels lag. Derselbe Dschungel, der zum Naturschutzgebiet um den Vulkan gehörte. Der dichte Wald bot hohe Bäume, die alle zu weit entfernt waren, um sie vom Balkon aus zu berühren, aber sie waren nahe genug, sodass ein Tier sie mit einem Sprung erreichen konnte. Zum Beispiel eine Löwin.

Ein Teil von ihm war versucht, zurück in sein Zimmer zu gehen und die Situation einfach zu ignorieren, in die sie geraten war. Wer wusste angesichts ihrer magnetischen Fähigkeit, Ärger anzuziehen, schon, worauf sie gestoßen war? Wahrscheinlich noch eine Spinne. Mit ihren Prinzessinnen-Allüren hatte sie sich vielleicht sogar einfach nur einen Fingernagel abgebrochen.

Oder sie war in etwas Ernstes hineingeraten. Dies war kein ruhiger Park inmitten der Stadt. Dies war eine wahre Wildnis mit allen möglichen Gefahren. Sogar für eine Löwin war das eine wahre Wildnis.

Verdammt noch mal. Jemand muss diese Frau an die Leine nehmen.

Er stürzte sich in die Luft, die Veränderung vollzog sich schnell, seine Flügel sprangen aus seinem Rücken, ließen den schweren Teil seines Körpers in die Luft steigen und erlaubten ihm, hoch zu schweben. Die Veränderung fiel ihm jetzt leicht, aber es war nicht immer so gewesen.

Er erinnerte sich noch an das erste Mal, als er sich verwandelt hatte, an den Schock, als diese Dinger von monströser Größe aus seinem Körper herauskamen.

»Wo kommen die denn plötzlich her?«, hatte er damals gerufen.

»Sie sind jetzt ein Teil von dir«, war die Antwort gewesen. Ein Teil von ihm, der in seinem Inneren versteckt war.

Wie er das Fliegen gelernt hatte? Ganz oben auf den steilen Klippen stehend, während der Wind über seinen neuen Körper gepeitscht war, hatte er in die schwindelerregende Tiefe geschaut. Gaston hatte einem seiner Lakaien mit einer Handbewegung befohlen, JF über die Kante zu stoßen.

Wenn man aus dieser Höhe in den sicheren Tod stürzte, lernte man sehr schnell, mit den Flügeln auf dem Rücken zu schlagen.

Aber selbst dann war er ungeschickt und unkoordiniert gewesen. Er wäre fast unten zerschellt. Aber nur knapp, und nachdem er sich vom Boden aufgerappelt hatte, lief er den gesamten Weg zurück hinauf, und zwar mit finsterem Blick, und bellte: »Was zum Teufel stimmt mit dir nicht?«

Gaston hatte ziemlich stolz auf sich selbst ausgesehen und ihn angestrahlt. »Wenn man flügge wird, braucht man einen kleinen Schups, um das sichere Nest zu verlassen«, lautete seine Entschuldigung.

Aber JF vergab ihm und verfluchte ihn dann, als er herausfand, wie er seine neuen Anhängsel in seinen Rücken ziehen und wieder normal werden konnte. Er versuchte, nicht darüber nachzudenken, wie sein Inneres mit den dort hineingequetschten Flügeln aussehen musste, und wollte lieber gar nicht wissen, welche Wissenschaft und Magie dahintersteckte. Aber es gefiel ihm, dass er fliegen konnte, wenn er es brauchte. Das war ein Vorteil davon, ein Whampyr zu sein, und eine kleine Entschädigung für die Tatsache, dass er jetzt ein Monster war, das Blut zum Überleben brauchte. Aber Blut trinken zu müssen war besser, als zu sterben.

Die Nacht war hereingebrochen und obwohl der Mond hoch am Himmel stand, sorgte eine dunstige Wolkenschicht dafür, dass die Welt trotzdem düster blieb, was ihm ganz recht war. Er wollte nicht, dass jemand die dunkle Gestalt, die auf der tropischen Brise schwebte, sah oder sich darüber wunderte.

Aus der Ferne mochte er wie eine Fledermaus aussehen, aber aus der Nähe würden seine Größe und seine sehr menschliche Gestalt schnell zeigen, dass er so viel mehr als das war.

Auch wenn er sein Äußeres nicht unbedingt genoss – *er sah in der Tat wie ein verdammter Gargoyle aus* –, so konnte er doch seine erhöhte Sensibilität für seine Umgebung nicht verleugnen. Seine Sicht war so viel schärfer. Seine Stärke, seine Beweglichkeit viel besser ausgeprägt. Was sein Gehör betraf, so fiel ihm der Ausdruck »einen Floh furzen hören« ein. Seine Ohren, spitz und büschelig, mit verhältnismäßig größerer Ohrmuschel als in seiner menschlichen Gestalt, ließen sich bis zu einem gewissen Grad drehen, wie Abhörgeräte, die auf der Suche nach einem bestimmten Geräusch waren.

Das Brüllen kam wieder, diesmal eine Oktave tiefer. Verärgert und mit Schmerzen.

Ich komme, du blöde Katze.

Kein Wunder, dass Gaston ihn auf diese Reise geschickt hatte. Noch nicht einmal einen Tag hier und schon hatte sie es geschafft, in Schwierigkeiten zu geraten.

Sie muss eine Art Aura um sich herum haben, die Ärger magisch anzieht. Wie sollte er sonst sein eigenes Handeln erklären?

Er ging mit einer sanften Neigung seiner Flügel in den Sinkflug – was nach seiner Wiedergeburt stundenlanges Üben erfordert hatte, um es zu meistern –, streifte die Wipfel der Bäume und spähte durch die Äste auf den Boden darunter. Er wäre fast an ihr vorbeigeflogen. Ein Hauch von Gold fiel ihm ins Auge und er stellte die Flügel auf, um seine Geschwindigkeit zu verlangsamen.

Für einen Moment schwebte er auf der Stelle und seine

großen Flügel schlugen langsam, er nutzte die Thermalwinde, um sich in der Luft zu halten, und versuchte, erneut das goldene Aufblitzen zu sehen. »Wo steckst du nur?«, murmelte er.

»Miau. Brüll.« Das katzenhafte Geknurre kam von unten zu seiner linken.

Nachdem er ihren Standort lokalisiert hatte, stieg er hinab, bis seine Füße auf einem dicken Ast landeten. Als er dann durch Blätter und Schatten blickte, um sie richtig zu finden, schüttelte er den Kopf und erklärte: »Das kann doch wohl nicht wahr sein.« Er hatte Stacey gefunden und das war auch gut so, denn sie steckte ziemlich in der Klemme.

Er ging perfekt im Gleichgewicht über den Ast und sprang dann auf einen Ast weiter unten, bis er bei einem ganz besonders dicken Ast ankam, der mit einem Seil umwickelt war. Von diesem Seil baumelte mit dem Kopf nach unten eine Löwin, die in eine Falle getreten war.

»Ich habe ja schon gehört, dass Katzen Mäuse fangen, aber dass ein Baum eine Katze fängt, ist mir neu.« Er hockte sich hin und genoss, wie ihre bernsteinfarbenen Augen funkelten. Obwohl er kein Tierliebhaber war, bewunderte er ihr glattes, geschmeidiges Fell. Die straffen Muskeln ihrer Glieder.

»Knurr«, fauchte sie.

»Jetzt werd mal nicht frech, Prinzessin. Schließlich bin ich ja nicht derjenige, der die Sicherheit seines Zimmers verlassen hat, um im Wald spazieren zu gehen, und dann achtlos genug war, einem einfachen Jäger in die Falle zu tappen.«

»Migrrrrrr.«

»Ja, das war dumm.«

Ein Fauchen und ein böser Blick.

Jetzt lächelte er endlich zum ersten Mal während dieses ganzen Ausflugs, doch sie erkannte es vielleicht nicht als

Lächeln, denn in dieser hybriden Gestalt wies sein Mund sehr viel mehr Zähne auf.

»Möchtest du, dass ich dir helfe?«

Sie nickte mit ihrem fellbedeckten Kopf.

»Sag bitte.«

Und obwohl sie sich in Löwengestalt befand, gelang es ihr, ihm einen ausgesprochen bösen Blick zuzuwerfen.

»Ich weiß gar nicht, warum du dich nicht einfach zurückverwandelt hast. Es handelt sich doch nur um einen einfachen Knoten.«

»Migrrrr.« Sie knurrte und wand sich in der Schlinge. Und dann fiel ihm das merkwürdige Leuchten von Silber auf. Es handelte sich also nicht um ein normales Seil.

»Na so was, es handelt sich um eine Falle für Gestaltwandler. Du kannst dich nicht zurückverwandeln, richtig?«

Sie schüttelte den Kopf.

Silber allein war schon nicht besonders angenehm für Gestaltwandler und irgendetwas in dem Metall griff in die Verwandlungsfähigkeit ein. Wenn man jetzt noch einen Hauch Magie zufügte – und ja, Magie existierte –, hatte Silber noch ganz andere Eigenschaften. So konnte es zum Beispiel eine Löwin davon abhalten, sich in eine Frau zu verwandeln.

»Warte Prinzessin. Ich hole dich da raus.« Auf dem Ast kauernd zog er mit seinen Krallen an den Strängen und fauchte, als die Silberfäden, durchtränkt mit etwas, was Gaston wahrscheinlich erkennen würde, ihm die Haut versengten. Die Tatsache, dass es auch ihn beeinträchtigte, einen Whampyr, keinen Wandler, war nichts, worüber er nachdenken wollte. Er war vollkommen glücklich mit seiner versnobten Sicht der Welt und ihrer Bewohner.

Das Seil franste aus und bevor es reißen konnte, hielt er es fest. Mit nur wenig Anstrengung hob er das Seil an und ignorierte dabei das Brennen auf seinen Handflächen, bis er

Stacey auf dem Ast neben sich hatte. Die Löwin hatte kein Problem damit, auf dem Ast zu balancieren, und er zog schnell die enge Schlinge von ihrem Hinterbein. Ein Ring aus verbranntem Fell blieb zurück. Das Fell verwandelte sich in rote und geschwollene Haut an einem blassen Knöchel.

»Verdammt noch mal, das hat wehgetan«, protestierte sie.

»Dann hättest du vielleicht nicht in die Falle laufen dürfen.«

»Ich war nicht auf Fallen vorbereitet. Das war wirklich unglaublich unhöflich von demjenigen, der das hiergelassen hat.« Sie sah das Seil mit einem wütenden Blick an, bevor sie es vom Ast trat. Doch er sah ihm nicht nach, als das Seil hinabfiel, denn er fand die nackte Frau vor sich viel faszinierender. Sie war so unglaublich sexy, dass es fast wehtat.

»Was machst du hier draußen?«

»Ich laufe ein wenig Dampf ab.«

»Alleine im Wald, mitten in der Nacht, obwohl du weißt, dass hier ein Raubtier sein Unwesen treibt, das Frauen entführt? Bist du als Kind auf den Kopf gefallen?«

»Ich lande doch immer auf allen vier Füßen. Und zu meiner Verteidigung, wer erwartet schon eine Falle mitten im nirgendwo? Maurice hat mir gesagt, der Vulkan sei ein guter Ort, um sich umzusehen.«

»Maurice ist ein trauriges Beispiel für ein Raubtier und könnte wahrscheinlich nicht mal einer Maus etwas zuleide tun.«

»Da wir gerade von Mäusen sprechen ...« Sie sah ihn an. »Irgendwie siehst du aus wie eine riesige Maus mit Flügeln.«

»Willst du mich etwa verarschen?« Er verschränkte die Arme vor der Brust. »So sehe ich überhaupt nicht aus.«

»Wäre es dir lieber, wenn ich dich eine Fledermaus nenne?«

»Eigentlich nicht. Schließlich bin ich ein Whampyr und sehe überhaupt nicht so aus wie die beiden Tiere, die du genannt hast.«

»Hast du mal in den Spiegel geschaut? Wenn es wie eine Fledermaus aussieht und wie eine Fledermaus fliegt, dann ist es wahrscheinlich eine Fledermaus. Nur eben eine größere.«

»Ich hätte dich einfach hängen lassen sollen. Mit dem Kopf nach unten.«

»Soll das vielleicht ein Hinweis sein, dass du lieber eine andere Aussicht auf meinen Körper hättest?« Sie richtete sich auf und tat etwas Unfassbares. Sie beugte sich vor und streckte ihren Hintern so hoch in die Luft, dass er sehen konnte, was in dem schattigen Gebiet zwischen ihren Beinen lag.

Leck sie.

Kein Lecken.

Aber sie bietet es dir an.

Trotzdem wirst du sie nicht lecken.

»Unglaublich, dass ich deswegen meinen Schlaf verliere«, grummelte er.

»Ich fasse es nicht, dass du nicht versuchst, die Situation auszunutzen«, sagte sie und sah ihn zwischen ihren Beinen hindurch an.

»Verzweiflung ist nicht sonderlich attraktiv.«

»Wie bitte?« Sie richtete sich wieder auf und wirbelte zu ihm herum, immer noch auf dem Ast. »Ich bin nicht verzweifelt.«

»Das behauptest du, und trotzdem wirfst du dich mir immer wieder an den Hals.«

»Also, das würde ich niemals tun«, sagte sie beleidigt.

»Und zwischen uns wird niemals etwas passieren.« Am

besten setzte er dem Ganzen sofort ein Ende, denn er spürte, wie sein Blut bereits wieder in Wallung geriet. In ihrer Nähe zu sein, vor allem, wenn sie nackt und erhitzt war, beeinträchtigte seine sonst so kühle Selbstbeherrschung. Etwas, das sein normalerweise träges Herz schneller schlagen ließ.

Wusste sie, wie gefährlich ihre Sticheleien sein konnten? Hatte ihr nie jemand beigebracht, sich nicht mit Monstern anzulegen, die größer waren als sie?

»Sag niemals nie, Knackpo. Besonders nicht zu einer Löwin.«

»Das ist kein Spiel«, knurrte er. »Du hast keine Ahnung, womit du dich anlegst.«

»Ooh, ich zittere vor Furcht vor dem großen, bösen Whampyr.«

»Und das solltest du auch. Ich bin zu Dingen fähig, die du dir nicht einmal vorstellen kannst.«

»Zum Beispiel arrogante Dinge zu sagen.«

»Du bist wirklich unmöglich«, fuhr er sie an.

»Aber du findest mich trotzdem attraktiv.« Sie lächelte. »Das können nicht mal deine Boxershorts verstecken.« Sie ließ den Blick unter seine Gürtellinie gleiten und das war's. Er konnte nicht mehr damit umgehen. Konnte nicht mit *ihr* umgehen.

Sie neckte und reizte das Monster in ihm immer wieder. Irgendwann musste es ausrasten. Bevor das passieren konnte, floh er.

Er kletterte Ast um Ast nach oben, flink und schnell, bis er aus der Baumkrone herauskam, von wo aus er losfliegen konnte. Er warf sich in die warmen Winde, die vom Meer herüberwehten, und wollte ihr entkommen, doch schon bald kehrte er um, hoch genug, sodass sie ihn nicht leicht entdecken konnte, aber mit seinen scharfen Augen sah er zu. Er beobachtete sie, wie sie sich auf dem Rückweg durch den Dschungel bewegte, wieder in Löwinnengestalt, mit vorsichtigen Schritten, wobei sie jedes Mal den Boden austestete, damit sie nicht in eine weitere Falle geriet.

Erst als er sah, dass sie in ihrem Zimmer angekommen war, flog er davon, wobei ein Urschrei tief aus seiner Kehle drang.

Ein Schrei, der in der Ferne im Dschungel von etwas beantwortet wurde.

Zeit, auf die Jagd zu gehen.

Kapitel Elf

AM NÄCHSTEN TAG MUSSTE STACEY IN ALLER FRÜHE eine Entscheidung treffen. Frühstück im Bett oder Frühstück in seinem Bett?

Ratet, wofür sie sich entschied.

Nur dass sie beim Betreten seines Zimmers – das Schloss, das er zugesperrt hatte, war für eine entschlossene Löwin kein Hindernis – feststellen musste, dass sein Bett leer war. Es sah jedoch so aus, als hätte jemand darin geschlafen, was bedeutete, dass er in der Nacht davor irgendwann zurückgekehrt war, aber wo, oh, wo könnte Knackpo nur sein? Das Geräusch von fließendem Wasser gab ihr einen Hinweis.

Sie warf sich auf sein Bett, um zu warten, und als die Badezimmertür sich öffnete und eine Dampfwolke aufstob, lächelte sie ihn an.

»Guten Morgen!« Ihr Lächeln war so hell wie das Strahlen der aufgehenden Sonne.

»Geh weg.« Er sagte es mit einer Stimme, die grollte wie der Donner von Gewitterwolken, die ihr den Tag verderben wollten.

Er versuchte, ins Badezimmer zurückzukehren, aber sie sprang aus dem Bett, pirschte sich an ihn heran und ließ ihm keinen Raum zur Flucht. Als hätte sie ihn gehen lassen. Er trug nur ein Handtuch, das tief an seinen schmalen Hüften hing, sein Oberkörper – und was für ein Oberkörper! – war nackt und noch feucht vom Duschen.

Das machte sie durstig und jeder wusste, wie Katzen trinken.

Ich frage mich, was er tun würde, sollte ich ihn lecken. Und nicht nur lecken, um ihren Durst zu stillen.

»Würdest du bitte aufhören, mich anzustarren?«, knurrte er.

Kam gar nicht infrage. Wenn man sich so einem Prachtexemplar von Mann gegenübersah, war es geradezu die Pflicht jeder Vollblutfrau, ihn anzustarren.

Und während sie das tat, stellte sie ihm Fragen. »Was ist denn mit deiner Haut los?« Sie streckte die Hand aus, um ihn zu berühren, ein Schock des Bewusstseins, der sie scharf einatmen ließ. Er bewegte sich nicht, was sie überraschte. Obwohl sein Körper starr vor Anspannung war, ließ er zu, dass sie mit ihren Fingern über seine Haut strich und die Wirbel und Zeichen in silbernem Relief, die seinen ganzen Körper bedeckten, nachzeichnete. »Sind das Narben?«

»Nein.«

»Tätowierungen?«

»Nein, sie wurden nicht von Menschen gemacht, wenn es das ist, was du wissen willst.«

»Meinst du damit, dass du sie von Natur aus hast?« Erstaunt sah sie ihm ins Gesicht. »Diese Muster sind viel zu kompliziert für einfache Genetik.«

»Auch nicht komplizierter als die Streifen an einem Zebra oder das Muster eines Pfaus.«

»Aber diese Tiere verwandeln sich nicht in etwas anderes.«

»Wenn du wissen willst, ob es eine typische Eigenschaft der Whampyre ist, dann ja. Wir alle haben diese Zeichnungen.«

»Und die sind an deinem ganzen Körper?«

»Fast überall, abgesehen von meinen Händen, meinem Hals und meinem Kopf. Andere meiner Art haben weniger von diesem Muster. Aber es wird als Zeichen von Stärke angesehen, wenn man mehr von ihnen hat.«

»Mit anderen Worten: je mehr Muster, desto besser«, stellte sie fest. Sie konnte einfach nicht anders und musste um ihn herumgehen und die gewundenen Linien auf seinem Rücken betrachten, die seine Wirbelsäule entlang verliefen und unter dem Handtuch verschwanden. »Ich hatte auch das Gefühl, ich hätte einige deiner Muster gesehen, als du gestern Abend in deiner Whampyrgestalt warst. Aber da sind sie schwerer zu sehen. Sie glänzten nicht silbern wie jetzt.«

»Die Muster bleiben, egal in welcher Gestalt wir uns befinden. Sie werden nur dunkler, wenn wir unsere Gestalt ändern.«

»Haben sie eine Bedeutung?«, wollte sie wissen, denn obwohl er ihr gesagt hatte, dass es sich um ein natürliches Muster handelte, schien irgendetwas daran sie anzusprechen. Wie eine Sprache, die entziffert werden musste.

»Das Muster auf unserer Haut ist einfach nur das, ein Muster, und mehr nicht. Die Muster sind einzigartig und jeder Whampyr hat ein anderes. Jeder hat eine bestimmte Zeichnung. Wie der Fingerabdruck bei einem Menschen.«

»Bist du so zur Welt gekommen?« Eine Löwin konnte ihre Neugier ebenso wenig zügeln, wie sie dem Drang widerstehen konnte, sich in einem Beet Katzenminze zu wälzen. Und es war eine berechtigte Frage. Obwohl die

Menschen das zu glauben schienen, wurden Gestaltwandler nicht geschaffen. Sie wurden geboren. Am besten waren beide Elternteile Wandler, aber auch gemischte Paare konnten Gestaltwandler zur Welt bringen. Sie neigten auch dazu, einige passive Wandler in die allgemeine Bevölkerung hineinzuwerfen.

»Ich habe mein Leben nicht als Whampyr angefangen.« Er sagte es barsch. Wollte damit ihren Fragen Einhalt gebieten.

Aber sie war noch längst nicht fertig. »Also wurdest du erschaffen.«

»Erschaffen. Verwandelt. Transformiert. Die genauen Details gehen dich nichts an.«

Hatte er immer noch nicht verstanden, dass es sie sehr wohl etwas anging?

Sie lehnte sich nahe an ihn ran, sodass er ihren Atem auf seinem Rücken spüren konnte, und murmelte: »Hast du es immer noch nicht verstanden? Wenn du es mir schwer machst, machst du es dir selbst schwer, ich kriege nämlich immer, was ich haben will.«

»Diesmal nicht, Prinzessin.«

»Oh doch, das werde ich. Betrachte dies als Warnung. Ich habe keine Angst davor, dich zu foltern.«

»Du kannst mir nicht wehtun.«

»Wer hat denn etwas von Schmerzen gesagt?« Sie drückte ihre Lippen auf seine Haut und spürte wieder diesen erstaunlichen Bewusstseinsschock. Er traf sie genau zwischen den Beinen und löste in ihrer Muschi ein heftiges Pochen aus, was sie dazu brachte, sich entschlossen an ihn zu drücken.

Sie lehnte sich an seinen Rücken und drückte ihre Wange gegen seine nackte Haut. Sie schlang ihre Arme um seine Vorderseite und ließ ihre Hände über seinen straffen Bauch wandern.

»Was machst du da?«

»Wonach fühlt es sich denn an?« Sie ließ ihre Hand über den Rand des Handtuchs gleiten und strich über seine mit Frottee bedeckten Schenkel.

»Hör auf.«

»Sag mir, was ich wissen will.«

»Das werde ich nicht.«

Sie strich mit einer Hand über die Beule zwischen seinen Beinen, die gegen das Handtuch drückte und sie begrüßen wollte. »Sag mir, wie du erschaffen wurdest.«

Stattdessen wirbelte er herum, packte sie und drückte sie mit feurigem Blick in den Augen kräftig gegen die Badezimmerwand. Er verzog wütend die Lippen.

»Ich habe gesagt, das reicht. Wir machen das nicht.«

»Tun wir doch.« Selbstvertrauen war der beste Verbündete einer Frau.

»Es gibt Dinge an mir, die du nicht verstehst.«

»Dann sag es mir doch. Sag es mir und ich höre auf.«

»Du wirst aufhören, weil ich es von dir verlange.« Er versuchte, sich dominant anzuhören.

»Was ist denn so schlimm daran? Warum ist es ein solches Geheimnis, wie du zum Whampyr wurdest? Es hat etwas mit Gaston zu tun, nicht wahr? Oh mein Gott.« Plötzlich machte sie große Augen. »Bist du etwa ein Zombie? Hat er dich irgendwie wieder zum Leben erweckt?«

»Wie merkwürdig funktioniert eigentlich dein Verstand? Fühle ich mich vielleicht tot an?«

»Nein.« Das tat er definitiv nicht, auch wenn er nicht so warm war wie ein Gestaltwandler. »Aber Gaston ist ein Nekromant und dein Meister.«

Er seufzte. »Ich bin nicht tot. Auch wenn ich beinahe gestorben wäre. Gaston hat mich gerettet, aber um das zu tun, musste er meinen menschlichen Körper in etwas anderes verwandeln.«

»Und das hat er mit Magie getan?« Sie ließ ihre Finger über ihn gleiten und spürte, wie er erschauderte.

»Magie, Nekromantie und Zutaten, die er nie verraten wird. Es ist ein altes Geheimnis und eines, das er nicht leichtfertig benutzt. Nicht jeder überlebt den Zauber.«

»Aber du hast überlebt, weil du stark bist.« So unglaublich stark, und zwar nicht nur körperlich, sondern auch geistig. Er hatte einen unbezwingbaren Willen, was sie ausgesprochen attraktiv fand. »Und warum wärst du beinahe gestorben?«

»Die Antwort wird dir nicht gefallen.«

Vielleicht nicht, aber sie hatte das Gefühl, dass mit der Antwort viele ihrer Fragen beantwortet werden würden. »Sag es mir.«

»Eine Frau. Eine Löwenwandlerin, genau wie du, hat mich zerfetzt.«

»Was?« Sie war von seiner Antwort schockiert. »Hast du etwas getan, um sie zu verärgern?«

»Wie nett von dir, dass du augenblicklich davon ausgehst, ich hätte etwas falsch gemacht.«

»Wir töten nicht einfach so zum Spaß. Zumindest nicht Menschen.«

»Sasha schon. Sie hinterließ eine Spur von Leichen in jeder Stadt, die sie besuchte. Gaston hat mich gefunden, bevor ich komplett verblutet war.«

»Und was ist mit der Frau passiert?«

Langsam machte sich ein kaltes Lächeln auf seinem Gesicht breit. »Sie musste sterben.«

»Du hast sie getötet? Und niemand hat sie gerächt?« Gestaltwandler ließen es normalerweise nicht zu, dass jemand einem der ihren etwas antat.

»Nein, tatsächlich wurde ich noch dafür belohnt.

Anscheinend hatte Sasha sich mit irgendetwas infiziert, das dazu führte, dass sie verrückt wurde. Eine Art Tollwut für Wandler.«

Das war selten und unheilbar. »Es wurde also ein Tötungsbefehl ausgestellt«, sagte sie und beendete damit seine Geschichte. »Nun, ich würde sagen, dass das einiges über dich erklärt.«

»Verstehst du jetzt, warum ich nichts mit dir oder deiner Art zu tun haben will?«

Sie streckte ihm die Zunge raus. »Oh bitte. Du willst mir doch jetzt nicht mit dieser blöden Ausrede kommen. Das ist schon Ewigkeiten her und ich bin ganz offensichtlich keine psychopathische Mörderin.«

»Das ist noch nicht so ganz klar.«

»Zumindest habe ich nicht vor, dich zu töten.« Und weil sie einfach ein bisschen böse war, fügte sie hinzu: »Zumindest noch nicht.«

»Ich bin jetzt aber kein schwacher Mensch mit zarter Haut mehr. Also versuche es ruhig.«

»Und mir den ganzen Morgenmantel mit Blut versauen?« Sie blickte an sich hinunter. »Lass ihn mich wenigstens zuerst ausziehen.« Als sie ihn gerade ablegen wollte, schlug er ihr die Hände weg.

»Wage es ja nicht, dich auszuziehen.«

»Warum nicht?«

»Tu es einfach nicht«, knurrte er.

Sie musste ihn nicht noch einmal fragen warum. Sie konnte wieder das rote Glühen in seinen Augen sehen.

Er will mich, aber er will mich nicht wollen.

Wie süß. »Jetzt halt schon den Mund und küss mich.«

»Nein.«

»Es tut mir leid, aber dieses Wort kenne ich nicht.« Zumindest nicht, was ihn anging.

Sie packte sein Gesicht und zog es nahe genug heran,

um ihn zu küssen. Ihn zu küssen und das Gefühl zu genießen, wie er sich an ihrem Mund anfühlte. Der Minzgeschmack seiner Zahnpasta überdeckte seinen wahren Geschmack, aber das war ihr egal, denn sie küsste ihn endlich. Und trotz seiner Worte, seiner Wut über ihre Art, erwiderte er den Kuss.

Ein leises Stöhnen drang aus seinem Mund, als er dem Verlangen nachgab, das zwischen ihnen herrschte, wobei er sie mit dem Mund hungrig verschlang, und als er ihr mit seinen scharfen Zähnen die Unterlippe einkerbte, sodass der typische metallische Geruch von Blut in der Luft lag, stöhnte sie.

»Ja. Mehr.«

Dieses Mal hörte er nicht auf. Er saugte an ihrer Unterlippe, brachte frisches Blut zum Vorschein und setzte jeden Nerv in ihrem Inneren in Flammen.

Er strich mit den Händen über das feine Leinen ihres Morgenmantels, packte ihren Hintern durch den Stoff und drückte ihn.

Er presste seinen muskulösen Körper an sie, doch sein harter Schwanz kam nicht an sie heran, weil das Handtuch und die Kleidung im Weg waren. Aber sie konnte seinen Schwanz spüren. Sie spürte, wie er pulsierte und sich an sie drückte, und sein Verlangen nach ihr war offensichtlich.

Dieselbe intensive Erregung strömte durch sie und verlangte nach Befriedigung.

Sie griff zwischen ihn und sich, zerrte an seinem Handtuch und lockerte es so weit, dass sie die Wurzel seines harten Schaftes greifen konnte. Seinen riesigen erigierten Schwanz.

Meine Güte. Dieses Riesending würde sie dehnen. Es würde ihre weiche Haut strecken. Bei dem Gedanken zog ihre Muschi sich vor Erregung zusammen und ihr frisches

Höschen wurde ganz feucht. Ihr ganzer Körper pochte vor Verlangen. Begierde.

»Nimm mich«, hauchte sie. »Ich will –«

Klopf, klopf, klopf.

»Achte gar nicht darauf«, murmelte sie, als sie spürte, wie er erstarrte.

»Da ist jemand an der Tür.«

»Wahrscheinlich der Zimmerservice.«

»Und das heißt, dass derjenige reinkommen wird, wenn wir die Tür nicht aufmachen.« Er stieß sich von ihr ab und hielt sein Handtuch fest, bevor es auf den Boden fallen konnte. Dann wickelte er es sich um die Hüften, als er das Badezimmer verließ.

Sie blieb voller Verlangen und frustriert zurück.

»Wer ist da?«, hörte sie ihn schroff fragen, als sie sich das Haar richtete und tief durchatmete, um ihren rasenden Puls zu beruhigen.

Es kam die gedämpfte Antwort: »Ich bin es, Jan.«

Die kleine Schlampe war zurück, um es noch mal zu versuchen. Kam überhaupt nicht infrage.

Er gehört mir.

Bevor Stacey die Augen über das dreiste Flittchen rollen konnte, das so früh hier auftauchte, hatte er schon die Tür geöffnet.

In seinem Handtuch.

Der Mann hatte überhaupt keinen gesunden Menschenverstand.

Stacey blickte die Frau im Türrahmen böse an, die es wagte, frisch und einladend auszusehen in ihren körperbetonten Khaki-Shorts und einer bauchfreien geknoteten Bluse, und schimmerte da ein Bauchnabel-Piercing? Francois bewegte sich und versperrte Stacey den Blick auf Jan.

Kluger Mann. Er wusste, dass es keine gute Idee war, Staceys Löwin zu reizen. Wahrscheinlich wollte er Jan schnell loswerden, damit er zu ihrer unterbrochenen Liebesgeschichte zurückkehren konnte.

Jeden Augenblick würde Francois die Tür zuschlagen.

Jeden Augenblick ...

Wir warten noch immer.

»Morgen«, sagte Francois rau zu Jan und trotzdem war es mehr, als er Stacey hatte zukommen lassen.

Der Idiot. Er versucht, mich eifersüchtig zu machen.

Und es funktioniert ganz wunderbar.

»Bitte entschuldige, dass ich dich so früh störe«, erwiderte Jan zuckersüß, »aber ich bin gekommen, um dir mitzuteilen, dass jemand den Ausflug zum Vulkan für heute abgesagt hat, der gleich losgeht, und ich wollte dich fragen, ob du vielleicht Interesse hast mitzukommen.«

Interesse? Ich weiß ganz genau, woran du Interesse hast. An Francois.

Es war an der Zeit, die ganze Sache jetzt zu beenden. Stacey tauchte hinter Francois auf, der sich alle Mühe gab, den gesamten Türrahmen auszufüllen, und spähte an seinem nackten Arm vorbei. »Wie nett von dir, es uns anzubieten. Ein Ausflug in den Dschungel ist genau das Richtige, um den Urlaub zu starten.«

Sie sah sie mit ihren blassblauen Augen an und die erstaunliche Kälte darin war genauso schnell wieder verschwunden, wie sie gekommen war. Jan warf ihr einen entschuldigenden Blick zu. »Es tut mir leid. Wir haben nur noch Platz für einen Teilnehmer. Der Ausflug ist ausgesprochen beliebt und es gibt nur begrenzte Plätze.«

Natürlich hatte die kleine Schlampe nur Platz für einen. Wie auch immer. Francois würde wahrscheinlich ablehnen. Er war hier, um sie zu beschützen – und er musste noch das Feuer zwischen ihren Beinen löschen, das er entfacht hatte.

Aber der Idiot überraschte sie wieder. »Ist das der Ausflug, von dem der Barkeeper gesprochen hat?«

»Ja. Er ist bei den etwas abenteuerlustigeren Männern im Resort besonders beliebt.«

»Ich bin dabei.«

Wie bitte?

»Was soll das heißen, du bist dabei? Wollten wir nicht mehr Zeit miteinander verbringen?« Und was war daraus geworden, dass er ihr den Finger zwischen die Beine legte und sich um den Honig dort kümmerte, den er verursacht hatte?

»Ich bin mir sicher, dass du dich ein paar Stunden lang alleine beschäftigen kannst.«

»Aber wer cremt mir dann den Rücken ein? Ich hole mir doch so schnell einen Sonnenbrand.« Es hörte sich etwas mehr wie ein trotziges Kind an, als ihr lieb gewesen wäre.

»Du kannst ja einen der Hotelangestellten um Hilfe bitten. Dazu sind wir ja schließlich da«, sagte Jan und starrte dabei Francois an.

Ich kenne diesen Blick. Stacey benutzte diesen Blick, der sagte, du kannst alles von mir haben, was du willst, du wunderbarer Brocken von einem Mann. Und zwar am liebsten nackt.

Aber Jan benutzte ihn bei Francois und der wandte sich nicht ab, und niemand beachtete Stacey.

Am besten springst du sie beide an. Ihre innere Löwin hatte ein Problem mit dem Flirt zwischen Francois und Jan.

Die Eifersucht brachte sie fast dazu, dass ihre Krallen hervortraten. Eifersucht kombiniert mit Frustration, die so groß war, dass sie am liebsten geschrien hätte.

Was er tat und wie er sich benahm, machten sie wütend.

Und das rüttelte sie wach.

Was tue ich hier? Was kümmert mich das? Es war nicht einmal so, als ob sie ihn wirklich mochte. Trotz der Geschehnisse im Badezimmer und sogar am Tag zuvor war sie nicht an Francois interessiert. Kein bisschen. Sicher, sie hätte nichts gegen ein lustiges und schweißtreibendes Geplänkel, aber auf lange Sicht? Auf Dauer? Niemals.

Seine Hände waren viel zu schwielig, als dass er sich zum Freund eignete. Sie waren hart und zerfurcht und würden wahrscheinlich heftig auf ihrer Haut kratzen.

Zitter.

Würde sie jemals herausfinden, wie sich das anfühlte, oder würde er mit seinen herrlich großen Händen über Jans Haut streichen?

Ich werde die Hure zerfetzen.

Immer mit der Ruhe. Sie schob ihre Eifersucht beiseite und befahl ihr, still zu sein. Sie hatte keinesfalls vor, zu einer dieser Frauen zu werden, die nicht damit umgehen konnten, dass ein Kerl eine andere wählte. Und wer sagte, dass dies nicht Teil seines Plans war?

Wenn man es sich recht überlegte, hatte dieser ganze Flirt, den er mit Jan hatte, wahrscheinlich mit ihrer Mission zu tun. *Er macht ihr etwas vor.* Denn, hallo, auf keinen Fall würde er diese langweilige Blondine einer Rothaarigen vorziehen.

Sein vorgetäuschtes Interesse an Jan würde gut funktionieren, und das wäre eine gute Gelegenheit für Francois, etwas zu entdecken, während er gleichzeitig beschäftigt war, sodass sie in Ruhe mit ihren eigenen Ermittlungen anfangen konnte.

»Geh ruhig mit Jan. Ich komme schon klar«, sagte sie, wobei sie zu breit lächelte. »Ihr werdet einen Haufen Spaß haben.«

»Ich tue das nicht, um Spaß zu haben.«

»Ich bin mir sicher, dass es ganz schrecklich wird und

du kannst die ganze Zeit ein böses Gesicht machen. Aber sei ein Schatz und mach ein paar Fotos, okay?«

»Wann geht der Ausflug los?«, fragte er Jan.

»In einer halben Stunde vor dem Klubhaus.«

»Ich werde da sein.« Er schlug die Tür zu und wartete, das taten sie beide, bis Jans Schritte in der Ferne verklungen waren. Erst dann wirbelte er zu ihr herum. »Versuchst du absichtlich, uns auffliegen zu lassen?«

»Wovon zum Teufel redest du da?«

»Wie du versuchst zu verhindern, dass ich etwas mit Jan anfange.«

»Du denkst doch nicht ernsthaft darüber nach, etwas mit dieser Schlampe anzufangen, oder?«

»Sie ist keine Schlampe.«

»Du siehst es nur nicht, weil du wieder mit dem Ding zwischen deinen Beinen denkst.«

»Mit wem ich schlafe, geht dich gar nichts an.«

»Tut es sehr wohl.« Sie sprach weiter und schien die besitzergreifenden Worte, die aus ihrem Mund kamen, nicht kontrollieren zu können.

Es fiel ihm auf. »Du hörst dich eher wie eine verdammte Freundin an und nicht wie eine Schwester.«

»Ich bin nur eine besorgte Beobachterin.«

Mit langsamen Schritten kam er auf sie zu. »Was für ein Spielchen spielst du, Prinzessin?«

»Ich habe keine Ahnung, was du meinst. Außer natürlich, du meinst *Clash of Clans*. Ich muss jeden Tag spielen, um die verschiedenen Dinge zu ernten.«

»Stell dich nicht dumm. Was ich meine, ist deine Einstellung mir gegenüber.«

Sie klimperte mit den Wimpern. »Wovon zum Teufel redest du?«

Er machte vor ihr halt, dieser große, beeindruckende

Mann, der immer noch halb nackt war. So verdammt verführerisch.

Sie legte eine Hand auf seinen Oberkörper. Spürte das merkwürdig langsame Schlagen seines Herzens. Ein Pochen, dessen Geschwindigkeit sich verdoppelte und die Haut unter ihren Fingerspitzen erwärmte. »Trotz allem, was gerade passiert ist, Prinzessin, gehören wir nicht zusammen. Ich habe kein Interesse an dir.«

»Möchtest du, dass ich dir beweise, dass das nicht stimmt?« Sie sagte es ein wenig verärgert. Es gefiel ihr nicht, dass er zu verleugnen versuchte, was zwischen ihnen geschehen war.

»Ich bin kein Spielzeug, mit dem du spielen kannst. Ich gehöre dir nicht.«

»Das will ich auch hoffen. Niemand sollte jemals einer anderen Person gehören.« Aber sich eine Zeit lang eine andere Person auszuleihen ... *Er kann sich meinen Körper ausleihen, wann immer er möchte.* Sie ließ ihre Finger über seinen Oberkörper gleiten, über sein Kinn und seine Lippen, dann drückte sie mit den Fingerspitzen gegen seine Eckzähne. Seine Augen begannen wieder, rot zu leuchten.

»Hör damit auf.«

»Bring mich doch dazu.«

»Du spielst mit dem Feuer, Prinzessin.«

»Ist dir schon mal der Gedanke gekommen, dass ich mich vielleicht verbrennen möchte?«

Er zog ihre Hand von seinem Körper weg. »Versuch, dich zu konzentrieren.«

»Ich könnte mich wahrscheinlich besser konzentrieren, wenn wir miteinander schlafen würden.«

»Ich bin mir sicher, dass das Hotel etwas für dich arrangieren kann, wenn du es so nötig hast. Obwohl ich überzeugt davon bin, dass du am Schwimmbecken einfach nur winken musst und dir jeden Typen schnappen kannst, den du haben willst.«

»Willst du wirklich, dass ich mit einem anderen Mann schlafe? Ist es das, was du willst?« Sie konnte ihren ungläubigen Ton nicht unterdrücken.

»Mir ist völlig egal, was du machst.«

Er sagte es mit ernstem Gesicht und dennoch knurrte ihre innere Löwin sofort *Lügner*. »Es ist dir wirklich egal?«

»Ja.«

»Also macht dir der Gedanke, dass ich mit meinen Händen über den Körper eines anderen Mannes streiche, überhaupt nichts aus? Für dich wäre es völlig in Ordnung, wenn ein anderer Mann seinen Schwanz in die Hitze stößt, die du ausgelöst hast?« Sie fasste sich durch den Morgenmantel an den Schritt und stellte fest, dass er sie anstarrte.

»Hör auf«, knurrte er.

»Womit? Der Gedanke, dass ein anderer Mann meine Haut leckt – oder meinen Mund – sollte dir eigentlich nichts ausmachen.«

»Das reicht!«, brüllte er. »Ich will nicht, dass du mit jemand anderem schläfst. Ist es das, was du hören möchtest?«

»Ja.«

Er machte eine schneidende Handbewegung durch die Luft. »Das bedeutet gar nichts. Wir sind hier, um eine Mission zu erledigen, wie wäre es also, wenn du dich auf das konzentrierst, weshalb wir hier sind, und deine Libido unter Kontrolle und deine Hände bei dir behältst?«

»Das macht keinen Spaß.«

»Genau. Wir sind auch nicht hier, um Spaß zu haben.«

Sie seufzte. »Hat dir schon mal jemand gesagt, dass du ein Spielverderber bist?« Und erst machte er einen heiß und dann ließ er einen stehen.

»Das wird mir ständig vorgeworfen.«

»Willst du mich wirklich den ganzen Tag über allein lassen? Dir ist schon klar, dass du hier bist, um dafür zu sorgen, dass ich nicht in Schwierigkeiten gerate, oder?«

»Drohst du etwa damit, dich danebenzubenehmen, wenn ich auf den Tagesausflug gehe?«

»Drohen? Ich? Ich werde nur so sein, wie ich bin. Ich kann auch nichts dafür, wenn die Leute etwas dagegen haben.«

»Schaffst du es, einen Tag lang durchzuhalten, ohne im Gefängnis zu landen? Ich möchte mein Bargeld lieber nicht dazu verwenden, deine Kaution zu bezahlen.«

»Sieht das etwa aus wie das Gesicht und der Körper einer Frau, die Zeit im Gefängnis verbringt?« Sie zeigte an sich hinab.

»Ich habe gehört, das Rudel hat ausgezeichnete Anwälte.«

Sie lachte. Das stimmte und deswegen gelang es den Schlampen auch, mehr als ein Fiasko schadlos zu überstehen.

»Ich kann dich nicht umstimmen, richtig?«, fragte Stacey.

»Nein.«

»Sehr gut. Dann mach eben deinen kleinen Ausflug mit Jan. Finde heraus, was die kleine Schlampe dir alles sagen kann.«

»Und was hast du vor?«

»Ich werde eine Hochzeit planen und gleichzeitig ein paar Leute befragen.« Und dabei versuchen, nicht krebsrot zu werden. Gut, dass sie diese Kiste mit ihrem Sonnenschutz in Militärqualität mitgebracht hatte. Sie hatte ihn von einem Wissenschaftler erstanden, der Geheimnisse von der NASA verkaufte, und er war stark genug, um sie sogar vor UV-Strahlen zu schützen, die von einem fremden Planeten auf sie abstrahlten.

»Gerate nicht in Schwierigkeiten.« Er wackelte mit dem Finger vor ihrer Nase herum.

Sie hätte fast hineingebissen.

»Wenn du mir einen Kuss gibst, verspreche ich dir, mich zu benehmen.« Jetzt tauschte sie schon gutes Benehmen gegen sexuelle Gefälligkeiten. Das war neu für sie.

Aber es funktionierte.

Er zog sie an sich, ganz von selbst dieses Mal. Zog sie hoch, bis sie auf den Zehenspitzen stand und seine Lippen ganz dicht an ihren waren. So nahe, dass sie seinen Atem spüren konnte.

Er murmelte: »Wenn du willst, dass ich dich küsse, dann wirst du dich benehmen müssen, bis ich wieder zurück bin.«

Ein ganzer Tag, ohne in Schwierigkeiten zu geraten?

Das wäre eine Herausforderung.

Bevor sie um einen Vorgeschmack bitten konnte, wandte er sich von ihr ab und begann, sich anzuziehen.

Kurze Zeit später war Francois weg und Stacey war sich selbst überlassen. Sie öffnete die Packung mit ihrer speziellen Sonnencreme, ein Riesenfass davon. Da Francois weg war, war niemand da, der es für sie herumtragen konnte, also klemmte sie es sich unter den Arm, musste aber nicht weit gehen, bevor ein Mann ihr anbot, es für sie zu tragen. Der kleine Fuchswandler-Franzose aus Übersee nahm es, grunzte bei seinem Gewicht und ließ es fallen. Auf seinen Zeh. Seine Schreie ließen andere Gäste herbeieilen.

Auch die nächsten beiden Burschen kämpften mit dem Fass.

Schwächlinge. Sie vermisste Francois und seine starken Arme bereits jetzt.

Diese Arme sollten besser niemand anderen umarmen. Sonst würde sie sie ausreißen und ihn damit schlagen.

Kapitel Zwölf

In Wahrheit wollte JF nicht auf einen verdammten, dummen Ausflug gehen. Wenn er den Vulkan erkunden wollte, würde er es selbst aus der Luft tun, wo er mehr Fläche abdecken konnte. Das Problem war, dass er nachts nicht viel sehen würde, und bevor er tagsüber über den Vulkan fliegen konnte, wollte er eine bessere Vorstellung davon haben, was ihn erwartete.

Das war zwar logisch, brachte ihm aber auch nichts, nicht angesichts der Tatsache, dass er in einem verdammten Kleintransporter herumgefahren wurde, der durchaus Platz für Stacey gehabt hätte, wenn Jan nicht entschlossen gewesen wäre, sich an ihn zu hängen.

Die nervige Frau hatte eigentlich gar nichts auf dem Ausflug zu suchen, doch das merkte er erst, kurz nachdem sie losgefahren waren. Jan setzte sich auf den Sitz neben ihn in dem Geländewagen, einem modifizierten Pritschenwagen. Auf der Ladefläche befanden sich zwei Reihen von Bänken mit Überrollbügeln über den Köpfen. Auf jeder Bank saßen vier Personen, alles Männer. Alle Gestaltwandler. Auf die Sitzbänke hätten noch ein oder zwei

Personen mehr gepasst, wenn sie ein wenig zusammengerückt wären.

Aber andererseits war es wahrscheinlich das Beste, dass sie es nicht taten. So wie es war, kam JF Stacey viel zu nahe.

Es verlangte ihn nach ihr.

Wenn Jan sie heute Morgen nicht unterbrochen hätte, wie weit wären die Dinge dann gegangen?

Bis ganz zum Schluss, antwortete die Bestie mit einem dunklen Lachen.

JF hatte ihr aus Versehen – nein, er hatte ihr absichtlich in die Lippe gebissen, um einen Vorgeschmack auf sie zu bekommen. Das machte die Sache nur noch schlimmer. Jetzt wusste er wirklich, wie süß sie schmeckte. Er wollte mehr.

Trink aus, die kleine Maus. Sein inneres Monster hatte keine Skrupel.

Wie lange konnte er durchhalten, wenn sie ihn weiter drangsalierte?

Nicht lange, wenn sie ihn noch einmal mit Küssen angriff.

Ich muss mich von ihr fernhalten. Sich selbst nicht in Versuchung führen lassen. Wegbleiben von diesen vollen Lippen.

Aber was ist mit dem Versprechen, das ich ihr gegeben habe? Schließlich hatte er ihr versprochen, sie zu küssen, wenn sie sich benahm. Wahrscheinlich musste er sich darüber keine Sorgen machen. Es würde Stacey nie und nimmer gelingen, einen ganzen Tag lang nicht in Schwierigkeiten zu geraten.

Sie bedeutete nämlich einen Riesenärger. Diese Frau brauchte einen Wärter. Einen Mann, der sie beschützte und diejenigen ausschaltete, denen ihre Prinzessinnen-Art nicht gefiel.

Ich hätte besser bei ihr bleiben sollen.

Er sah sich in Richtung des Resorts um. Noch waren sie nicht allzu weit entfernt. Er konnte immer noch aus dem Wagen springen und innerhalb einer Stunde zurück sein.

Schon allein dafür, dass er darüber nachdachte, hatte er eine mentale Ohrfeige verdient.

Der seltsame Drang, auf sie aufzupassen, war der Grund, warum er fliehen musste. Warum er sich auf dieses lahme Dschungelabenteuer eingelassen hatte.

Sich fernhalten. Weit weg. Selbst wenn es bedeutete, dass er sich langweilte und von einer verzweifelten Frau gequält wurde.

Gib dem Ausflug eine Chance. Vielleicht konnte er etwas herausfinden.

Ja, zum Beispiel, wo man eine Leiche auf dieser Insel versteckt.

He, he, he.

Im Fahrerhaus des Wagens vorne befanden sich ein Fahrer und ein Führer, der ein Skript vorlas, während sie über eine ausgefahrene Spur im Dschungel fuhren. Eine Geschichte der Insel, die er ausblendete, so wie er auch die Frau neben sich ausblendete.

Jan plapperte vor sich hin und er grunzte und nickte ab und zu und hörte nur mit halbem Ohr hin. Nicht ein einziges Mal verriet die gesprächige Blondine etwas, das sein Interesse weckte. So eine Luftverschwendung, also unterbrach er sie, um eine Frage zu stellen.

»Ich dachte, der Vulkan befindet sich in einem Schutzgebiet.« Und trotzdem sind wir jetzt anscheinend unterwegs, um ihn zu besichtigen.

»Das stimmt. Aber man kann natürlich nicht von den Leuten verlangen, dass sie den Vulkan ignorieren. Die Regierung und die Polizei stellen sich bei kleineren Ausflugsgruppen blind, die nur mal ein Auge darauf werfen möchten. Solange wir keinen neuen Pfad schaffen und nichts kaputt machen, ist es ihnen eigentlich egal.«

»Und wir fahren tatsächlich zum Vulkan?«

»Zumindest zum Fuße des Vulkans. Der Rest ist ziemlich steil. Da müsste man schon ein Klammeraffe sein, um hinaufzukommen.«

Er versuchte es mit der Legende, die Stacey ihm erzählt hatte. »Ich habe gehört, es gab mal eine Sekte, die den Vulkan verehrt hat.«

»Das war keine Sekte.« Sie sagte es mit großem Nachdruck.

»Also hast du davon gehört?«

»Ich habe mehr als nur davon gehört. Ich habe sie erforscht, als ich auf die Insel gekommen bin. Sie waren die Grundlage für meine Doktorarbeit in Kulturstudien. Und sie waren weit mehr als eine Sekte. Man nannte sie die Lleyoniias.« Sie sprach es mit leichtem Akzent aus. »Sie waren schon vor den Menschen auf der Insel. Es handelte sich bei ihnen um eine alte Rasse von Göttern.«

»Es gibt keine Götter.«

»Oder vielleicht zeigen sie sich dir auch einfach absichtlich nicht.«

»Wie kannst du ohne Beweis an so etwas glauben?«

»Ich habe die Beweise studiert. Die Geschichten und die Bilder gesehen.«

»Bilder?« Er lachte. »Männer, die Löwenköpfe tragen.«

»Was du beschreibst, ist nur eine Art, wie man sie darstellte. Anscheinend waren sie Löwen. Gestaltwandler, aber weitaus besser als diejenigen, die es heutzutage gibt«, fügte sie leise hinzu und sah dabei die anderen Touristen an. Da er aufgrund ihrer Duftmarken wusste, dass sich kein Mensch unter ihnen befand, war er sich nicht sicher, warum sie so vorsichtig war.

»Maurice hat gesagt, dass jetzt nur Menschen auf der Insel leben. Sind diese Götter etwa ausgestorben?«

»Was das anbelangt, geben die alten Geschichten nicht viel her. Einige behaupten, die Inselbewohner hätten sich geweigert, den Lleyoniias einen Teil ihrer Erträge abzugeben, und als die Eroberer kamen, wären die Götter auf ihren Schiffen mit ihnen abgereist. In anderen Legenden wird behauptet, der Vulkan sei ausgebrochen und hätte sie ausgelöscht.«

»Wie auch immer ihr tatsächliches Schicksal ausgesehen hat, ihre Legende lebt weiter. Was glaubst du, ist geschehen? Glaubst du, sie sind alle ausgestorben, oder glaubst du, dass sie sich einfach nur verstecken?«

»Ich glaube, dass es sich um eine interessante Geschichte handelt.« Sie lächelte. »Aber ich bin vielmehr an dir interessiert. Was bist du?« Eine direkte Frage.

»Ich weiß nicht, was du meinst.«

»Du bist kein Gestaltwandler.«

»Du hast recht, das bin ich nicht.«

»Aber deine Schwester schon. Also hast du das Gen doch sicher auch in dir.«

»Tja, es hat mich übersprungen. Ich bin nur ein einfacher Mann.«

Sie schüttelte den Kopf. »Du lügst. Vielleicht kein Gestaltwandler, aber ein Mensch bist du auch nicht. Du hast Zeichnungen auf deinem Körper.«

Leugnen war zwecklos. Es war nicht leicht, sie zu verbergen, aber das bedeutete noch längst nicht, dass er sagen musste, was es damit auf sich hatte. »Was ich bin, geht dich nichts an.«

»Aber was, wenn es mich interessiert? Außerdem bin ich als Angestellte des Resorts dazu verpflichtet herauszufinden, ob du unter Umständen ein Sicherheitsrisiko für unsere Gäste darstellst.«

»Solange sie mich in Ruhe lassen, haben sie nichts zu befürchten.«

»Das reicht nicht«, sagte sie kopfschüttelnd. »Du kannst nicht allen Ernstes glauben, dass mir dein Wort reicht. Die Tatsache, dass du dich weigerst, es mir zu sagen, ist ziemlich verdächtig.«

»Weil es dich verdammt noch mal nichts angeht.« Es bedurfte großer Selbstkontrolle, um die wütende Bestie nicht an die Oberfläche steigen zu lassen und ihr einen Hinweis darauf zu geben, was er war.

Für eine junge Frau erwies sie sich als furchtbar aufdringlich, aber Jan würde feststellen, dass es ihm egal war, welches Geschlecht oder Alter sie hatte. Wenn sie zu hart auf ihn eindrang, würde JF zurückschlagen.

Der Jeep kam ruckend zum Stehen und der Fahrer sprang aus dem Wagen und sagte ihnen, dass es von hier aus zu Fuß weitergehen würde.

Mit mehr Vorsicht als zuvor folgte JF und bemerkte, wie Jan hinter der Gruppe blieb. Von Zeit zu Zeit blickte er sie an, wunderte sich über ihren plötzlichen Abstand zu ihm und bemerkte, wie sie den Wald beobachtete. Als der Hinterhalt kam, war er also bereit.

Das Wildschwein kam aus dem Dschungel gerast, eine ganze Gruppe von ihnen, ihre Körper groß und massig, ihre groben Borsten gestreift, um besser getarnt zu sein. Sie hatten den Blick auf die Eindringlinge in ihrem Gebiet gerichtet. Sie stießen lautes Schnauben und Grunzen aus, als sie sich zum Angriff duckten, wobei sie mit ihren scharfen und zackigen Stoßzähnen zuerst angriffen.

»Dürfen wir?«, fragte einer der Gäste, die Finger bereits an den Knöpfen seines Hemdes.

»Nur zu. In diesem Sektor sind keine Menschen gestattet«, entgegnete der Reiseführer.

Die Männer der Gruppe zerstreuten sich, die Aufregung schoss ihnen durch die Adern. Er konnte ihre Rufe hören, als sie sich auszogen und losliefen, die Erregung der Verfolgungsjagd, die sich in eine Hetzjagd verwandeln würde, ein lebhafter Schlachtruf, der sich um ihn herum erhob. Als ihm ein anderes Raubtier präsentiert wurde, eines, das drohte und einen guten Kampf versprach, konnten die Wandler nicht anders, der Ruf zu ihrer ursprünglicheren Seite war zu stark, um ihn zu ignorieren.

Also gingen sie in den Dschungel und der Dschungel füllte sich mit den Geräuschen von Raubkatzen beim Spiel.

Nur die Führer, Jan und JF blieben bekleidet neben dem Jeep stehen.

»Möchtest du nicht auch mit ihnen jagen gehen?«, fragte der Fahrer.

»Ich glaube, ich würde mir lieber den Vulkan ansehen.«

»Dann solltest du den Weg einschlagen.« Der Führer zeigte darauf, bot aber nicht an vorauszugehen.

Aber es war ja nicht so, dass JF Hilfe nötig hätte. Allerdings überraschte es ihn, dass Jan nichts dazu sagte.

Vielleicht hatte sie schließlich ihre Besessenheit nach ihm überwunden.

Er ging in die Richtung, die der Führer angewiesen hatte, ging aber vom Hauptpfad hinunter, als er einen kleineren Pfad bemerkte, den jemand zu verstecken versucht hatte, und zwar mit großen Blättern, die viel zu gleichmäßig positioniert waren, um natürlich zu sein. Als er die Blätter wegzog, bemerkte er einen weniger benutzten Pfad. Das Merkwürdige daran war nur, dass es keinerlei Fährte darauf gab.

Nicht den kleinsten Geruch, fast so, als hätte jemand versucht, ihn zu verstecken. *Oder um es so aussehen zu lassen, als hätte ein Whampyr ihn zurückgelassen.*

Nur weil die Gestaltwandler sie nicht riechen konnten, hieß das noch lange nicht, dass die Whampyre keinen

Geruch hatten. Sie befanden sich nur auf einer esoterischeren Ebene. Ein anderer Whampyr konnte sie riechen; es bedurfte nur etwas mehr Anstrengung.

JF verwandelte sich nur teilweise, nur ein kleiner Teil seiner inneren Bestie kam zum Vorschein, um die Luft um ihn herum wirklich einzuatmen und zu filtern.

Immer noch nichts.

Moment mal! Ein Hauch von Chemie. Etwas Künstliches und Unnatürliches. Zu welchem Zweck? Hatte jemand absichtlich alle Gerüche neutralisiert?

Interessant. Und warum tat man so was, außer um etwas zu verbergen?

Geheimnisse. Immer diese Geheimnisse.

Obwohl er jetzt mit Stacey ein Geheimnis weniger hatte. *Ich kann nicht glauben, dass ich ihr erzählt habe, was mit mir passiert ist.*

Er hatte es ihr gesagt und versucht, die Wut zu finden, um sie zu hassen. Schließlich war ihre Art daran schuld, dass er fast gestorben wäre.

Ihre Art vielleicht, aber nicht sie selbst.

Sie hatte jedoch zum Teil die gleiche dreiste Art. Dieselben gewalttätigen Tendenzen.

Ich bin auch gewalttätig. Er war definitiv kein Mann, den man weiter drängen konnte.

Sasha war eine Anomalie. Eine kranke Löwin. Stacey war nicht krank. Heiß, sexy und frustrierend, ja, aber sie war das Heilmittel gegen das, was ihn quälte.

Aber war sie es auch, die seinen Untergang herbeiführte? Wenn er bei ihr war, verlor er jegliche Selbstbeherrschung. Der gesunde Menschenverstand verließ ihn. Was, wenn er sich nicht fest genug im Griff hatte und die Bestie die Macht übernahm?

Vielleicht sollte ich mir ein verdammtes rosa Kleid kaufen und mit hoher Stimme über meine verfluchten

Gefühle sprechen. Was zum Teufel stimmte mit ihm nicht? Solche romantischen Gefühle für diese gottverdammte Prinzessin zu hegen.

Fick sie und komm drüber weg.

Er musste nur dafür sorgen, dass er sie nicht wieder biss. Kein Beißen. Nur heißer, verschwitzter Sex.

Apropos schwitzen ... Die Hitze des Dschungels sorgte dafür, dass sein Leinenhemd ihm am Körper klebte. Er hatte sich für ein langärmeliges Hemd mit dezentem Aufdruck entschieden, plus Hose, die er in einem Geschäft in der Stadt bestellt hatte. Maurice hatte die Vorkehrungen getroffen. Als ob er den Mist tragen würde, den Stacey für ihn eingepackt hatte.

Als er den Fuß des Vulkans erreichte, hielt er inne und blickte auf, bemerkte die zerklüfteten Seiten, schwarze und graue Brocken mit kleinen grünen Pflanzen, die versuchten, sich durchzukämpfen. Es bot sich nicht gerade zum Klettern an. Obwohl ein agiler Mann es wahrscheinlich bis zu dem dunklen Felsvorsprung schaffen könnte, den er ein Stück weiter oben bemerkte.

Es wäre einfacher zu fliegen.

Aber im Moment traute er sich nicht. Wer wusste schon, wer ihn beobachtete? Er fragte sich auch, ob es einen Sinn hatte. Der zweite Weg, den er eingeschlagen hatte, führte in eine Sackgasse. Vielleicht bedeutete dieser Ort nichts.

Er konnte jedenfalls nichts Ungewöhnliches riechen. Nicht den geringsten Geruch eines Menschen oder eines Wandlers. Nur Blumen und Laub, zusammen mit dem älteren Moschusgeruch von Wildschweinen.

Mit den Händen in den Taschen ging er näher an den Fuß des Berges heran, sein Blick tastete den dichten Vorhang aus Sträuchern ab. Äußerst dicht, und doch entdeckte er –

»Oink!« Das laute Quieken eines Schweines veranlasste ihn dazu, seinen Blick rechtzeitig nach links zu wenden, um zu sehen, wie ein Wildschwein mit Stoßzähnen aus dem Wald kam und quiekte.

Wenn er nur allein hier wäre. Es wäre ein großartiges Mittagessen unter freiem Himmel gewesen, aber sein Geheimnis zu bewahren war wichtiger.

Ich werde es nicht zulassen, dass mein Monster in der Öffentlichkeit zum Vorschein kommt.

Allerdings war er nicht nur als Whampyr ausgesprochen gebannt. JF beäugte das angreifende Wildschwein, um seinen Sprung genau abzupassen. Sobald er hinter ihm gelandet war, musste er sich schnell bewegen. Er musste das Schwein mit bloßen Händen niederkämpfen, da er keine Waffe mitgebracht hatte.

Da er sich jedoch auf das angreifende Tier konzentrierte, reagierte er nicht, als er ein Surren hörte. Einen Augenblick später zwickte ihn ein Insekt mit einem scharfen Biss in den Hals.

Autsch. Er wagte es nicht, die Hand zu heben, um es zu schlagen. Nicht, wenn das Wildschwein nur ein paar Schritte weit entfernt war.

Ein weiteres Insekt stach ihn in den Hintern. Im Ernst?

Weil er abgelenkt war, ließ er das Wildschwein einen Moment lang aus den Augen, dieses allerdings raste auf ihn zu. Er wich zur Seite aus, aber sein Körper fühlte sich träge, langsam an.

Tollpatschig.

Er stolperte. Und fiel –

Kapitel Dreizehn

WO STECKT JF? DER TAG ZOG SICH EWIG HIN. STACEY hatte den Vormittag damit verbracht, das Resort bis in alle Ecken und Winkel zu erkunden, mit Maurice an ihrer Seite, der ihr die für eine Hochzeit verfügbaren Räumlichkeiten erklärte. Er hatte jede einzelne Frage ohne Zögern beantwortet. Sie durfte in jeden einzelnen Schrank schauen, der sie interessierte. Und hatte nichts gefunden.

Nach dem Mittagessen versuchte sie es mit einer neuen Taktik und schiffte sich mit anderen Gästen auf einem Segelboot ein. Sie übergab sich über Bord und kehrte ans Ufer zurück. Katzen und Wasser passten einfach nicht zusammen.

Den Rest des Nachmittags verbrachte sie am Schwimmbecken und fragte die Leute aus, während sie gleichzeitig ständig Sonnencreme nachlegte, um zu verhindern, dass ihre Haut sich in ein rotes Steak verwandelte. Diejenigen, die sie eincremten, redeten. Und redeten.

Alles, was sie erfuhr, erwies sich als langweilig. So langweilig, trotz all der tropischen Cocktails.

Am späten Nachmittag war sie cremeverschmiert, frustriert und hatte nichts vorzuweisen, obwohl sie den ganzen Tag ermittelt hatte.

Okay, nicht unbedingt gar nichts. Ein paar Leute hatten über das vermisste Mädchen Dinge gesagt wie: »Oh mein Gott, ich hoffe, es geht ihr gut«, oder: »Ich frage mich, bei wem sie sich einquartiert hat.«

Niemand schien übermäßig besorgt zu sein, dass er selbst verschwinden könnte. Das Resort tat sein Bestes, um so zu tun, als wäre alles in Ordnung. Dies war ein Ort des Spaßes und der Abenteuer, nicht der Angst.

La-a-a-a-a-a-a-ngweilig. Sie wollte am liebsten alles wachrütteln. Sie war wirklich versucht, etwas zu tun, irgendetwas, um ihre Gereiztheit zu lindern.

Aber dann küsst Francois mich vielleicht nicht.

Seit wann ist das wichtig? Seit wann riss sie sich für einen Mann am Riemen?

Seit ich einen gefunden habe, bei dem ich mich innerlich ganz schmusig fühle. Wie lange war es her, dass sie einen Mann getroffen hatte, der mehr als nur ein vorübergehendes Interesse in ihr weckte? JF schmeichelte ihr nicht. Er sagte nicht zu allem Ja, was sie verlangte.

Der Mann hatte Rückgrat, und das war verdammt sexy.

Alles an ihm war so verdammt heiß. *Und ich will das alles.*

Ich will ihn.

Verliebte sie sich etwa in den Mann? Sie kannte ihn kaum. Doch je mehr sie herausfand, desto mehr faszinierte er sie.

Zumindest verstand sie jetzt, warum er sich ihr und den anderen Löwinnen gegenüber so herablassend verhielt. Er war verletzt worden. Schwer verletzt. Sie konnte sehen, dass er Vertrauensprobleme hatte. Sie sah es, verstand es aber nicht, weil sie nie wirklich so gelitten hatte wie Francois. Aufgezogen wie eine verwöhnte Prinzessin, die jüngste des Wurfs, genoss Stacey die feineren Dinge des Lebens. Reisen, Kleidung, gutes Essen. Fast zu sterben, weil man an die falsche Person geraten war?

Das muss schlimm gewesen sein.

Sicherlich verstand er, dass diese eine Frau eine Ausnahme war. Da Stacey im Rudel aufgewachsen war, wusste sie, es war selten, dass jemand durchdrehte. Aber vielleicht wusste er das nicht. Vielleicht sollte sie es ihm sagen oder, besser noch, ihm zeigen, dass nicht alle Gestaltwandler gewalttätige Psychopathen waren. Ihn mit nach Hause nehmen, damit er ihre Familie kennenlernte. Mama und Papa und all ihre Geschwister.

Hmm, andererseits könnte ihn ihr chaotisches Verhalten zur Flucht treiben.

Was mache ich hier eigentlich? Sie überlegte, ihn ihrer Familie vorzustellen. Hallo, er eignete sich nicht als Freund. Gelegenheitssex, ja, aber nichts Dauerhaftes. Sie hatte kein Interesse daran, sich niederzulassen und Babys zur Welt zu bringen. Im Gegensatz zu ihren Schwestern wurde sie bei dem Gedanken an Kinder nicht sentimental.

Kinder hatten schmutzige Pfoten, die Abdrücke auf der Kleidung hinterließen. Sie verlangten auch ständige Pflege. Stacey mochte das nicht. Überhaupt nicht.

Die meisten Männer wollten jedoch eine Familie. Ein Vermächtnis, um ihren Namen weiterzuführen. Langfristige Beziehungen wurden schwer, wenn ihre Partner ihre Lebensphilosophie hörten.

Das Leben genießen.

Die Welt bereisen. Lange aufbleiben. Aber nicht den Tag vergeuden. Die Mittagssonne meiden. Nicht beim Discounter einkaufen. Und keine Babys.

Mit den meisten ihrer Prinzipien konnten die Männer umgehen, aber aus unerfindlichen Gründen stieß ihnen Letzteres sauer auf.

Am besten bleibt man Single.

Single zu bleiben bedeutete, nicht über die Tatsache nachzudenken, dass ihre Ex-Freunde mit einer kleinen Hausfrau zusammen waren.

War Francois zu diesem Zeitpunkt bereits mit Jan zusammen?

Allein der Gedanke daran veranlasste sie dazu, einen Kellner mit einem weiteren Drink heranzuwinken.

Als die Gruppe von Abenteurern zurückkam, saß sie angetrunken im Schatten am Schwimmbecken und machte Selfies von sich, die sie postete und ihre Schlampen markierte, um sie eifersüchtig zu machen, dass sie in einem Luxusresort war, während sie zu Hause festsaßen. Die SMS, die sie daraufhin erhielt, waren voller eifersüchtiger Beschimpfungen und brachten sie zum Lächeln.

Ein massiger Schatten fiel über ihren cremeverschmierten Körper. Da sie nur einen winzigen Bikini trug, lag viel Haut frei, die geschützt werden musste.

Stacey hob ihre Sonnenbrille hoch, um Francois richtig anzusehen. »Du stehst mir in der Sonne«, stellte sie fest.

»Ist am Schwimmbecken zu liegen deine Vorstellung von Arbeit?«

»Du hast gesagt, ich soll versuchen, nicht ins Gefängnis zu kommen. Und das habe ich getan.«

Seine Mundwinkel zuckten. Da war sie sich ganz sicher.

»Ich hätte nicht gedacht, dass du auf mich hörst.«

»Na, du hast ja viel Vertrauen zu mir.«

Ja, seine Mundwinkel zuckten ganz sicher.

»Ich vertraue darauf, dass du Ärger machst, egal wohin du gehst.«

Sie versuchte nicht einmal, sich das Grinsen zu verkneifen. »Das stimmt. So bleibt das Leben interessant. Du solltest es auch mal versuchen.«

»Ärger ist für Leute, die den Nervenkitzel suchen.«

»Das stimmt. Und auch für all diejenigen, die das Leben voll auskosten möchten, anstatt immer auf der sicheren Seite zu sein.«

»Es kann tödlich enden, wenn man Risiken eingeht.«

Der subtile Unterton der Worte fiel ihr auf.

»Aber nur, indem man ab und zu auch mal ein Risiko eingeht, kann man neue und aufregende Dinge entdecken.«

»Oder bei dem Versuch sterben.«

Sie wich seinem Blick nicht aus. »Aber was für ein toller Tod das wäre.«

Er schüttelte den Kopf und brach so den Augenkontakt zwischen ihnen ab. »Jedes Mal wenn du den Mund aufmachst, gibst du mir einen weiteren Grund, mich von dir fernzuhalten.«

»Lügner. Jedes Mal wenn ich den Mund aufmache, fragst du dich, ob er reinpasst. Ob sie wohl schluckt?« Sie platzte mit diesen unanständigen Worten einfach so heraus, konnte aber nicht umhin zu lachen, als er daraufhin sogar ein noch bestürzteres Gesicht machte.

Doch darunter lag eine erotische Spannung.

»Du hast wirklich ein schlimmes Mundwerk.«

»Das stimme ich dir zu. Ich bin wirklich soooooo verdorben. Was wirst du jetzt machen?«, schnurrte sie. »Wirst du mich dann übers Knie legen und mir den Hintern versohlen? Dafür sollten wir wahrscheinlich besser aufs Zimmer gehen.«

»Und du solltest besser leise reden«, knurrte er.

»Scheiß auf sie alle«, lallte sie und der Alkohol ließ sie mutig werden. »Wir haben nicht mal die gleiche Mutter. In manchen Staaten ist es erlaubt.« Sie hatten auch nicht den gleichen Vater, aber weil er darauf hingewiesen hatte, dass sie ihre Deckung nicht auffliegen lassen sollte, hielt sie sich zurück.

»Du bist betrunken.«

»Allerdings.« Sie hielt ihr Glas hoch. Ihr leeres Glas. »Die Dinger sind wirklich verdammt gut.« Stark genug für Gestaltwandler. Ein paar davon und selbst sie war betrunken.

»Wie in aller Welt ist es dir gelungen, den ganzen Tag nicht in Schwierigkeiten zu geraten?«, fragte Francois kopfschüttelnd.

»Ich war eben anständig.« So anständig, weil er ihr versprochen hatte, sie zu küssen.

»Das bezweifle ich.«

Das machte sie wütend und brachte sie außerdem dazu, misstrauisch zu werden. »Versuchst du etwa, dich vor der Begleichung deiner Wettschulden zu drücken, indem du mich eine Lügnerin nennst?«

»Ich stehe zu meinem Wort. Und du bekommst, was ich dir versprochen habe.«

»Das hört sich ja gerade so an, als wäre es eine Bürde«, murmelte sie.

»Eher eine Enttäuschung.«

»Weil du mich nicht küssen willst.« Sie zog die Mundwinkel nach unten.

Er ging neben ihrer Sonnenliege in die Hocke und lehnte sich so nahe an sie heran, dass nur sie ihn hören konnte.

»Ich will dich natürlich küssen. Aber warum sollte man sich mit einem zahmen Kuss begnügen? Also, ich bin davon ausgegangen, dass du im Gefängnis sitzt, wenn ich wiederkomme. Dass du irgendwo festsitzt und gerettet werden musst. Und der Rettungsplan, den ich mir vorgestellt habe, hätte es mit jedem Plan im Wilden Westen aufnehmen können.«

»Du hättest mich gerettet?«

»Oh ja«, murmelte er und lehnte sich noch näher zu ihr.

»Ich hätte dich gerettet, und dann hätte ich dir den Hintern versohlt, bis er ganz rot gewesen wäre und du tagelang nicht mehr hättest sitzen können.«

Sie saugte scharf den Atem ein. »Verdammt, Knackpo, jetzt wünschte ich mir fast, ich hätte heute der Versuchung nachgegeben und wäre in Schwierigkeiten geraten. Jetzt, da ich weiß, was du vorhast, werde ich es beim nächsten Mal noch mehr darauf anlegen, verhaftet zu werden.«

Er knurrte.

Sie entschied sich dazu, es als ein Verdammt-bist-du-heiß-Knurren zu betrachten.

»Du bist wirklich unmöglich«, fuhr er sie an und stand auf.

»Gib es ruhig zu, du magst die Herausforderung.«

»Wenn ich eine Herausforderung suche, spiele ich eine Partie Schach.«

»Langweilig«, sang sie. Aber dann, weil es sie störte, äußerte sie sich schließlich zu seiner zerzausten Erscheinung. »Bilde ich mir das ein oder siehst du aus, als hättest du mit dem Dschungel gerauft und verloren?« Er hatte Schmutz und andere Dinge auf dem Hemd und einen Kratzer an der Schläfe.

»Ein kleines Missgeschick im Wald«, sagte er mit aufgesetztem Lächeln, das seine Augen nicht erreichte. »Keine große Sache. Allerdings könnte ich eine Dusche gebrauchen.« Er machte auf dem Absatz kehrt und ging davon.

Da ihr der Ausblick gut gefiel, schob sie ihre Brille auf die Nase und sah ihm nach. Das bedeutete, dass sie sah, wie Jan aus dem Klubhaus huschte, sich zur anderen Seite des Schwimmbeckens begab und sich mit Maurice unterhielt.

Leider konnte sie nicht verstehen, was gesagt wurde, aber sie bemerkte, wie Maurice erst zu ihr und dann schnell wegblickte.

Wie Kinder, die einen Streich planen. Wie bezaubernd. Da fragte sie sich, was auf der Vulkantour passiert war.

Und hallo, hat Francois gesagt, er wolle duschen? War das Code dafür, dass er wollte, dass sie sich zu ihm gesellte? So oder so, den nackten, heißen Typen wollte sie auf keinen Fall verpassen. Sie nahm ihr Fass Sonnencreme und ging schwankend zurück zu ihrem Gebäude und fluchte, dass es so weit weg war. Diese Mai Tais waren wirklich gut.

Obwohl sie mehr als ein Mal versucht war, ein Nickerchen im weichen Gras auf dem Weg nach Hause zu machen, ging sie weiter, bis ihr leuchtend gelbes Gebäude in Sicht kam. Sie bemerkte, wie JF draußen mit einem Mädchen sprach. Einem Mädchen mit langen roten Haaren. *Das nicht ich bin.*

Der vermisste Feriengast Shania war zurückgekehrt.

Kapitel Vierzehn

»Verdammt noch mal, du hast Shania gefunden.« Stacey marschierte näher heran und JF bemerkte, wie die andere Frau sich an ihn drückte und bei seinem großen Körper Schutz suchte.

Es brachte Stacey zum Fauchen.

Interessant, sah sie Shania als eine Bedrohung an? Er empfand die Frau als eher unscheinbar. Sie konnte sich nicht verwandeln. Sie war schlank, aber nicht in bester körperlicher Verfassung. Was sah Stacey, das er nicht sah?

»Ich habe sie eigentlich nicht gefunden«, bemerkte Francois. »Sie kam einfach von der anderen Seite des Gebäudes herbeigeschlendert.« Es überraschte ihn, denn er war immer noch etwas verwirrt wegen der Geschehnisse des Nachmittags.

Ich habe Stunden verloren, an die ich mich nicht erinnere. Von einem angeblichen Sturz. Nur schien das irgendwie nicht richtig zu sein.

Was war geschehen? Das Letzte, woran er sich erinnerte, waren böswillige Augen, die aus dem Dschungel auf ihn zurasten, und als Nächstes erinnerte er sich daran, dass er auf der Ladefläche des Kleintransporters hin und her geschaukelt wurde. Jan hielt ihn gegen das Fahrerhaus gedrückt, damit er nicht umkippte.

Die verschwommene Erinnerung in seinem Kopf bedeutete, dass er nicht klar denken konnte, als Shania in Sicht gekommen war.

»Wo hast du gesteckt?«, fragte Stacey, wobei sie eine Hand in die Hüfte stützte und sich ziemlich fordernd anhörte.

Aber es verfehlte seine Wirkung nicht.

Shania richtete sich auf. »Was meinst du damit? Ich war hier im Resort.«

»Nein, warst du nicht. Alle haben nach dir gesucht.«

»Ich war im Wald. Und habe einen Spaziergang gemacht.« Shania warf sich das Haar über die Schulter und ihr Selbstbewusstsein kehrte bereits zurück.

»Das war aber ein langer Spaziergang«, bemerkte Stacey.

»Was kümmert es die Leute, wenn ich spazieren gehe? Und wieso hat mich überhaupt jemand vermisst? Normalerweise verlasse ich mein Zimmer erst nachmittags.«

JF bemerkte die Verwirrung und meldete sich zu Wort. »Miss Korgunsen, Sie wissen aber schon, dass Sie drei Tage lang vermisst wurden?«

»Auf keinen Fall. Hören Sie auf, mich zu verarschen. Was soll's, wenn ich gestern Abend ausgegangen bin und im Wald einen Typen getroffen habe. Ich war wohl kaum tagelang weg.«

»Erzähle mir nicht, dass du diese Amnesie-Masche glaubst«, unterbrach Stacey mit ungläubigem Schnauben. »Sie weiß genau, wo sie war. Mach dir bloß nichts vor. Sieh sie dir an.«

Er tat es, indem er die Dinge vermerkte, die ihn gestört hatten, aber die er jetzt erst richtig registriert hatte. Shania sah viel zu frisch und gesund aus. Sie war offensichtlich nicht tagelang im Dschungel umhergeirrt oder von einem Psychopathen entführt und missbraucht worden.

»Also gibst du zu, dich mit einem Mann getroffen zu haben? Wer war er? Jemand aus dem Resort?«, löcherte Stacey sie.

»Ich –« Shania runzelte die Stirn. »Im Moment bin ich mir über nichts sicher. In meinem Kopf ist alles so verschwommen. Ich erinnere mich nur noch daran, dass ich durch den Wald gelaufen bin, um eine Fantasie auszuleben, die der Typ hatte, mit dem ich mich treffen wollte. Aber dann war da ein Löwe. Nur dass er kein Löwe war.«

»War er ein Wandler?«

»Du weißt über sie Bescheid?« Shania machte große Augen.

Da die Frau praktisch blind war, was ihren Geruchssinn betraf, konnte er die Tatsache, dass sie nicht erkannte, was sie waren, nicht gerade kritisieren. Er schlüpfte in die Rolle des guten Polizisten. Sollte Stacey den bösen Polizisten spielen. Es war irgendwie heiß, als sie das Kommando übernahm.

Ihre Eifersucht war auch niedlich, weshalb er sie weiter reizte. Er legte einen Arm um Shania. »Mit uns kannst du über alles reden. Wir wissen, dass du auch das Wandlergen in dir trägst, aber dich nicht aktiv verwandeln kannst. Du kannst uns also ruhig alles sagen.«

Stacey verengte die Augen zu Schlitzen. »War die Person, die dich entführt hat, ein Gestaltwandler?«

Shania zuckte mit den Schultern, als sie es zugab. »Er hat gesagt, er sei ein Löwe, aber ich kann niemanden an seinem Geruch erkennen.«

»Und vielleicht hatte er auch gar keinen Geruch mehr«, murmelte er leise. Irgendetwas an Shanias Geruch, oder besser gesagt die Tatsache, dass sie nach nichts roch, störte ihn. Shania duftete nach Seife und normalem Körpergeruch. Sonst nach gar nichts.

Nach niemandem sonst.

Wie konnte das sein, wenn sie ein paar Tage mit ihm verbracht hatte?

»Und wer war dieser Mann, mit dem du dich getroffen hast?«, fragte Stacey.

»Ich dürfte es euch eigentlich nicht sagen. Er arbeitet im Resort und ich möchte ihm keine Schwierigkeiten bereiten.«

»Obwohl er dir vielleicht etwas angetan hat?«, fragte Stacey und ihre Stimme wurde eine Oktave höher. »Was zum Teufel ist nur mit dir los? Wir haben dir gerade gesagt, dass du drei Tage lang verschwunden warst. Drei verdammte Tage lang.« Stacey hielt drei Finger hoch. »Und du machst dir Sorgen darüber, dass er gefeuert wird? Was verstehst du nicht daran, dass es besser wäre, wenn er gefeuert wird, und am besten noch gleich verhaftet, wenn er dich entführt hat?«

»Ich wurde nicht entführt.«

»Dann spuck es aus«, beharrte Stacey mit Nachdruck. »Sag, ich habe drei Tage im Bett verbracht mit …« Stacey machte eine Handbewegung in Richtung Shania in dem Versuch, sie zum Reden zu ermutigen.

Shania schüttelte den Kopf. »Es tut mir leid, aber ich glaube, ich möchte lieber nicht mit euch reden.« Sie legte sich eine Hand an den Kopf. »Es ist alles so verschwommen.«

»Miss Korgunsen.« Jan rief scharf ihren Namen, während sie den Gartenpfad hinaufmarschierte. »Gott sei Dank sind Sie wieder da.« Da hatte wohl jemand ganz offensichtlich gut auf die Sicherheitskameras, die überall auf dem Gelände verteilt waren, aufgepasst, um es so schnell festzustellen. »Wir haben uns solche Sorgen um Sie gemacht.«

»Wenn Sie noch mehr rumschleimt, muss ich mich, glaube ich, übergeben«, murmelte Stacey.

»War ich wirklich mehrere Tage lang verschwunden?«, fragte Shania. »Ich kann mich an nichts erinnern.«

»Da hat wohl jemand zu viel Spaß gehabt«, neckte Jan und legte einen Arm um Shania. »Warum holen wir dir nicht lieber etwas zu essen. Vielleicht kannst du dich danach besser an dein Abenteuer erinnern.«

»Sie muss erst bei einem Arzt vorbeischauen«, stellte Stacey fest.

»Wir sorgen dafür, dass sie untersucht wird. Macht euch keine Gedanken. Der Arzt in unserem Resort ist der beste.«

»Vielleicht sollte ich besser mitkommen. Als moralische Unterstützung«, bot Stacey an.

Francois hätte fast laut gelacht, als Stacey diese falsche Ernsthaftigkeit zur Schau trug.

»Du möchtest die moralische Unterstützung für eine Frau sein, die du kaum kennst?« Jan blinzelte Stacey irritiert an, doch die lächelte nur.

»In schweren Zeiten sollten alle Frauen zusammenhalten.« Stacey faltete die Hände über ihrem Bauch und versuchte, freundlich zu wirken.

»Macht euch keine Gedanken. Ich werde dafür sorgen, dass man sich gut um Shania kümmert, und wir werden herausfinden, was genau passiert ist. Diese schrecklichen Insekten im Dschungel können alle möglichen Dinge anrichten.« Jan kicherte, als sie das sagte, und führte dann Shania weg.

»Insekten im Dschungel, wer's glaubt«, murmelte Stacey und machte ein paar Schritte, als wollte sie ihnen folgen.

JF hielt sie am Arm fest. »Wo willst du denn hin?«

»Ich will ihnen hinterhergehen.« Sie versuchte, sich loszureißen. »Ich habe da noch ein paar Fragen.«

»Sie werden dich sicher nicht reinlassen, um mit Shania zu sprechen. Schließlich bist du nur ein Gast, nicht wahr?«, murmelte er.

»Vielleicht ist es langsam an der Zeit, dass ich ihnen sage, dass ich auf Ariks Befehl hin hier bin.«

»Und unsere Deckung auffliegen lässt.« Als hätte sie das nicht vorhin schon getan. Früher oder später würden die Leute ihnen schon auf die Schliche kommen oder sich zumindest fragen, wie es um ihre Beziehung tatsächlich stand.

»Aber wenn ich ihnen nicht folge, wie soll ich dann deiner Meinung nach Shania befragen?«

»Vergiss sie jetzt erst mal. Du kannst sie später noch befragen, nachdem sie entlassen wurde. Ich habe einen besseren Plan.«

»Und du möchtest, dass ich dabei mitmache?« Sie klang sehr überrascht.

»Ich brauche dich –«

Sag es. Sag ihr, dass du nicht aufhören kannst, an sie zu denken. Dass deine Eier wahrscheinlich abfallen werden, wenn du nicht bald deinen Schwanz tief in sie versenken kannst.

Stattdessen beachtete er gar nicht, was das Monster in seinem Inneren vorschlug, sondern sagte: »Du musst mit mir zum Vulkan kommen. Heute Nacht.«

Sie kreischte nicht aufgeregt auf. Stattdessen rümpfte sie die Nase. »Warum soll ich mitten in der Nacht auf einem toten Vulkan herumkraxeln, wenn wir hier ein ausgesprochen komfortables Bett haben?«

Oh, was ihm daraufhin für Dinge in den Kopf kamen ...

»Du möchtest lieber in einem Bett schlafen als ein

Abenteuer erleben? Wer bist du und was hast du mit meiner verrückten Prinzessin gemacht?« War sie nicht diejenige, die jederzeit für ein Abenteuer zu haben war?

»Genau deswegen, weil ich nämlich eine Prinzessin bin, schlage ich vor, dass wir nackt zu Bett gehen, statt mitten in der Nacht im Dschungel herumzuwandern. Hast du überhaupt eine Ahnung, wie viele Insekten sich dort draußen rumtreiben?«

»Ich werde ihnen stattdessen meinen Körper anbieten, um zuzustechen.«

»Willst du damit sagen, dass du süßer schmeckst als ich?«

»Ich bezweifle stark, dass es etwas gibt, das süßer schmeckt als du.« Er sprach die Worte aus und wünschte sich im nächsten Augenblick, jemand würde ihm eine Ohrfeige verpassen.

Was für einen Blödsinn sage ich denn da?
Die Wahrheit.

»Du sagst etwas, bei dem mir das Höschen ganz feucht wird, und fragst dich dann, warum ich lieber mit dir ins Bett gehen würde?«

»Ich fasse es nicht, dass du unsere Mission für Sex abblasen würdest.« Allerdings fühlte er zugegebenermaßen genau das Gleiche. Er würde noch ganz andere Sachen ablegen, wie zum Beispiel die Verantwortung und seine Hose.

»Nicht einfach irgendwelchen Sex. Richtig guten Sex. Und über was für eine Mission sprichst du da eigentlich?«

Hatte sie es tatsächlich schon vergessen? »Na die, die gerade davonspaziert ist.«

»Du meinst die Frau, die in den letzten paar Tagen wahrscheinlich nicht nur ihr Herz-Kreislauf-System, sondern auch ihre Muschi trainiert hat?«

»Du gehst davon aus, dass sie es richtig hat krachen lassen. Sie erinnert sich allerdings an nichts.«

»Zumindest behauptet sie das. Vielleicht will sie einfach nur nicht sagen, was wirklich los war.«

»Ich habe nicht das Gefühl, dass sie lügt«, sagte er, während er die Treppe hinauf zu ihren Zimmern voranging.

»Ich eigentlich auch nicht, aber alles andere ergibt keinen Sinn. Wie ist es sonst möglich, dass Shania tagelang verschwindet und dann wiederauftaucht, sich aber an nichts erinnert außer die Tatsache, dass sie durch den Dschungel gelaufen ist.«

»Das weiß ich auch nicht.«

»Weil es unmöglich ist, außer sie wurde von Außerirdischen entführt.« Sie wirbelte mit großen Augen herum.

»Sprich es ja nicht aus«, warnte er sie.

»Aber –«

Er hielt einen Finger hoch, um sie zum Schweigen zu bringen. »Sie wurde nicht von Außerirdischen entführt.«

Sie wirkte enttäuscht. »Du Spielverderber. Es wäre solch eine coole Erklärung gewesen.«

»Mir ist die echte Erklärung lieber. Vielleicht unterzieht man Shania einer medizinischen Untersuchung und findet etwas Neues heraus.«

»Wie zum Beispiel was? Soweit ich sehen konnte, hatte die Frau weder blaue Flecke noch Kratzer. Es gab keine Anzeichen für eine Mangelernährung. So wie es aussieht, ist sie jetzt in dem gleichen Zustand wie damals, als sie verschwand, außer dass sie sich an nichts erinnert.«

»Es könnte sich um eine Droge handeln.« Vielleicht war das auch daran schuld, dass er heute Nachmittag einen Filmriss gehabt hatte und sich an nichts erinnerte.

»Eine Droge, durch die man einen tollen One-Night-

Stand vergisst? Jetzt hörst du dich aber wie ein Verrückter an, Knackpo.«

»Vielleicht war der Sex auch nicht so gut, dass man sich daran erinnern möchte«, bemerkte er.

»Na dann kommst du ja ganz offensichtlich als Täter nicht infrage.« Sie zwinkerte ihm zu. »Ich gehe mal davon aus, dass man dich nicht so schnell vergisst.«

»Warum würdest du mich jemals als Verdächtigen in Betracht ziehen? Schließlich bin ich mit dir zusammen auf der Insel angekommen.«

»Oder du kommst öfter hierher, um Urlaub zu machen, immer nur ein paar Tage am Stück, um Frauen zu entführen und wilden Sex mit ihnen zu haben, bevor du sie ohne Erinnerungen zurücklässt, damit sie kein Trauma bekommen, weil sie nie wieder deinen Riesenschwanz in sich spüren können.«

»Du siehst zwar aus wie eine Dame.« Er betrachtete sie von oben bis unten, das seidene Wickelkleid, das sie um ihren Körper geschlungen hatte, ihre bloßen Schultern elegant und einladend. »Und manchmal sprichst du auch wie eine Dame. Und dann wiederum sagst du die schmutzigsten Dinge.«

»Nur schmutzig, weil ich so aussehe. Ich wette, es gibt einige meiner Schlampen, bei denen du nicht einmal mit der Wimper zucken würdest, wenn sie es sagen.«

»Willst du damit etwa ausdrücken, ich solle Zeit mit anderen Frauen verbringen, um deine Theorie zu bestätigen?« Er versuchte, ihre Eifersucht zu schüren.

Sie reagierte darauf, indem sie die Schultern straffte. Sie kniff die Augen zu Schlitzen zusammen. »Ich durchschaue dich, Knackpo. Du versuchst, mich aus der Ruhe zu bringen. Aber du solltest etwas wissen. Löwinnen sind immer dazu in der Lage, mehrere Dinge gleichzeitig zu tun. Nehmen wir zum Beispiel Luna; sie war vor ein paar Jahren bei einem Wetttrinken in irgendeiner Kneipe in Texas und irgendein Kerl versuchte, ihr an die Brust zu fassen, während sie sich gerade einen hinter die Binde kippte. Sie brach ihm die Hand und schaffte es trotzdem, die Wette zu gewinnen. Ich habe an diesem Tag ein wertvolles Paar Cowboystiefel verloren, aber ich habe etwas daraus gelernt.«

Ihm war klar, dass er es eigentlich besser nicht tun sollte, dennoch fragte er: »Und was für eine Lektion?«

»Lass dich nicht auf ein Wetttrinken mit Luna ein.«

Als sie an der Tür ankamen und sie den Arm hob, um sie reinzulassen, stellte er sicher, dass er das Zimmer zuerst betrat.

»Wenn sie mir etwas antun wollten, hätten sie heute Nachmittag zugeschlagen, als ich allein war«, bemerkte sie und drückte sich an ihm vorbei ins Zimmer. »Und ich bezweifle stark, dass derjenige, der Shania entführt hat, sich in der näheren Zukunft jemand anderen greift.«

»War das etwa Logik, was ich da gerade vernommen habe, Prinzessin?«

Sie grinste ihn an. »Ich sehe eben nicht nur gut aus, Knackpo.«

»Dann benutze mal diese neu gewonnene Schlauheit dazu zu erklären, was deiner Meinung nach mit Shania geschehen ist.«

»Ich würde sagen, dies ist ein typischer Fall davon, dass die plausibelste Erklärung auch gleichzeitig die beste ist.«

»Und was hältst du für die plausible Erklärung?«

»Ich würde sagen, sie. Vielleicht hat sie die letzten Tage einfach mit einem verheirateten Mann verbracht, der nicht will, dass seine Frau es herausfindet.«

»Und beruht deine Vermutung auf irgendwelchen Tatsachen?« Er schnippte mit den Fingern. »Hast du es vielleicht geschafft, ihr Handy zu knacken?«

»Was für ein Handy?«

»Das, welches du aus dem Zimmer geklaut hast.«

»Ach so, was das angeht.« Stacey zog ihre Sandalen aus und machte eine kurze Pause. »Dieses Handy wurde am ersten Abend aus meinem Zimmer gestohlen, als wir beim Abendessen waren.«

Seine Züge verhärteten sich. »Was soll das heißen, es wurde gestohlen? Willst du damit etwa sagen, dass jemand in dein Zimmer eingedrungen ist und etwas entwendet hat und du hast es mir nicht gesagt?«

»Dann hättest du mir wieder Vorhaltungen gemacht. Und ich konnte ja schlecht zur Hotelleitung gehen, um mich zu beschweren, dass das Handy, das ich mir ausgeliehen hatte, gestohlen worden war.«

Er verschränkte die Arme, konnte sich jedoch so weit beherrschen, um nicht mit dem Fuß auf den Boden zu trommeln. »Solche Sachen muss ich wissen, Prinzessin.«

»Aber ich sage es dir doch jetzt, oder?«

Er sah sie böse an.

Sie hingegen zeigte sich überhaupt nicht reumütig.

Stacey zog ihr Kleid aus und ging ins Badezimmer, um das Wasser der Dusche anzumachen. Er wollte eigentlich gehen, doch sie sprach weiter mit ihm.

»Wir müssen über Shania reden und den verheirateten Typen, der sie unter Drogen gesetzt hat, um Sex mit ihr zu haben«, rief sie, da sie die Tür offengelassen hatte.

»Und noch mal, wir wissen nicht genau, was ihr passiert ist.«

Sie kam wieder aus dem Bad und trug nichts weiter als ihren knappen Bikini. »Ich habe dir eine äußerst plausible Theorie geliefert. Wie lautet denn deine? Ich kann dir jedenfalls sagen, was sie nicht wurde. Sie wurde nicht auf dem Schwarzmarkt verkauft.« Stacey zählte es an ihren Fingern ab. »Sie wurde nicht geschlagen oder missbraucht.

Ihr fehlen keine Körperteile. Warum wurde sie überhaupt entführt?«

»Genau das müssen wir herausfinden. Ich glaube, dass wir diese Antworten auf dem Vulkan finden.« Und auch um herauszufinden, was in der Zeit passiert war, an die er sich nicht erinnern konnte.

»Wieso glaubst du, dass wir die Antworten dort finden werden? Hast du dort etwas gefunden?« Ihre abenteuerlustige Seite blitzte auf. »Einen uralten Tempel? Einen Friedhof voller alter Knochen?«

»Ein Kaugummipapier.«

Sie blinzelte. »Soll das etwa heißen, dass du wegen ein bisschen Müll, den du gefunden hast, mitten in der Nacht durch den Dschungel wandern willst? Hat dich heute im Wald etwas gebissen?«

Aus irgendeinem Grund fasste er sich mit der Hand an den Hals. »Hier draußen gibt es große Insekten.«

»Genau, und trotzdem willst du meinen wunderbaren Körper in die Höhle des Löwen schicken, und noch dazu genau zu der Zeit, wenn die Stechmücken am aktivsten sind.« Sie schüttelte den Kopf. »Du weißt schon, dass es an der Bar heute Abend Margaritas gibt, die so groß sind wie Aquarien. Und davon könnte ich durchaus welche gebrauchen, besonders weil *du*«, sie sah ihn vielsagend an, »dich weigerst, es mir zu besorgen.«

Das wollte er nur allzu gern. Doch genau das war das Problem.

Er versuchte, ihre Gedanken aus dieser gefährlichen Ecke wegzusteuern. »Ich habe dort draußen mehr gefunden als nur ein Kaugummipapier. Irgendetwas geht in der Nähe des Vulkans vor. Du hättest es riechen sollen.«

»Wie konntest du überhaupt was riechen, so stark wie Jan parfümiert war?«

Da hatte sie allerdings recht, denn Jans Geruch irritierte seine Nase und ging ihm wahnsinnig auf die Nerven.

»Es geht hier nicht um Jan. Ignoriere sie einfach.«

»Warum sollte ich das, wenn du es auch nicht getan hast?«

»Bekommst du jetzt tatsächlich einen Eifersuchtsanfall?« Er fand es nämlich wirklich total sexy, wenn sie das tat.

Eigentlich sollte es ihm nicht gefallen. Mal im Ernst. Das Letzte, was er gebrauchen konnte, war eine eifersüchtige Löwin, die alles ruinierte.

Aber wenn es um Stacey ging ...

»Das ist keine Eifersucht.« Schmollend schob sie die Unterlippe vor.

Natürlich war es das.

Und aus irgendeinem Grund brachte ihn das dazu zuzugeben: »Ich habe keinerlei Interesse an Jan.«

»Und trotzdem kommst du zurück und riechst nach ihr. Der Gestank ist fast unerträglich.« Sie schnüffelte und schüttelte dann den Kopf so heftig, dass ihr Haar Wellen schlug.

»Würdest du aufhören, dich zu beschweren, wenn ich sage, dass ich lieber nach dir riechen würde?«

Sie brauchte einen Moment, um seine Worte zu verarbeiten. Doch dann lächelte sie. Und es war, als würde die Sonne aufgehen, und er war völlig machtlos dagegen.

»Ehrlich gesagt würde es mir tatsächlich besser gehen, wenn du nach mir riechst. Vielen Dank, dass du es anbietest.« Und dann sprang sie ihn an.

Mehr als nur reiner Instinkt, sondern das tatsächliche Bedürfnis, sie im Arm zu halten, bedeutete, dass er sie auffing und mühelos festhielt.

»Machst du das jetzt gerade wirklich?«, fragte er, als sie genüsslich ihre Wange an seiner rieb.

»Allerdings. Du hast doch gesagt, dass ich dich mit meinem Duft markieren soll. Also halt bitte einen Moment lang die Klappe, während ich das tue.«

»Und deswegen lasse ich mich nicht mit Katzen oder anderen Haustieren ein«, knurrte er.

»Gib es ruhig zu, du würdest mich zu gern streicheln und zum Schnurren bringen.«

»Löwen können nicht schnurren.«

»Bist du dir dessen sicher? Vielleicht solltest du es mal probieren.«

Und das täte er nur allzu gern. »Für so was haben wir jetzt keine Zeit, Prinzessin.«

Mit einem Seufzer wandte sie sich von ihm ab und das selbstgefällige Lächeln verriet, wie glücklich sie war, dass sie wieder gewonnen hatte.

Er trug ihren Duft. Als sie plötzlich die Stirn runzelte, machte er den Fehler zu fragen: »Was ist denn los?«

»Mir ist gerade aufgefallen, dass du uns gar nicht ausgezogen hast, um deinen Duft überall auf mir zu verteilen.«

»Wenn eine Frau mir gehört, muss sie nicht erst nach mir riechen, um es zu wissen.« Er wandte sich von ihr ab und ging in Richtung Trenntür auf sein Zimmer zu.

»Müssen wir ausgerechnet heute Nacht zu dem Vulkan?«

»Ja. Weil das Kaugummipapier und diese Sache mit dem Geruch nicht die einzigen Dinge sind, die an diesem Ort irgendwie merkwürdig sind. Ich habe einen Teil des Nachmittags verloren.« Er gab es ihr gegenüber zu, weil er wusste, dass es sie von der knisternden Hitze, die zwischen ihnen beiden herrschte, ablenken würde.

Nur dass sie es falsch verstand. »Ja, du hast mit diesem blöden Trip tatsächlich Zeit verloren. Und das, anstatt mit mir herumzuhängen und mir dabei zu helfen herauszufinden, wer etwas über Shanias Verschwinden wissen könnte.«

»Nein, so meine ich das nicht, ich meine, ich habe Zeit verloren, weil ich in einem Moment einem angreifenden Wildschwein gegenüberstand –«

»Hast du mir ein Stückchen davon mitgebracht? Ich liebe Wild.«

»Nein, weil ich das Bewusstsein verloren habe.«

Sie blinzelte. »Wie bitte? Hast du gerade gesagt, du hättest das Bewusstsein verloren? War das Schwein so groß und Furcht einflößend?«

»Nein. Ich habe das Bewusstsein verloren, weil mich irgendetwas gestochen hat.«

»Wusste ich doch gleich, dass diese Insekten im Dschungel schrecklich sind.«

»Ich glaube nicht, dass es ein Insekt war. Irgendetwas hat mich hier erwischt.« Er zeigte auf seinen Hals. »Und hier auch.« Er zeigte auf seinen Po.

Sie lehnte sich zu ihm, um seine Haut genauer zu betrachten. »Ich sehe an deinem Hals nichts. Lass die Hose runter und bück dich, damit ich mir deinen Hintern betrachten kann.«

Ein frecher Befehl, den er nicht befolgte. »Da gibt es nichts zu sehen. Falls ich tatsächlich gestochen wurde, ist der Stich längst verheilt.«

»Um was glaubst du, handelte es sich? Eine Spinne? Eine Stechmücke? Ein Außerirdischer mit einer nadelähnlichen Gliedmaße?«

»Ein Giftpfeil.«

»Moment mal. Du glaubst, jemand hat einen Giftpfeil auf dich abgeschossen? Und du hast das Bewusstsein verloren?« Sie klang ungläubig.

»Ja. Ich finde es auch nicht gerade toll. Es muss etwas sein, das ganz neu auf dem Markt ist, denn ich halte normalerweise solche Sachen viel besser aus.«

Sie schüttelte den Kopf. »Willst du damit rechtfertigen,

was heute Nachmittag zwischen dir und Jan passiert ist? Du benutzt Shanias lahme Geschichte als Ausrede, anstatt mir die Wahrheit zu sagen?«

Wie um alles in der Welt war ihr Verstand jetzt wieder zu Jan zurückgekehrt? »Aber es ist die Wahrheit.«

»Behauptest du. Warum sollte ich dir auch nur ein Wort glauben?«

»Warum sollte ich lügen?«

»Ich weiß es nicht. Du scheinst ja zu denken, dass ich dich vielleicht absichtlich aufrege, weil dich irgendeine Tussi vor langer Zeit schlecht behandelt hat.«

»Sie hat versucht, mich zu töten.«

»Dann heule doch. Weißt du eigentlich, wie viele Leute schon versucht haben, mich zu töten? Es ist nicht einfach, so schön zu sein.« Sie warf sich das Haar über die Schulter.

Seine Mundwinkel zuckten. »Ich sehe schon, was du vorhast.« Und das tat er tatsächlich. Sie versuchte, ihn davon zu überzeugen, dass sie das, was sie einander sagten, für bare Münze nehmen mussten.

»Was? Dir zu zeigen, was für ein Idiot du bist? Also das war wirklich nicht schwer. Tatsache ist, Knackpo, dass du von einer verrückten Braut unfair behandelt worden bist. Ich verstehe, dass du vielleicht ein gebranntes Kind bist, aber ich weiß, dass du weißt, dass nicht alle von uns – zum Teufel, nicht einmal die meisten von uns – psychopathische Mörderinnen sind.«

»Ich weiß nicht so recht. Ich habe die Frauen des Rudels kennengelernt und die meisten haben nicht alle Tassen im Schrank.«

»Das ist Teil unseres Charmes, aber deswegen sind wir längst noch nicht unzuverlässig. Du musst diese Angst loslassen.«

»Ich habe keine Angst.« Entrüstet straffte er die Schultern.

»Wirklich nicht?« Sie machte einen Schritt auf ihn zu. Er erschauderte und lehnte sich ein wenig von ihr weg. »Ich werde dir nichts tun.«

»Was, wenn ich mir mehr Gedanken darüber mache, dass ich dir wehtue?« Stacey war eine Naturgewalt. Wenn man ihr zu nahe kam, lief man Gefahr, fortgespült zu werden.

»Glaubst du, du könntest mir wehtun?« Sie lachte. »Wie süß, Knackpo.«

»Du weißt nicht, was in mir lauert. Welches Monster sich in mir verbirgt.« Das Monster, das in ihm pulsierte und so unglaublich gern noch mal einen Schluck von ihr nehmen wollte.

»Du bist auch kein größeres Monster als ich. Du solltest mich mal sehen, wenn ich meine Tage habe und jemand mein letztes Stück Schokolade isst.«

Er starrte sie warnend an.

Anscheinend war sie in ihrem Leben schon ausgesprochen häufig ernst angestarrt worden, da es keinerlei Eindruck auf sie machte.

»Das ist nicht lustig«, grummelte er.

»Du bist viel zu ernst. Mach dich mal locker. Nicht alles ist schrecklich und immer gleich ein Weltuntergang.«

»Es ist wirklich unmöglich, mit dir zu reden. Und wir sind ganz schön vom Thema abgekommen. Kommst du jetzt mit zum Vulkan oder nicht? Rein oder raus?« Rein oder raus. Rein oder raus. Verdammt, er wollte rein und raus.

»Ich bin dabei, wenn du versprichst, jegliche Insekten, denen wir begegnen, zu zerquetschen.«

»Ich werde sie töten.« Egal was es war, was sie bedrohte. »Und was tust du im Gegenzug für mich?«

»Ich sehe hübsch aus, während du es tust?« Sie grinste.

JF schüttelte den Kopf und seufzte. »Ich bin wirklich

ein Idiot, dass ich es überhaupt in Erwägung ziehe, dich mitzunehmen.«

»Warum tust du es dann? Warum bist du nicht einfach gegangen, ohne mir Bescheid zu sagen?« Sie legte den Kopf schief und wartete auf seine Antwort.

»Weil du vielleicht wie ein Schwächling aussiehst, aber ich weiß, dass du gut kämpfen kannst.«

»Und woher willst du das wissen?«

»Ich habe gesehen, wie die Löwinnen kämpfen.«

»Ich bin besser als sie«, gestand sie ihm. »Nur damit du das weißt.«

Sogar sehr viel besser, sonst wäre sie ihm nämlich überhaupt nicht aufgefallen. »Wir müssen warten, bis es dunkel ist, damit wir nicht so leicht zu erkennen sind.«

»Oh je, was sollen wir in der Zwischenzeit nur tun?« Sie klimperte mit den Wimpern.

Den Ausdruck kannte er.

Am liebsten hätte er den Gedanken weiterverfolgt. Aber da er dummerweise ausgesprochen stur war, drehte er sich um und sagte: »Ich suche ein paar Dinge zusammen, die wir brauchen können, und dann bestellen wir uns was beim Zimmerservice.«

Er hatte nicht mit dem Schuh gerechnet, den sie ihm an den Kopf schlug. Er erstarrte, drehte sich aber nicht um, also warf sie ihm ihre andere Sandale nach und traf ihn in den Hintern.

Das erregte seine Aufmerksamkeit.

Er wirbelte herum, sagte aber kein Wort, ging einfach zu ihr zurück, packte sie an den Oberarmen und sagte verärgert: »Warum musst du mich immer reizen?«

»Darum.«

»Darum ist keine Antwort«, brüllte er. »Warum musst du mich immer aufregen?«

»Weil es Spaß macht.«

»Dir vielleicht. Mich macht es verrückt«, erwiderte er beleidigt und war komplett angespannt.

Das Monster in ihm rührte sich.

Nimm sie. Mach sie zu der Deinen.

Er kämpfte gegen das Monster an.

Sie hingegen reizte es.

Kapitel Fünfzehn

»Es wird aber auch langsam mal Zeit, dass du dich ein bisschen gehen lässt«, sagte sie und fuhr mit dem Finger seine Brust hinab und am Saum seiner Hose über die Naht für die Knöpfe.

»Du weißt nicht, was du da tust.«

»Ich entfessele dein Verlangen, Knackpo.« Ein Verlangen, nach dem sie sich verzehrte.

»Mein Verlangen könnte dich töten.«

»Es gibt eine Menge Dinge, die mich töten könnten. Und falls es beim Sex passieren sollte, unglaublich gutem Sex, natürlich, dann ist es eben so.«

»Ist dir eigentlich schon mal der Gedanke gekommen, dass ich echt schlecht im Bett sein könnte?«

Was für eine offensichtliche Lüge. Der Mann war purer Sex und sie wollte ihn ablecken.

Sie lachte. »Bei all den Dingen, die du in mir weckst, musst du wahrscheinlich nur auf meine Muschi pusten und schon komme ich.«

Ein Schauder lief durch ihn hindurch und er wandte sich ab. »Lass mich in Ruhe.«

»Hast du etwa Angst davor, Sex zu haben?«

»Normalerweise nicht«, gab er widerwillig zu.

»Also bist du der Überzeugung, dass du durchdrehst, wenn du Sex mit mir hast? Weißt du eigentlich, wie heiß ich das finde, Knackpo?« Sie griff ihn beim Hemd und zog ihn an sich ran. »Keine Sorge. Ich helfe dir dabei, deine Angst zu überwinden.«

»Und wie?«

»Durch extrem befriedigenden, wilden Sex, bei dem man schreien muss.« Unverschämt, aber andererseits würde Subtilität bei ihm nicht funktionieren. Der Mann schien ganz und gar entschlossen, sich abzuschotten. Schade, denn sie wollte ihn.

»Eine Dame sollte nicht um Sex bitten.«

»Da hast du recht. Es sollte gar nicht erst nötig sein und trotzdem muss ich es tun, weil ich es mit dem stursten Mann der Welt zu tun habe. Wir brauchen es beide, Knackpo.« Sie legte den Kopf in den Nacken und stellte sich auf die Zehenspitzen, damit sie ihm ins Kinn beißen konnte. »Wir sind beide total angespannt, sodass wir bei der Feldarbeit keine gute Arbeit leisten werden. Betrachte es einfach als eine Art der Entspannung. Benutze mich, um deine Bedürfnisse zu befriedigen.«

»Einige meiner Bedürfnisse sind ziemlich dunkel und gefährlich.«

»Ich weiß, und ich finde die Tatsache, dass du Angst davor hast, die Kontrolle bei mir zu verlieren, weil ich so wahnsinnig toll bin, ausgesprochen sexy.«

Da war es wieder, das kleine Zucken im Augenwinkel. »Ich kann mich selbst beherrschen.«

»Dann beweise es.«

»Du wirst nicht aufhören, nicht wahr?«

»Nicht, bis du mich zum Orgasmus bringst, und zwar so heftig, dass ich Sternchen sehe.«

Stöhnend gab er schließlich nach.

Er zog sie in seine Arme, senkte den Kopf, um ihre Lippen zu stürmisch zu küssen, und zeichnete sie mit der Heftigkeit seines Verlangens. Er konnte sein Verlangen nicht verstecken und ihre eigene Erregung ließ sich auch nicht verleugnen. Er erforschte ihren Mund, biss auf ihre Unterlippe und ließ sie von innen heraus schmelzen.

Mit dem Verlangen, das in ihr pulsierte, lehnte sie sich in ihn hinein und drückte sich an seinen harten Körper. Sie schlang die Arme um ihn, umklammerte ihn fest und genoss, wie stark er sich anfühlte.

Er presste seine Lippen fest auf ihre, ein kraftvolles Brandmal, das sie erwiderte. Ein Teil von ihr, ein großer lärmender Teil, wollte diesen Mann für sich beanspruchen, ihm ihre Essenz einprägen, sodass alle es sehen konnten.

Die Welt muss sehen, dass er mir gehört. Das besitzergreifende Gefühl wuchs nur, je besser sie ihn kennenlernte.

Da sie ihn endlich da hatte, wo sie ihn haben wollte, konnte sie nicht anders, als seinen Körper zu streicheln, während sie sich küssten. Sie ließ ihre Hände über den Stoff seines Hemdes gleiten, erkundete seine harten Bauchmuskeln und drückte seinen festen Hintern.

Sie ließ ihre Hände unter seinen Hosenbund gleiten, um seine Pobacken zu kneten. Sie grub ihre Fingernägel in seine Haut und er knurrte sie an. So sexy. Sie drückte ihn und knurrte ebenfalls. Das Geräusch bewirkte etwas bei ihm. Entfesselte eine neue Ebene der Begierde und Wildheit.

Er hob sie hoch und änderte den Winkel ihres Kusses. Sie musste sich nicht mehr strecken, um ihn zu küssen, was gut war, denn er hatte ihre Beine ziemlich nutzlos gemacht. Das Feuer verzehrte sie, entzündete alle ihre Nerven und verbrannte sie von innen heraus. Und sie hungerte nach mehr.

Er steckte ihr eine feuchte Zunge in den offenen Mund und rieb sie an ihrer, und sie saugte daran, um ihn endlich wirklich zu schmecken. Sie sehnte sich mehr nach ihm als nach irgendeiner Schokolade, die sie je gegessen hatte.

Die Schichten der Kleidung, die ihre Körper voneinander trennten, irritierten sie. Wusste der Stoff nicht, dass dieser Moment Nacktheit benötigte?

Da er sie bereits in die Luft gehoben hatte, war es leicht, mit ihr so weit zu gehen, bis sie mit dem Rücken zur Wand war, sodass ihr Gewicht davon mitgetragen wurde und er sich an ihr reiben konnte. Sein harter Schwanz gegen ihre weiche, feuchte Muschi. Und während er sich rieb, begann sie zu stöhnen, da die Reibung so wunderbar war.

»Zieh mich aus«, flüsterte sie. »Ich will deine Haut auf meiner spüren.« Sie spürte, wie Francois nach Selbstbeherrschung rang. Verstand er nicht, dass sie ihn wild wollte? Sie konnte damit umgehen. Sie konnte seine Leidenschaft vertragen, die er so sehr zu kontrollieren versuchte.

Sie legte ihm ihre schmalen Beine um die Hüfte, damit er ganz nahe bei ihr war. Ihr Bikinihöschen rieb gegen ihre empfindliche Haut.

Er musste ihre Gedanken gelesen haben, denn er löste das Problem, indem er mit seinen Fingern an der Naht riss und ihr Höschen in Stoffreste verwandelte. Er zerrte die Fetzen weg und warf sie zur Seite. Er legte sie frei und starrte sie mit hungrigem Blick an.

Während ihr Rücken immer noch gegen die Wand gepresst war, ließ er seine Finger ihren unteren Bauch hintergleiten und rieb den kurzen Pelz aus Schamhaar, der ihren Lusthügel bedeckte, bevor er tiefer glitt, woraufhin sie stöhnte.

»Du bist ganz feucht«, sagte er mit rauer Stimme.

Das war ja nun nichts Neues. Sie war feucht seit dem Moment, in dem sie ihn kennengelernt hatte.

»Leck mich.« Sie wollte unbedingt seinen Mund an ihrer Muschi spüren. Sie ließ ihre Beine von seiner Hüfte gleiten und stellte sich auf Zehenspitzen vor ihn hin. »Auf die Knie. Bete mich an.«

Er stöhnte.

»Lass mich nicht warten. Leck mich. Jetzt sofort.« Ein imperialer Befehl, und doch murmelte er: »Wie die Prinzessin wünscht«, während er herunterrutschte und sie irgendwie aufrecht hielt, als er in die Knie ging.

Er schob sich zwischen ihre Beine, legte sie sich über seine Schultern, stützte sie, damit sie nicht fiel, und brachte seinen Mund auf Höhe ihres Geschlechts. Er blies dagegen, kalter Atem gegen ihren feuchten Unterleib.

Diesmal war sie dran mit Stöhnen. »Hör auf, mich zu ärgern.«

»Ich tue genau das, was ich will«, knurrte er.

Bei seinen Worten erschauderte sie. Er konnte die Begierde darin nicht verleugnen. Seine Besessenheit.

Er ließ seine Zunge gegen ihre Schamlippen schnalzen, woraufhin sie aufschrie. Er leckte sie wieder und wieder, immer und immer wieder, heiße Neckereien seiner Zunge an ihrer empfindlichen Haut, schob ihre Schamlippen auseinander, damit er ihren Honig aufschlecken konnte.

Sie klammerte sich an seinen Kopf und wollte nicht, dass er sich bewegte. Es fühlte sich so gut an. So köstlich erotisch. Er fand ihre Klitoris und bearbeitete sie, zog an ihr mit seinen Lippen, neckte sie mit seiner Zunge, sodass sie vor Verlangen pochte.

»Fick mich«, sagte sie in einem leisen Murmeln. »Ich will dich in mir spüren, wenn ich komme.«

»Aber ich will, dass du an meiner Zunge kommst«, antwortete er an ihre Muschi gepresst, sodass selbst die Vibration seiner Worte sie noch mehr erregten.

Und dann fing er erst richtig an, sie zu lecken. Er

drückte seine Zunge gegen sie, reizte ihre Klitoris. Er machte sie so lange verrückt, bis sie zum Orgasmus kam, und während ihr gesamter Körper erschauderte, drang ein scharfer Schrei aus ihrer Kehle.

»Und jetzt werde ich dich ficken«, knurrte er, bevor er aufstand. Er hielt sie mit einem starken Arm aufrecht und öffnete mit der anderen Hand seine Jeans. Sein Schwanz sprang daraus hervor und klatschte gegen ihr feuchtes, pochendes Geschlecht.

Und dieser Idiot erregte sie noch weiter, indem er die Eichel seines dicken Schwanzes an ihrer feuchten Spalte rieb.

»Tu es jetzt sofort«, verlangte sie und beugte sich vor, um ihn in die Unterlippe zu beißen.

»Ich werde dich ficken, wenn ich dazu bereit bin, verdammt.«

Er neckte sie noch ein wenig mehr, rieb ihre sensibilisierte Klitoris und brachte sie wieder keuchend an den Rand ihres Verlangens zurück, woraufhin sie stöhnte und sich gegen ihn presste.

Ohne Vorwarnung tauchte er plötzlich in ihre enge Muschi und sie schrie, als er sie füllte. Er füllte sie und streckte sie auf perfekte Art und Weise.

Da sie ihn in ihrer Nähe behalten wollte, packte sie ihn fest mit ihren Armen und Beinen. Er stieß in sie, zog die Hüften zurück, um dann erneut zuzustoßen, vor und zurück, immer wieder. Das bedeutete allerdings, dass sie ihn nicht küssen konnte, also begnügte sie sich damit, an seinem Hals zu saugen und in die Haut zu beißen.

»Wenn du nicht aufhörst ...« Er beendete den Satz nicht, aber sie wusste, dass er kurz davor stand, die Kontrolle zu verlieren.

Gut.

Sie biss ihn und Francois legte den Kopf in den

Nacken. Die Sehnen in seinem Hals traten vor und sie leckte sie, leckte weiter, selbst als ihr Körper zu zucken begann. Mit ihrem Rücken an die Wand gepresst und seinen Händen auf ihren Pobacken stieß er immer wieder zu. Er fickte sie hart und schnell, rammte seinen Schwanz in sie hinein und zog ihn wieder heraus, bis sie kleine wimmernde Schreie von sich gab.

Ihr Körper, den er so kurz zuvor schon befriedigt hatte, war wieder voller Begierde, kurz davor, zum zweiten Mal zum Orgasmus zu kommen. Er änderte den Winkel und sie stieß einen straffen Schrei aus, als er mit jedem Stoß ihren G-Punkt traf. Ihn stieß. Sich daran rieb. Sie vergrub ihre Finger in seinem Rücken.

Das war zu viel. Sie kam erneut zum Höhepunkt, zitternd und schreiend, und ihr ganzer Körper pulsierte um seinen Schwanz.

Sein Körper verkrampfte sich und als er mit dem Mund den Ansatz ihres Halses fand, stieß auch er einen mächtigen Schrei gegen ihre Haut aus und sie spürte die scharfen Spitzen seiner Zähne an ihrem Hals, aber es war ihr egal, als er ein letztes Mal zustieß und sich dann pulsierend in ihr ergoss. Und sie endlich mit seinem Samen markierte.

Sie fühlte, wie er an ihrem Hals saugte, die Haut war leicht gerötet, doch sie blutete nicht. Er zog sich mit einem Stöhnen zurück.

Sie legte ihm eine Hand auf die Lippen, bevor er sprechen konnte. »Wenn du jetzt sagst, das hätten wir nicht tun sollen, trete ich dir in die Eier.«

»Das ist aber nicht sehr damenhaft«, murmelte er hinter ihren Fingern.

»Ist dir noch gar nicht aufgefallen, dass ich nur in der Öffentlichkeit eine Dame bin?«, entgegnete sie lächelnd.

Als er sprach, verwandelte sich ihr Lächeln in Erstaunen. »Du solltest öfter mal versuchen, auch privat eine Dame zu sein. Männer lieben die Herausforderung.«

»Ist das deine nicht sonderlich subtile Art, mir zu sagen, ich solle mich verändern und mich dir nicht ständig an den Hals werfen?«

»Es ist meine nicht sonderlich subtile Art, dir zu sagen, dass du es mir ein bisschen schwerer machen sollst, damit ich das Vergnügen habe, dich verführen zu können.«

»Du willst mich verführen?« Allein die Tatsache, dass er von Verführung gesprochen hatte, war schon ausgesprochen verführerisch.

Er zog sie an sich, sodass seine Lippen beinahe ihre berührten. »Es gibt wahnsinnig viele Dinge, die ich gern mit deinem Körper anstellen würde. Dinge, die dich zum Schreien bringen würden. Dekadente Freuden, die dafür sorgen, dass du mir den Rücken zerkratzt.«

»Hatten wir das nicht gerade schon?«

»Und jetzt stell es dir noch intensiver vor.«

»Wie wäre es, wenn du es mir zeigst?«

»Nein, dafür haben wir keine Zeit«, flüsterte er an ihren Lippen, bevor er sie ein wenig von sich wegschob.

Wollte er etwa allen Ernstes jetzt gehen? »Komm sofort wieder hierher«, verlangte sie.

»Es wird langsam Nacht. Bist du bereit?«, fragte er.

»Eigentlich nicht.« Ihre Muschi beschwerte sich, dass er seinen Worten keine Taten folgen ließ. Allerdings war ein Teil von ihr auch voller Aufregung, weil er zugegeben hatte, dass er von ihr fasziniert war. Und trotzdem wollte er Tarzan im Dschungel spielen.

»Wenn du hierbleiben möchtest, nur zu. Aber ich kehre zum Vulkan zurück.«

»Ich komme mit.« Es ging zwar nicht um Erotik, doch trotzdem würde sie ihn nicht allein ziehen lassen. »Aber erwarte nicht von mir, dass es mir Spaß macht. Schließlich bist du nicht derjenige, der durch den Dschungel laufen und nach Fallen Ausschau halten muss.«

»Wer hat denn irgendetwas von Laufen gesagt, Prinzessin? Was hältst du davon, wenn wir fliegen?«

»Wie denn? Hast du einen Hubschrauber gemietet?«

»Warum zum Teufel sollte ich das tun? Schließlich habe ich nicht umsonst Flügel.«

»Nur für den Fall, dass es dir nicht aufgefallen ist, ich habe keine.«

»Ich werde dich tragen.«

Ein Lächeln erschien auf ihrem Gesicht. »Du wirst mich tragen?«

Es war schwer, sich ihre Freude darüber nicht anmerken zu lassen, und deswegen verzögerte ihr Aufbruch sich auch ein wenig. Sie warf sich auf ihn und ritt ihn wie ein Cowgirl, das sich unbedingt den ersten Preis im Rodeo holen wollte. Und dann verloren sie noch ein wenig Zeit, als sie duschten. Und während dieses seifigen Unterfangens erklärte er ihr einige Regeln.

»Regel Nummer eins. Du darfst meinen Flügeln nicht in den Weg kommen, außer du willst, dass wir abstürzen.«

»Heißt das, ich werde auf deinem Rücken sitzen wie bei einem Drachen? Aber was, wenn ich mich wie Daenerys benehmen möchte?«

»Ich habe keine Ahnung, was das bedeuten soll, aber ich bin mir ziemlich sicher, dass die Antwort darauf nein ist. Ich werde dich tragen oder du kannst auch laufen. Und das führt uns zu Regel Nummer zwei. Du darfst mich nicht ablenken.«

»Wer, ich?« Sie zeigte mit dem Finger auf sich selbst und versuchte dabei, unschuldig auszusehen. Sie versuchte es so sehr und trotzdem gelang es ihr nicht.

Er verschränkte zuerst seine Arme vor der Brust und sah sie dann streng an. »Ja, du. Du darfst mich nicht küssen, lecken, streicheln oder schreien, während wir fliegen.«

»Nur um das klarzustellen, heißt das, keine Stellung Neunundsechzig, während wir fliegen?«

»Ähh.« Einen Moment lang begann er zu schielen. Sie ließ es zu. Schließlich wusste sie, woran er dachte, denn seine halbe Erektion stupste sie in der Dusche an. Sein mit Seifenlauge bedeckter Schaft zeigte deutlich, in welche Richtung seine Gedanken gingen.

»Nein. Genau das meine ich mit ablenken«, sagte er und schüttelte sich, um sich von der Fantasie zu befreien, die er da gerade im Kopf hatte.

»Also, das macht ja keinen Spaß. Heißt das etwa, dass wir es niemals in den Wolken treiben werden?«

»Prinzessin, jetzt ist wirklich nicht der richtige Augenblick, um darüber zu sprechen.«

»Na gut. Aber ich möchte noch sagen, dass es nicht meine Schuld ist, wenn mein Schritt zufällig auf deinem Gesicht und dein Schwanz zufällig in meinem Mund landet, das ist dann deine eigene Schuld, weil du nicht mit mir darüber gesprochen hast, als du die Möglichkeit hattest. Habe ich überhaupt schon erwähnt, dass ich oral äußerst talentiert bin?«

Die Tatsache, dass sie das sagte, verspätete sie um weitere fünf Minuten unter der Dusche, weil der Mann eine verdammt gute Ausdauer hatte.

Um dafür zu sorgen, dass es danach keine weiteren Ablenkungen gab, verbannte er Stacey auf ihr Zimmer.

»Und komm ja nicht zurück, bevor du dir nicht etwas angezogen hast, junge Dame.«

Da ihr Körper momentan völlig befriedigt zu sein schien, ließ sie sich von ihm herumkommandieren. Außerdem hatte sie jetzt endlich die perfekte Gelegenheit, das Outfit zu tragen, das sie speziell für ihren Dschungelausflug hatte anfertigen lassen.

Als er sie sah, fielen ihm fast die Augen aus dem Kopf und er fragte: »Was zum Teufel hast du da an?«

Sie wirbelte herum, um ihm ihr Outfit zu präsentieren. »Gefällt es dir? Ich habe das Original ein bisschen abwandeln lassen, damit es besser passt, wenn ich mich verwandeln muss.«

»Das ist ein verdammtes Superheldenkostüm.«

Das war es allerdings. Leggings, ein Anzug, natürlich hauteng, um ihre Kurven zur Geltung zu bringen. Ein riesiges, glitzerndes G auf der Vorderseite, für Großartig. Sie hatte sich für den kurzen Umhang entschieden, obwohl die *Incredibles* die Gefahren eines solchen Umhangs aufzeigten. Sie würde darauf achten, sich von jeglichen Flugzeugmotoren fernzuhalten.

»Sei nicht eifersüchtig, Knackpo. Wenn wir nach Hause kommen, werde ich für meinen Helfer speziell einen Anzug anfertigen lassen.«

Er zog die Augenbrauen hoch. »Auf keinen Fall, Prinzessin. Ich bin nicht dein Helfer. Und ich will auch kein Kostüm.« Er verschränkte die Arme.

»Stimmt auch wieder. Ein Kostüm würde nur deinen wunderbaren Körper verdecken.« Dann fiel ihr ein, dass er ihre Schlampen begeistern könnte, wenn er halb nackt herumlief. Allerdings wusste sie, was sie dagegen tun konnte. Sie könnte in Aktien einer Firma investieren, die Augenklappen herstellte, und damit einen Riesengewinn machen.

»Zieh dieses lächerliche Kostüm aus.«

»Du willst, dass ich wieder nackt bin? Wenn du darauf bestehst, Knackpo.« Als sie anfing, sich auszuziehen, stöhnte er.

»Hör auf. Behalte es an.«

»Behalte es an, zieh es aus. Entscheide dich doch mal«, grummelte sie, war insgeheim aber erfreut darüber, dass sie ihren Willen durchgesetzt hatte. Seit dem Kampf gegen die Zombies auf dem Friedhof hatte sie ihr Superheldenkostüm noch verbessern lassen. Es bestand jetzt aus noch dehnbarerem Material und hatte hinten eine Öffnung für einen Schwanz. Es bedeutete, dass sie sich verwandeln konnte, ohne ihre Kleider zu verlieren, und was noch besser war, wenn sie sich zurückverwandelte, würde auch der Stoff wieder schrumpfen, sodass sie angezogen und nicht mehr nackt war. Vielen Dank, ihr Wissenschaftler von dem geheimen Labor, dessen Namen man nicht erwähnen darf.

»Komm mal her.« Er zeigte auf einen Punkt auf dem Boden vor ihm.

Sie ließ sich von ihm herumkommandieren und ging zu ihm.

Er nahm sie in die Arme und sie hatte gerade noch Zeit, sich auf die Zunge zu beißen, um nicht »Juchu« zu schreien, bevor er zur offenen Tür des Balkons lief. Mit einem einzigen Sprung setzte er auf der Balustrade auf und einen Moment später befanden sie sich in der Luft.

Es war einfach unglaublich und deswegen hatte sie auch ihre Kamera gezückt, um Fotos zu machen.

»Was machst du da?« Sie war nicht überrascht, dass er alles andere als glücklich zu sein schien. Wahrscheinlich weil sie während der letzten zehn Minuten keinen Sex mehr gehabt hatten.

»Ich mache Fotos für die Schlampen zu Hause. Lächle.« Er verzog das Gesicht, was auch okay war. Schnell versah sie das Bild noch mit ein paar Hashtags, bevor sie es postete. #suckitbiatches #timeofmylife.

»Hattest du nicht versprochen, mich nicht abzulenken?«

»Ich habe doch extra den Blitz ausgeschaltet.«

Er seufzte laut.

Sie grinste, während sie ihr Telefon in die Tasche an ihrem Ärmel steckte. Dann legte sie ihm die Arme um den Hals, um den Flug zu genießen.

Da es Nacht war und der Himmel bewölkt, gab es nicht viel zu sehen. Der Dschungel, über den sie flogen, hatte keine Lichter und man sah nur Schatten über Schatten. Sie fragte sich, wie sie ihren Weg finden würden.

»Kannst du im Dunkeln sehen?«

»Das kann man eigentlich nicht behaupten.«

»Und woher weißt du dann, dass wir auf dem richtigen Weg sind?«, wollte sie wissen.

»Ich kenne den Weg.«

»Aber wie?«

»Ich weiß es eben einfach.«

Da sie schon einige Dokumentarfilme gesehen hatte, rief sie aus: »Du hast Fledermausradar, stimmt's?«

Sie wurde mit einem weiteren Seufzen belohnt.

Wenn ihr das noch mal gelänge, hätte sie einen Hattrick geschafft.

Oder vielleicht würde er sie auch einfach fallen lassen.

Das hielt sie aber nicht davon ab, es trotzdem zu versuchen.

Viel zu früh, denn es machte ihr ziemlich viel Spaß, durch den Himmel zu fliegen, landete er und behauptete: »Wir sind da.«

»Und dafür habe ich ein Zimmer mit Klimaanlage und einer vollen Minibar verlassen?« Und mit *dafür* meinte sie den Fuß eines Berges und ein wenig Gestrüpp. Sehr viel dorniges Gestrüpp.

»Wenn du einen Hinweis findest, brauchst du kein Bett, um einen Preis zu bekommen.«

»Nur um das klarzustellen, reden wir hier über Sex?«

»Ja.«

»Miteinander?« Denn sie hatte ja schließlich gelernt, auf die Details zu achten.

»Ja, miteinander. Es sei denn, dir wäre jemand anderes lieber?« Sie konnte seine Reißzähne sehen, als er knurrte.

Sie fand es süß, dass er eifersüchtig war. »Mach dir keine Sorgen, Knackpo, du bist der einzige Mann, mit dem ich es treiben möchte.« Sie ließ einen ihrer Finger über seine nackte Brust gleiten und genoss die fremdartige Textur seiner anderen Haut.

»Keine Ablenkungen. Finde irgendeinen guten Hinweis und du bekommst von mir, was immer du brauchst.«

»Egal was?« Allein bei dem Gedanken wurde sie ganz erregt.

»Ja.« Er sprach das Wort heiser aus, mit leiser, sexy Stimme.

Mit dieser Art von Ermutigung sprang sie aus seinen Armen und zog einen Leuchtstab hervor. Sie ließ ihn knacken und schüttelte ihn, und schon hatten sie grünes Licht.

»Woher hast du den?«, wollte er wissen.

»Ich habe dir doch gesagt, dass dieser Anzug toll ist. Es gibt alle möglichen Arten von versteckten Überraschungen. Willst du mal sehen?«

»Bleib konzentriert.«

Sie war konzentriert. Und zwar darauf, ihn dazu zu bringen, seine Hose auszuziehen. Nun, da er sich zurückverwandelt hatte und sein Körper etwas weniger muskulös war, hingen ihm die losen Jeans ziemlich tief auf den schmalen Hüften.

Klack, klack. Als sie hörte, wie jemand mit den Fingern schnippte, hob sie den Blick. »Während deine Obsession mit meinem Schwanz äußerst schmeichelhaft ist, haben wir etwas zu tun.«

Ach stimmt ja. Was zum Teufel war nur mit ihr los? Er hatte recht. Sie sollte ihn nicht ständig angaffen, sondern sich ein wenig damenhafter verhalten. »Wonach suchen wir genau?«

»Ich bin mir nicht ganz sicher, aber dies ist der Ort, an dem ich das Bewusstsein verloren habe.« Er kniete sich auf den Boden und strich mit den Fingern über die Erde.

»Weil man dich unter Drogen gesetzt hat.« Sie musste noch immer grinsen, wenn sie daran dachte.

»Du kannst aufhören, es in diesem Ton zu sagen. Ich weiß genau, was geschehen ist. Oder was nicht geschehen ist. In einem Moment stand ich einem Wildschwein gegenüber und im nächsten …« Er beendete den Satz nicht. Stattdessen zuckte er mit den Achseln und spähte in die Schatten, während er sagte: »Ich bin hinten im Jeep aufgewacht und Jan hat behauptet, ich wäre hingefallen und hätte mir den Kopf so sehr angeschlagen, dass ich das Bewusstsein verloren habe.«

»Ich kann immer noch nicht glauben, dass du auf diese offensichtliche Lüge hereingefallen bist. Mal im Ernst, ich habe gesehen, wie du dich bewegst. Du bist kein Tollpatsch.«

»Das weiß ich, deswegen glaube ich auch, dass es sich um eine Droge handelte.«

»Wahrscheinlich war das Insekt, das dich gestochen hat, kein Insekt.«

»Soweit ich weiß waren es zwei Stiche. Und daraufhin bin ich wohl hingefallen, wodurch sich die Wunde an meiner Schläfe erklären lässt.« Er hob eine Hand an den Schnitt, der bereits verheilte. »Als ich aufwachte, war mir schwindelig und ich fühlte mich desorientiert.«

»Warum sagst du mir erst jetzt, dass dir schwindelig war?«

»Weil du nie lange genug den Mund hältst, damit ich etwas sagen kann.«

»Dann solltest du eben schneller sprechen.« Oder den Mund für andere Dinge benutzen. »Jetzt weiß ich auch, warum du darauf bestehst, dass du unter Drogen gesetzt wurdest, aber wäre es auch möglich, dass du wegen der Hitze in Ohnmacht gefallen bist?«

»Ich bin nicht in Ohnmacht gefallen.« Er sagte es mit Verachtung in der Stimme.

»Also eigentlich schon. Warum sonst wärst du mit dem Gesicht zuerst auf dem Boden aufgeschlagen?«

»Du bringst mich wirklich dazu, dass ich es bereue, dich mitgenommen zu haben.« Immer wieder strich er mit den Fingern über den Boden, als könnte er dadurch irgendeinen Hinweis finden.

»Oh, bitte, wir wissen doch beide, dass es für dich so ist, als hättest du deinen privaten kleinen Sonnenschein dabei, wenn du mich mitnimmst.«

»Ich hasse die Sonne.«

»Was für ein Zufall, ich auch.«

»So ein Blödsinn. Ich weiß doch, dass du gern in der Sonne liegst«, erwiderte er.

»Mit einer starken Sonnencreme. Ich bekomme nämlich einen Sonnenbrand, wenn ich keine Sonnencreme nehme, die selbst einen Vampir beschützen würde.«

»Warum hast du dich dann freiwillig gemeldet, in die Tropen zu fliegen?«

»Hallo, hast du diesen Körper schon einmal in einem Bikini gesehen?«

Sein voller Mund verzog sich zu einem klitzekleinen Lächeln. »Es wäre wirklich eine Sünde, ihn vor der Welt zu verstecken.«

»Also, das ist wirklich ziemlich unverschämt.« Sie stemmte die Hände in die Hüften.

»Ich habe doch gerade gesagt, dass du gut aussiehst.«

»Und dass du kein Problem damit hast, wenn ich mich aller Welt zeige. Wohingegen ich dich am liebsten in eine Decke wickeln würde, damit niemand deinen wunderschönen Körper sehen kann.«

»Würdest du dich besser fühlen, wenn ich sage, dass ich jeden Mann bis auf den letzten Tropfen Blut austrinken werde, der dich mit Verlangen im Blick ansieht?«

»Ja.« Das war jetzt aber wirklich romantisch.

»Das wird aber nicht passieren. Ich bin kein eifersüchtiger Mörder.«

Wie ausgesprochen schade. »Das ist aber nicht besonders unterhaltsam. Weißt du, Teenas Ehemann Dmitri tut allen, die seine Frau zu lange anstarren, schreckliche Dinge an.«

»Du bist aber nicht meine Frau.«

»Noch nicht.«

Er starrte sie böse an.

Sie klatschte in die Hände. »Na bitte, es geht doch. Das ist genau der Blick, den ich sehen möchte, wenn du eifersüchtig bist. Gefolgt von einer schrecklichen Verstümmelung.«

»Bist du schon mal auf die Idee gekommen, dass ich etwas Besseres mache, als jemanden zu töten?«

»Und das wäre?«

»Die beste Rache an anderen Typen ist, wenn ich dich in die Arme nehme.« Er zog sie an sich. »Und dir dann einen festen Kuss gebe, damit alle wissen, dass du mir gehörst.«

»Ja«, flüsterte sie.

»Und dann gebe ich dir einen Klaps auf den Hintern und befehle dir, mir ein Bier zu holen.« Er schlug sie auf den Hintern.

»Und wie sollen sie da eifersüchtig werden?«

»Wenn du ein Mann wärst, würdest du es verstehen.« Francois wandte sich von ihr ab und begann, sich in Bewegung zu setzen, den Blick auf den Boden gerichtet.

Sie lächelte. Er war schon dabei, sich zu verändern. Lange würde es nicht mehr dauern, bis er schließlich zugab, dass er sich ein Leben ohne sie nicht mehr vorstellen konnte – und ihr Schokolade holte. Bier, so ein Blödsinn. Er würde es schon bald lernen.

»Wonach suchen wir?«, fragte sie und ging in die Hocke.

»Ich bin mir nicht ganz sicher. Aber ich weiß es, sobald wir es gefunden haben.«

»Suchst du immer noch nach diesem blöden Kaugummipapier?«

»Nein. Das war nur ein Zeichen dafür, dass ich nicht der Einzige war, der an diesem Ort gewesen ist. Als ich hingefallen bin, dachte ich, ich hätte etwas gesehen.«

»Einen Geist?«

»Nein.«

»Jans Titten?«

»Nein«, sagte er daraufhin und das nervöse Zucken in seinem Augenwinkel machte sich wieder bemerkbar.

»Das ist auch gut so. Ich müsste sie töten, wenn sie sie dir gezeigt hat.«

»Versuchen wir, uns auf die Mission zu konzentrieren, Prinzessin.«

»Aber anstatt mich raten zu lassen, solltest du mir dann vielleicht sagen, was du gesehen hast.«

»Wenn du einen Moment lang deinen Mund halten würdest, könnte ich es dir vielleicht verraten.«

»Wenn du um den heißen Brei herumredest, mische ich mich eben ein. Wenn es dir nicht gefällt, dann verschließe mir doch mit irgendwas den Mund. Ich weiß zum Beispiel zufällig, dass du da etwas hast, das genau die richtige Größe hat.«

»Du bist wirklich unmöglich.«

»Und sexy.«

»Sehr«, knurrte er. »Und deswegen hätte ich dich auch besser im Hotel lassen sollen.«

»Aber dann hätten wir jetzt hier draußen im Nirgendwo nicht so viel Spaß.«

Seufz.

Sie freute sich. Da war er, ihr Hattrick.

»Hey, Knackpo, bin ich das oder riecht es hier nach Hühnchen?«

»Heißt es nicht Fisch? Und ich dachte, du hättest gebadet.«

Warum machte er immer die coolsten Witze zu den unmöglichsten Zeiten? Sie schlug ihn auf den Arm. »Mit Fisch meinst du besser den leckeren, für Sushi. Aber mal im Ernst, ich rieche etwas zu essen.«

Er runzelte die Stirn und sah im Licht ihres Leuchtstabs teuflisch aus. Er atmete tief ein. »Verdammt, ich rieche es auch.«

»Zeltet hier draußen vielleicht jemand?«, fragte sie.

»Das bezweifle ich. Während kleine Ausflüge tagsüber geduldet werden, ist es nicht erlaubt, über Nacht hierzubleiben. Und ganz bestimmt sind Feuer verboten. Das Wildschwein, das meine Gruppe gejagt hat, wurde hier draußen gehäutet, doch dann zurück zum Hotel gebracht, um es dort zubereiten zu lassen.«

»Also bricht hier jemand die Regeln.« Jemand, der die Regeln brach, und eine Löwin in ihrem speziell angefertigten Superheldenkostüm bedeuteten, dass es bald rundgehen würde.

Er klang nachdenklich, als er aufstand und den Berg anstarrte. »Wenn dort oben jemand lebt, könnte es sich vielleicht um die Person handeln, die Shania entführt und sie ihres Gedächtnisses beraubt hat.«

Und selbst wenn nicht, wollte sie als Katze es unbedingt wissen. »Dann laden wir uns selbst bei demjenigen zum Abendessen ein.«

Sie schlich leise vorwärts und machte sich eine mentale Notiz, ihr Kostüm zu modifizieren, denn die Lycra-Slipper schützten ihre Füße nicht gerade gut gegen die scharfen Steine auf dem Boden.

»Ich hätte meine Schuhe mit den hohen Absätzen tragen sollen«, beschwerte sie sich.

»Damit kann man nicht laufen«, stellte er fest.

»Behauptet ein Mann. Ich kann perfekt darin laufen. Ich bin sogar die Beste im gesamten Rudel.«

»Ich dachte, du wärst die Beste darin, am längsten mit einem einzigen Atemzug zu reden.«

»Nein, darin ist Melly Champion. Die Schlampe hat eine riesige Lunge.«

»Du solltest noch mal gegen sie antreten.«

Sie sprang auf und gab ihm einen Kuss auf die Wange. »Wie süß von dir. Und ich weiß auch schon, wie ich dafür üben werde. Du wirst dir Zeit nehmen müssen, wenn ich dir einen blase.«

Er stolperte.

Sie warf sich die Haare über die Schulter und folgte ihrer Nase. Dabei stolperten sie über einen kaum benutzten Weg, der aus verbogenen Grashalmen und welkenden Blättern bestand, die ein Mal zu oft zur Seite geschoben worden waren. Aber abgesehen von einigen zu erwartenden Gerüchen von Nagetieren, Wildschweinen und sogar einer Ziege gab es nichts, was menschenähnlich war. Weder Wandler noch Mensch. Und doch war es kein Tier, das den Weg gemacht und die Sandwichverpackung fallen gelassen hatte.

Als der Geruch von Nahrung stärker wurde, fanden sie sich am Fuße des Vulkans wieder, die grobe Oberfläche des Gesteins stieg vor ihnen an. Der Geruch wehte von oben zu ihnen herab, der Vulkan war hier nicht ganz so steil, aber immer noch anspruchsvoll genug.

»Wir werden wohl klettern müssen«, stellte er fest. Für die Jagd hatte er sich wieder in einen Hybriden verwandelt und obwohl er mehr Tier als Mensch zu sein schien, konnte er ziemlich gut sprechen. Er sah auch mächtig gut aus, auch wenn er kein Löwe war.

Er trug nichts weiter als dunkle Shorts. Als sie kletterten und sein straffer Hintern sich vor ihr bewegte, stellte sie sich vor, sie würde mit einem riesigen W auf dem Hintern geblendet. Francois, der Wilde. Das hörte sich gut an. Sie fragte sich, ob er einen Umhang würde haben wollen. Andererseits hatte er diese fantastischen Flügel.

Etwas schwirrte an ihrer Wange. Die verdammten Insekten hatten sie gefunden und sie zeigten keinen Respekt vor dieser Löwin auf einer Mission. Sie stachen sie tatsächlich.

Als wäre das nicht schon irritierend genug, ließ die feuchte Luft sie schwitzen. Wie schön. Nichts sagte *heiße Verführerin* mehr als stinkende Achseln.

Dann zerbrach sie ihre Fingernägel, die wunderschön französisch manikürten Nägel, an den rauen Felsen. Sie hätte heulen können. Wie sollte sie jetzt später damit im Bett Francois den Rücken zerkratzen?

Sich zu beklagen kam nicht infrage. Nicht wenn sich das Geheimnis verdichtete und der Geruch nach einer brodelnden Mahlzeit stärker wurde. Der Duft schien aus einer Höhle zu kommen, deren Öffnung mit einem breiten, von Trümmern befreiten Sims versehen war. Francois drehte sich zu ihr um, als er sie als Erster erreichte, und bot ihr eine Hand an, zum ersten Mal seit Beginn des Aufstiegs.

Ein Mann, der sie als Ebenbürtige respektierte, aber dennoch ein wenig Höflichkeit zeigen konnte.

Hatten sie Zeit für einen Quickie?

»Riechst du etwas?«, wollte er wissen. Oder handelte es sich bei diesem Geruch um ihr feuchtes Höschen? »Mensch oder Wandler?«

War ja klar, dass er konzentriert blieb. Sie seufzte und atmete tief ein. Dann schnüffelte sie erneut. Sie schüttelte den Kopf. »Außer einem leckeren Eintopf rieche ich nichts.«

Das schien irgendwie nicht zu stimmen. Sie konnten einen Pfad sehen, der den Berg hinaufführte. Sie konnte sehen, dass der Pfad benutzt wurde, als sie hinaufstiegen, und an einem spitzen Fels fanden sie sogar ein Stück zerrissenen Stoff. Aber es gab keinen einzigen Duft.

»Könnte es sich um einen Whampyr handeln?«, wollte sie wissen. »Die meisten davon haben keinen Geruch.«

»Was meinst du mit *die meisten*? Keiner von uns hat einen Geruch. Du kannst uns nicht riechen, außer wir tragen Parfüm.«

Das stimmt nicht. Vielleicht konnte sie anfangs seinen Duft nicht erkennen, doch nun, da sie miteinander geschlafen hatten, wusste sie, dass ein ganz besonderer Duft, äußerst subtil und nichts, das sie kannte, zu ihm gehörte.

»Du hast die Frage nicht beantwortet. Könnte es sich um einen Whampyr handeln?«

»Das glaube ich nicht. Wir können einander normalerweise erkennen.« Er runzelte die Stirn. »Und wir sind keine Einzelgänger. Normalerweise leben wir in Kolonien.«

»Und woher willst du wissen, dass in diesem Berg keine Kolonie ist?«

»Ich weiß es eben.«

»Was meinst du mit *ich weiß es eben*?«

»Es gibt hier keine anständige Nahrungsquelle.«

»Aber der Dschungel ist doch voller Leben.«

»Wir können nicht nur durch Tiere überleben und die Einwohnerzahl hier ist zu gering, als dass wir uns ernähren könnten, ohne dass es auffällt.«

»Wie isst du denn zu Hause? Jagst du da Verbrecher und Tunichtgute und saugst sie aus? Überfällst du Blutbanken?«

»Wir tun nichts, wodurch wir die Aufmerksamkeit auf uns lenken könnten. Gaston versorgt uns.«

»Aber was, wenn er es nicht täte?«

»Dann würden wir uns anpassen.«

»Es wird behauptet, dass die Whampyre, die gegen Gaston gemeutert haben, eine Vorliebe für das Blut der Gestaltwandler hatten.«

»Es stimmt, dass euer Lebenselixier ziemlich süß für uns schmeckt. Aber es ist außerdem verboten. Die Verträge zwischen Gestaltwandlern und Whampyren sind uralt. Deswegen ließ Gaston bei denen, die ihn verraten haben, auch keine Gnade walten.«

»Könnte es sein, dass du ziemlich viel Ärger bekommst, wenn jemand herausfindet, dass du mich gebissen hast?« Wäre das nämlich der Fall, würde sie darauf achten, nicht zu ausführlich über ihre sexuellen Eskapaden zu berichten.

»Es besteht ein wenig Spielraum. Werden ein Whampyr und ein Gestaltwandler zum Beispiel zu ungleichen Partnern oder sogar Geliebten, wird damit gerechnet, dass Körperflüssigkeiten ausgetauscht werden, und es ist erlaubt. Solange es im gegenseitigen Einvernehmen geschieht.«

»Mit anderen Worten, es ist durchaus möglich, dass wir ein Paar werden.«

»Das habe ich nie behauptet.«

Sie streckte ihm die Zunge raus. »Gib es auf, Knackpo. Du hast keine Ausrede, warum du mich meiden solltest.«

»Ganz im Gegenteil, ich habe eine lange Liste von Gründen, warum ich dich meiden sollte.«

»Du wirst es aber trotzdem nicht tun. Weil du mich magst.«

»Wer hat behauptet, ich würde dich mögen?«

»Willst du wirklich, dass ich dich dazu zwinge, es mir hier auf dem kleinen Sims zu beweisen, während der leckere Geruch von Suppe in der Luft hängt?«

»Ich würde gern so tun, als gäbe es dich gar nicht, damit alles wieder so werden kann wie früher.« Er hörte sich so verärgert an.

Weil ich seine Welt auf den Kopf gestellt habe.

»Aber das war doch langweilig.«

»Wer behauptet das?«, antwortete er.

»Ich, weil ich damals noch nicht Teil deines Lebens war.«

Er hätte fast gelächelt. »Man kann jedenfalls nicht behaupten, du seist langweilig.«

»Und ich schmecke gut.«

»Göttlich. Aber das heißt nichts.«

»Hast du Angst, dass sich deine Freunde über dich lustig machen, weil du mit einer Katze zusammen bist?«

»Ich mache mir eher Gedanken darüber, dass dein König sich dazu entschließen könnte, mir den Kopf abzureißen und ihn als Fußball zu benutzen, weil ich es gewagt habe, dich zu verführen, anstatt dich zu beschützen.«

»Arik ist es egal, ob wir miteinander schlafen. Wenn ich allerdings verletzt werde, könnte er ein kleines bisschen sauer werden. Und da wir gerade davon sprechen, wir stehen schon viel zu lange hier draußen rum. Sehen wir lieber nach, was sich in der Höhle befindet.«

Er schüttelte den Kopf. »Ich finde, wir sollten umkehren. Jetzt gleich.«

»Im Ernst?« Als er sie stoisch ansah, grummelte sie: »Und das ist dir nicht eingefallen, bevor ich mir die Maniküre versaut habe?«

»Das war Sarkasmus.« Fast hätte er wieder gelächelt. »Warum sollten wir jetzt gehen? Schließlich sind wir auf der Suche nach etwas hergekommen, und das haben wir jetzt vielleicht gefunden. Kommst du?«

»Das bin ich doch schon, dreimal«, sagte sie kichernd.

»Und es werden viermal, wenn wir dieses Rätsel gelöst haben.«

»Worauf warten wir dann noch?« Sie drängte sich an ihm vorbei und hätte sich fast auf die Zunge gebissen, als er ihr einen Klaps auf den Hintern gab. Der Mann hatte eine verborgene unartige Seite und es gefiel ihr überaus gut, sie zum Vorschein kommen zu sehen.

Sie schlüpften in die Höhle, wobei ihr der Geruch von Hühnchen, gebratenen Zwiebeln und Gewürzen den Mund wässrig machte. Die Geräusche des Dschungels – das Krächzen der Vögel und das Summen der Insekten – verstummten, je weiter sie in die Höhle gingen. Nach einer Weile merkte sie, dass es sich eher um einen Tunnel handelte, der Fels war glatt, jedoch bestand er ganz klar aus Lava.

Da sie Jäger waren, musste niemand sie ermahnen, still zu sein. Sie blieben automatisch leise und achteten darauf, wo sie hintraten, während sie sich ihren Weg durch den Tunnel bahnten. Aus der Ferne schlug ihnen der pulsierende Rhythmus von Musik entgegen. Dann gab es eine Unterbrechung und eine sprechende Stimme deutete daraufhin, dass es sich um ein Radio handelte, das spielte. Außerdem war ein Summen zu hören und der Geruch von Treibstoff lag in der Luft, was auf das

Vorhandensein eines Generators hindeutete. Sie hatten mehr als nur eine einzelne Person gefunden, die hier zeltete.

Hatten sie das Schlupfloch des Leotaurus gefunden? Waren sie kurz davor, in sein Lager einzudringen und ihn zu fangen?

Wenn sie ihre Karten richtig ausspielten und schnell genug dort waren, dann konnten sie vielleicht seine Suppe essen, bevor sie ihn zur Befragung ins Hotel zurückschleppten.

Als sie das Ende des Tunnels erreichten, konnten sie besser sehen. Licht, wie es von flackernden Flammen stammte, erhellte den Tunnel. Francois drückte sich an die eine Wand des Tunnels. Sie nahm die andere, als sie die Öffnung erreichten, und blickte auf eine riesige Höhle.

Die Musik im Radio ertönte mit starken Trommeln und Klavier, als ein neues Lied begann. Sie dämpfte alle eventuellen Stimmen. Wer wusste, wie viele Menschen sich hier im Herzen des Vulkans aufhielten?

Sie hätte vor Aufregung beinahe gezappelt. Ihre Löwin miaute, um herausgelassen zu werden.

Noch nicht. Wir müssen uns erst noch weiter umsehen.

Ein Blick in die Höhle zeigte einen kleinen Abhang, der in den Boden des erhärteten Lavabodens überging, wo Zelte aufgestellt waren. Große Militärzelte.

»Wo sind wir denn hier gelandet?«, flüsterte sie. Denn es handelte sich hier ganz offensichtlich um mehr als um das Lager eines einzelnen Mannes, der sich in einen Löwen verwandelte oder sich als ein solcher verkleidete, um Frauen zu entführen.

»Ich weiß es nicht. Aber es gefällt mir ganz und gar nicht. Bleib in meiner Nähe.«

Als bräuchte sie Francois, um auf sie aufzupassen.

Als er in die eine Richtung ging, ging sie in die andere

und achtete nicht darauf, als er zischte: »Komm sofort wieder her.«

Sie zeigte ihm den Mittelfinger und ging weiter. Entweder vertraute er ihr oder er vertraute ihr nicht.

Er bestand den Test und ließ sie ihr eigenes Ding machen, was irgendwie cool war. Sie nahm sich diesen Glauben an ihre Fähigkeiten zu Herzen und vergewisserte sich, dass sie sich nicht wirklich in einer Höhle befanden, sondern in einer offenen Mulde, dem Herzen des Vulkans selbst.

Über einem Teil des Lagers hingen Netze, die einen Haufen seitlich gestapelter Kisten bedeckten. Das Tarnnetz schlängelte sich quer über das Lager und versteckte das, was sich darunter verbarg, vor allen, die darüber flogen. In den offenen Abschnitten gab es nicht viel, was man von oben gut sehen konnte, die dunklen Zelte waren wahrscheinlich nicht zu sehen und niemand würde von hoch oben etwas hören.

Aber warum all die Heimlichtuerei?

Die Organisation des Lagers brachte sie dazu, ihr Telefon herauszuziehen und schnell eine Vielzahl von Bildern und einige Videos aufzunehmen. Erst als sie umherschwenkte, um eine Panoramaaufnahme zu machen, bemerkte sie weitere Höhlen, die sich an der Seite des Vulkans befanden. Eine davon hatte sogar einen geschnitzten Bogen, der sie einrahmte. Die Anzeichen alter Besiedlung traten nur auf einer Seite auf, während die andere Hälfte des Vulkans unfertig und plump erschien.

Vielleicht war an den alten Legenden über die Menschen, die im Vulkan lebten, etwas Wahres dran. Allerdings erklärten die alten Geschichten nicht, was hier jetzt geschah.

Sie spürte eine Präsenz und wirbelte herum. Obwohl sie erkannte, dass es keine Bedrohung gab, bekam Francois trotzdem einen Schlag in den Bauch. Selbst ein Whampyr sollte es besser wissen, als sich an eine Löwin anzuschleichen.

»War das wirklich nötig?«, keuchte er und sein Körper war nicht länger grau, sondern sexy und – *meiner*.

»Nein. Versohlst du mir jetzt den Hintern?«, fragte sie und zwinkerte ihm zu. Als er sie böse anstarrte, grinste sie. »Sei nicht böse. Ich verspreche, dass ich dich später so lange küsse, bis du dich besser fühlst.«

»Wir sollten gehen.«

»Hast du etwas herausgefunden? Um was handelt es sich bei diesem Ort?«, flüsterte sie.

»Ich weiß es nicht. Aber was immer es auch ist, es steckt viel Geld dahinter. Es gibt einen Hubschrauberlandeplatz auf der anderen Seite des großen Zeltes. Und die Generatoren? Es gibt zwei Industriegeneratoren, einen, um das Hauptlager zu versorgen, und einen zweiten für das medizinische Labor.«

»Hier draußen gibt es ein Labor? Wofür das denn?«

»Ich weiß es nicht. Die Käfige waren leer.«

Käfige? Wofür brauchte jemand denn Käfige?

»Aber sie werden nicht lange leer bleiben«, sagte jemand ohne jeglichen Geruch. Außerdem handelte es sich noch um einen Fremden.

Bevor Stacey sich umdrehen und reagieren konnte, wurde sie von einem kleinen Pfeil in den Hintern getroffen.

Kapitel Sechzehn

JEDER REAGIERT AUF EINEN ANGRIFF ANDERS. MANCHE lassen sich auf die Knie sinken und flehen um Gnade. Andere weinen. Manche werden stinkwütend.

Aber nur Stacey würde lachen, in die Hände klatschen und singen: »Renn weg, so schnellst du kannst, mein Kind, denn ich bin schneller als der Wind!« Und dann ging sie auf den Mann mit dem Betäubungsgewehr los. Dessen Augen wurden immer größer, als sie auf ihn zu rannte.

JF konnte gut verstehen warum. Ihr Fell wuchs und ihr Körper veränderte sich, denn Stacey ließ ihre innere Löwin zum Spielen heraus.

Die wunderschöne Katze, deren Fell einen leichten Ton ins Rotbraune aufwies, landete auf ihren vier Pfoten. Allerdings kam sie niemals an den Typen heran, der sie mit einer Ladung Betäubungspfeile vollgepumpt hatte. Drei, wenn JF richtig mitgezählt hatte. Sie wurde langsamer und torkelte, denn der Chemiecocktail war stark genug, um sogar einen Gestaltwandler umzuhauen.

Also musste er ihr natürlich zurufen: »Ich habe dir doch

gesagt, dass mich jemand mit einem Betäubungspfeil abgeschossen hat!«

Schließlich durfte man sich so einen perfekten Moment für ein »Das habe ich dir doch gleich gesagt« nicht entgehen lassen.

Sie versuchten auch, ihn noch einmal zu treffen. Aber dieses Mal war JF darauf vorbereitet und er konnte dem Pfeil ausweichen. Er dachte kurz daran, dass er im Bruchteil einer Sekunde seine Gestalt verändern konnte. In seiner Whampyrgestalt wäre er in der Lage, tödlicher und eleganter zu kämpfen, aber wie ständen dann die Chancen zu gewinnen? Nicht so gut, da mindestens zwei der Gewehre, die auf ihn gerichtet waren, Kugeln enthielten, die große Schmerzen verursachen würden.

Er musste sich sofort entscheiden – voll die Whampyrfähigkeiten einsetzen und testen, wie gut die drei Männer, die Stacey und ihn umzingelt hatten, wirklich kämpfen konnten, oder die Rolle des Schwächlings spielen und herausfinden, was hier eigentlich vor sich ging.

Als er sah, wie Stacey zusammenbrach, weil die Drogen bei ihr sehr schnell wirkten, traf er seine Entscheidung. Er konnte nicht riskieren, dass sie ins Kreuzfeuer geriet. Außerdem wollte er sich nicht verwandeln, solange er noch keinen blassen Schimmer hatte, wer sein Gegner eigentlich war. Die beiden Männer, die ihre Waffen auf ihn richteten, hatten keinen Geruch. Überhaupt keinen. Waren sie Whampyre wie er? Er wusste es nicht, besonders da sie keinerlei Markierungen auf ihrer Haut trugen.

Da er sie anstarrte, wich er dem Pfeil nicht aus, der in seinen Rücken gefeuert wurde. Die Drogen drangen in seinen Körper ein und er empfand ein leichtes Gefühl der Lethargie. Aber nur sehr schwach. Von der letzten Drogendosis hatte sein Körper bereits gelernt, damit umzugehen.

Eine sehr nützliche Whampyreigenschaft, die seine Gattung vor Vergiftungen schützte.
Sie werden mich nicht noch einmal so leicht umlegen.
Eigentlich war ihm zum Lächeln zumute, denn das eiskalte Biest in ihm wollte spielen. Bevor er anfing, irgendwelche Köpfe abzureißen, wollte er allerdings erst wissen, was hier gespielt wurde. Kopflose Körper konnten keine Antworten geben.

Also ließ JF sich langsam auf die Knie sinken und es gelang ihm, sich so fallen zu lassen, dass sein Körper Stacey wenigstens teilweise schützend bedeckte.

Jemand, der sie beide tot sehen wollte, würde nicht seine Zeit mit einem Betäubungsmittel verschwenden, aber es konnte nicht schaden, um ihretwillen vorsichtig zu sein.

Seit wann war es ihm nicht mehr egal, was mit ihr geschah? Vielleicht lag es an einem Spinnenbiss oder etwas im Essen. Er wusste nicht, wie oder wann oder warum es geschehen war, aber er empfand etwas für diese Frau. Es war mehr als nur Lust oder Begierde. Es war ein Gefühl, das stärker war als sein Zorn auf die Vergangenheit.

Wen interessierte es, dass eine Löwin ihn vor langer Zeit betrogen und verraten hatte?

War das jetzt noch wichtig, da die beiden so total verschieden waren?

Sie gehört zu mir.

Warum ging er dann nicht wie ein Tier auf diese hinterhältigen Mistkerle los?

Weil Vorsicht manchmal der bessere Ratgeber war.

Also unterdrückte er das Monster in seinem Inneren, das Blut schmecken wollte. Er blieb vollkommen schlaff liegen und rührte sich nicht, als fremde Hände an ihm zerrten und ihn hochzogen. JF hörte die Überraschung in ihren Stimmen.

»Er ist gar nicht so schwer, wie er aussieht«, meinte Blödmann Nummer eins.

Ach ja! Schwere Körper ließen sich schlechter fliegen.

»Sie ist schwer«, maulte Blödmann Nummer zwei.

Stacey war gar nicht schwer. Nur solide gebaut. Außerdem konnte der Meckerer sich glücklich schätzen, dass sie schlief, denn er hätte gewettet, dass sie ihm sonst auf diese Bemerkung hin die Eingeweide herausgerissen hätte.

»Was in aller Welt hat sie da an?«, fragte Blödmann Nummer eins.

»Ich habe keine Ahnung, aber meine Freundin könnte damit auf der Bühne ein Vermögen machen.«

Wir sollten uns zuerst an ihren Augäpfeln gütlich tun. Es war ja schön und gut, die Rolle des schlafenden Opfers zu spielen, aber wenn sie anfingen, seine Prinzessin auszuziehen, dann war Schluss mit lustig.

Sie wurden nicht allzu weit weggeschleppt. Das Rascheln von Stoff verriet ihm, dass sie in ein Zelt gebracht wurden. Da er bereits vorher eine schnelle Erkundung durchgeführt hatte, war JF nicht überrascht, das Rattern von Metall zu hören.

Er traf hart auf dem Boden auf. Die dünne Decke, die den Boden bedeckte, reichte nicht aus, um den Fall abzufedern. Jetzt konnte er mit Gewissheit sagen, wozu diese Käfige dienten. JF nahm die Witterung von denjenigen wahr, die vorher hier gefangen gehalten worden waren, wie zum Beispiel die Frau, die gerade wiederaufgetaucht war.

Rumms. Klick.

Seine Käfigtür fiel ins Schloss, aber er konnte kein zweites Klicken mehr hören, welches das Verschließen von Staceys Käfig anzeigen müsste.

»Sie ist verdammt hübsch«, murmelte der zweite Blödmann.

Oh ja, seine Augäpfel würde er zuerst verspeisen.

»Du weißt doch, was der Boss über das Anfassen der Ware gesagt hat. Wir dürfen keine Spuren auf ihnen hinterlassen.«

»Ich habe Handschuhe.«

Dann würde er seine Hände essen.

»Wenn wir ein Gummi benutzen ...«

Das reichte jetzt. JF zog die Lippen hoch und wollte gerade handeln, da hielt ihn eine scharfe Zurechtweisung in letzter Sekunde zurück: »Wenn du sie anrührst, dann schneide ich dir selbst deinen Schwanz ab.«

Er kannte diese Stimme, aber normalerweise klang sie albern.

»Wir machen doch nur Spaß, Boss.«

Boss?

»Schaff sie hier raus. Sofort«, erklang ein bellender Befehl. »Bereitet alles vor. In fünfzehn Minuten kommt ein Hubschrauber für die nächste Ladung.«

Ladung von was?

»Alles klar.« Darauf ein Rascheln von Stoff und ein unterdrücktes: »Blöde Schlampe.«

Dann war es still und nur das Geräusch von Maschinen erfüllte den Raum. JF atmete durch die Nase und nahm keine andere Witterung als Staceys wahr. Waren sie allein?

Vorsichtig öffnete er ein Auge und sah direkt in ein Paar bekannte, blaue Augen, die ihn anstarrten.

»Hallo, Jean Francois. Ich bin sehr überrascht, dass du uns so schnell wieder besuchst nach diesem Nachmittag.«

Da er sowieso aufgeflogen war, setzte er sich auf und sah Jan in die Augen. »Was ist hier los?«

»Wissenschaft. Die Medizin der Zukunft.«

»Was für eine Art von Wissenschaft? Warum nehmt ihr Leute gefangen?«

»Ist das jetzt der Moment, in dem ich in einem langen

Monolog des Bösewichts erkläre, dass meine schlimme Kindheit mich in ein kriminelles Leben getrieben hat?«

»Das wäre hilfreich.« Aber nicht nötig. Es gab eigentlich nur zwei Gründe, warum Menschen Verbrechen beginnen. Geld, was gleichbedeutend mit Macht war, oder Leidenschaft. Da er Jan nicht kannte – und er bezweifelte, dass Jan die anderen Gäste kannte –, glaubte er nicht, dass Leidenschaft für ihre Handlungen verantwortlich war. Besonders wenn man die medizinische Ausrüstung in diesem Zelt in Betracht zog.

»Lass mich einfach sagen, dass du und deine sogenannte Schwester in dem Käfig da etwas habt, für das andere Leute teuer bezahlen. Und ich sitze an der Quelle, um es zu liefern.«

»Experimente an deiner eigenen Gattung?«

»Meine Gattung?« Sie schnaubte verächtlich. »Ich habe nichts gemeinsam mit diesen Tieren, die ich hier in die Käfige sperre.«

Er runzelte die Stirn und schnüffelte. Zog die Brauen zusammen. »Wo ist dein Geruch?«

»Ich habe keinen, dank eines ganz besonderen Parfüms.« Sie lächelte. »Es heißt Nichts. Nicht wie Mensch, nicht wie Wandler, einfach Nichts. Es wird im Sprühflakon geliefert und ist sehr beliebt bei Söldnertruppen.«

»Also benutzt du die Menschen, die du entführst, um ein Parfüm zu entwickeln, das einen nach nichts riechen lässt?«

»Natürlich nicht. Die Rezeptur für die Geruchslosigkeit basiert auf einer Blume, die in nur wenigen Vulkanen blüht. Aber an diesem Ort sammle ich diese Blumen am liebsten, denn die Lleyoniias waren so freundlich, die Anleitung für den Nicht-Geruch hier zurückzulassen.«

»Aber wenn du Pflanzen benutzt, um den Nicht-Geruch herzustellen, wozu brauchst du dann die Käfige? Warum hast du Shania und die anderen Mädchen, die verschwunden sind, entführt?«

Jans Gesicht hellte sich in einem Aha-Moment auf. »Du bist also wirklich hier, um Nachforschungen anzustellen. Ich habe es mir doch gedacht. Du und diese Frau, ihr habt die Geschwisternummer wirklich nicht sehr überzeugend rübergebracht.«

Wahrscheinlich weil er seine Augen und Hände nicht von Stacey lassen konnte. »Du wirst damit nicht durchkommen. Die Leute haben schon gemerkt, dass auf dieser Insel seltsame Dinge vorgehen.«

»Dann nehme ich an, dass wir unser Camp verlagern müssen. Wir können unsere Proben von den Tieren auch woanders bekommen.«

»Proben wovon?«

»Blut. Sperma. Aber im Moment sind Eizellen auf dem Markt am meisten gefragt. Eizellen von Gestaltwandlern. Wusstest du, dass sie für viele medizinische Anwendungen benutzt werden können? Sie eignen sich ausgezeichnet für Stammzellentherapien.«

»Ihr sammelt Eizellen?« Von unwissenden Frauen, ohne ihr Einverständnis. Sogar er war entsetzt. »Wie kannst du das deinesgleichen antun?«

»Nicht meinesgleichen«, zischte sie. »Was euch und alle diese anderen Tiere getäuscht hat, ist der Duft, den ich trage. Dabei handelt es sich um ein weiteres Rezept, das ich entdeckte, als ich durch Zufall die Höhle im Vulkan fand.«

»Dann bist du gar keine Löwenwandlerin.« Das überraschte ihn sehr. Noch niemals hatte ihm seine Nase einen solchen Streich gespielt.

»Glückwunsch. Endlich hast du es verstanden. Es überrascht mich sehr, wie lange es gedauert hat, bis bei dir der Groschen gefallen ist. Allerdings bist du auch kein Wandler. Aber du bist auch kein Mensch. Ich habe noch nicht herausgefunden, was du bist. Ich weiß nur, dass du ganz anders bist als die Frau.« Sie deutete auf die leblos daliegende Stacey. »Die Blutproben, die wir heute Nachmittag genommen haben –«

»Was hast du mit den Blutproben gemacht?« Bei dem Gedanken, dass sie ihm Blut abgenommen hatte, lief es ihm kalt den Rücken hinunter. Nachdem er ihn erschaffen hatte, hatte Gaston ihm als erste und wichtigste Regel eingebläut, dass ihm niemals jemand Blut abnehmen dürfte. Sein Blut steckte voller Geheimnisse, die keiner herausfinden durfte.

»Jetzt wirst du aber unverschämt. Falls du es noch nicht bemerkt hast, du bist derjenige, der im Käfig sitzt. Also bist du der Gefangene.«

»Du kannst mich nicht hier festhalten.«

»Oh doch, das kann ich. Die Stangen sind mit Silber beschichtet und resistent gegen Wandler.«

Das war ihm ziemlich egal. Er war schon aus schwierigeren Orten abgehauen. »Was hast du jetzt mit uns vor?«

»Nachdem wir noch einige Proben genommen haben, löschen wir das alles aus eurer Erinnerung und schicken euch zurück. Ihr werdet alles vergessen.«

»Ich werde es nicht vergessen.«

»Das solltest du aber, denn sonst wirst du sterben müssen. Ein tragischer Unfall im Paradies. So etwas geschieht Touristen immer wieder.« Sie lächelte ihn verschlagen an.

Aus irgendeinem Grund machte ihn das dreist. »Jetzt kann ich verstehen, warum Stacey dich nicht ausstehen kann. Du bist eine hinterhältige Schlampe.«

»Und du hast eine echt ungesunde Beziehung zu deiner Schwester.«

»Sie ist nicht meine Schwester und du hast dich mit den falschen Leuten angelegt.« Er stand auf und seine Schultern stießen an die Decke des Käfigs.

Immer noch grinste Jan selbstgefällig in dem irrigen Glauben, dass sie die Oberhand hätte. »Versuch es ruhig. Wir hatten vor einem Monat einen Bärenwandler hier, einen riesigen Kerl, und er hat es nicht mal geschafft, die Stangen zu verbiegen.«

»Aber ich bin kein Wandler«, knurrte er und ließ seine innere Bestie an die Oberfläche. Die Haut an seinem Körper färbte sich dunkel, seine Zähne wurden länger und seine Flügel sprossen hervor. Doch er ließ es nicht mit seiner Hybridgestalt bewenden. Obwohl er wusste, dass mangelnde Nahrung ihn schwächen würde, verwandelte er sich weiter. Sein Körper wurde kräftiger, aus seiner Stirn schossen Hörner. Sein Atem stieß in rauchigen Wolken hervor.

Jan starrte ihn an, wich aber nicht zurück. Die dumme Frau hatte immer noch nicht verstanden, dass sie gerade ihre letzten Atemzüge tat.

Gleich würde sie erkennen, welch enormen Fehler sie gemacht hatte, als sie sich mit ihm anlegte.

JF ergriff die Metallstangen des Käfigs und hörte das Zischen, als seine Haut von der Silberlegierung verbrannt wurde. Aber das war ihm egal. Er zog an den Stangen, doch nichts geschah und Jans erschrockener Gesichtsausdruck wich einem hämischen Grinsen.

Aber dann knirschte es. Das Metall stöhnte und Jan riss entsetzt die Augen auf, als die Stangen sich bogen. Ein Whampyr, der seine innere Bestie ganz hinausließ, wurde nicht mehr von den Gesetzen der Physik eingeschränkt, wenn es um Kraft ging, sondern konnte auch auf Magie zurückgreifen, diese flüchtige Kraft, die alles Leben verband, und sie benutzen. Er konnte sie benutzen, um seine Kraft und seinen Willen zu verstärken. Allerdings nicht für lange, nicht ohne Blut, um ihn zu stärken, aber lange genug, um sich aus diesem lächerlichen Käfig zu befreien.

Schließlich schien Jan zu kapieren, dass sie einen Fehler gemacht hatte. »Los, kann mal einer mit einer Waffe kommen!«, schrie sie. Albernes Mädchen. Sie sollte besser weglaufen. Er liebte Verfolgungsjagden.

JF hatte die Schnauze voll davon, sich tot zu stellen. *Ich bin kein Gefangener und kein einfacher Sterblicher, mit dem man alles machen kann.*

Er war besser als sie. Besser als alle anderen. Jetzt musste er handeln und das Blut beseitigen, das sie gestohlen hatte. Und sie beseitigen, bevor sie seine Geheimnisse ausplaudern konnte.

In der Ferne hörte er das Rattern eines Hubschraubers. Würde er Verstärkung bringen?

Er würde sich sofort um die anderen kümmern müssen, die im Camp waren.

Zeit, auf die Jagd zu gehen.

Er glitt durch die Lücke, die er zwischen den Stangen geschaffen hatte, und endlich setzte Jan sich in Bewegung. Sie lief aus dem Zelt und schrie nach Hilfe. »Erschießt ihn!«

Sie beschwor einen Kugelhagel herauf. Schmerzhaft, aber nicht tödlich. Solange sie nicht seinen Kopf wegpusteten.

Er vermied den vorderen Eingang, denn er wollte sich nicht zur Zielscheibe machen. Er schoss direkt in die Höhe und streckte die Klauen aus, um ein Loch in die Zeltdecke zu schneiden. Er balancierte auf der Zeltstange, die den

Zeltstoff hochhielt, blieb dort einen Moment hocken und schwang sich dann in den Himmel. Jans Schreie, die Rufe der Männer und das immer lauter werdende Rattern des Hubschraubers bildeten eine chaotische Geräuschkulisse. Die perfekte Tarnung für eine verstohlene Kreatur der Nacht.

JF ließ sich vom Himmel fallen und prallte auf einen Mann, der gar nicht wusste, wie ihm geschah. Er benutzte einen anderen Mann als Kissen für seine Landung, rammte sein Knie hart in seine Wirbelsäule, packte seinen Kopf mit beiden Händen und drehte.

Knack.

Noch einer weniger. Keine Gnade. Hätte er sie verschont, dann würden sie ihm vielleicht später, zu einem ungünstigen Zeitpunkt, Schwierigkeiten machen.

JF nahm sich eines ihrer Gewehre und schwang sich wieder in die Luft. Er hielt sich mit mächtigen Schlägen seiner Flügel in der Luft und hörte das Röhren des Hubschraubers, der langsam zur Landung ansetzte, und der Wind fing sich in seinen Schwingen. Er ließ sich auf einem Felsvorsprung nieder, der ihm genügend Platz bot, um das Gleichgewicht zu bewahren und auf den Mann zu zielen, der zu dem Zelt lief, in dem sich der Käfig mit Stacey befand.

Oh nein, das wirst du nicht tun.
Pop.

Sein Schuss ließ den Typen zu Boden gehen und Jan kreischte, aber eher aus Wut als aus Angst.

Der Hubschrauber landete. Er zielte darauf, aber der Schuss prallte von den wirbelnden Rotorblättern ab. Zwei bewaffnete Männer stiegen aus und gingen sofort hinter größeren Gegenständen in Deckung.

Da JF auf seinem Felsvorsprung ziemlich ungeschützt war, flog er wieder in den Himmel hinauf und hätte von dort sehr viel Spaß haben können, sie alle einzeln einen nach dem anderen abzuknallen, aber jemand hatte die geniale Idee gehabt, einen riesigen Scheinwerfer, den gleichen, den sie für die Landung des Hubschraubers eingeschaltet hatten, nach oben zu richten – das erklärte auch die Gerüchte, die unter den Angestellten des Resorts über seltsame Lichter in der Nacht kursierten. Die meisten Leute glaubten lieber an das Unerklärliche, als nach der Wahrheit zu suchen.

Der helle Lichtstrahl fiel auf ihn und kurz darauf folgte eine Kugel dem heißen Strahl und verfehlte nur knapp seinen Flügel.

Er ließ sich sinken, wirbelte herum und suchte nach einer Lücke. Aber dort waren mehrere Männer, die blind in den Himmel hinaufballerten, was es schwieriger für ihn machte anzugreifen.

Ein klügerer Whampyr wäre vielleicht abgehauen. Schließlich saß er nicht mehr im Käfig; er war frei. Er konnte gehen. Er konnte sich retten.

Wenn er sich in Sicherheit brachte, dann würde er aber Stacey zurücklassen. Daran wollte er nicht einmal denken. Ohne Stacey würde er nicht von hier weggehen.

Und dann war da noch die Tatsache, dass sie noch sein Blut hatten.

Ich gehe nirgendwo hin. Nicht, bis er seine Angelegenheiten hier geregelt hatte.

Er feuerte und hörte jemanden aufschreien. Doch dann zischte er vor Schmerz auf, als er sich schließlich doch eine Kugel einfing. Sie streifte nur seinen Flügel, aber das lenkte ihn ab, brachte ihn zum Straucheln und eine weitere Kugel durchdrang die papierdünne, pergamentähnliche Haut und brachte ihn aus dem Gleichgewicht.

Da der Himmel ihm nicht mehr gut gesonnen war, ließ er sich fallen und traf hart mit den Füßen auf dem Boden auf. Er ging in die Hocke und faltete seine Flügel nahe an den Körper. Dann spürte er das vertraute Pochen, als das Fleisch sich darüber schloss und das Blut heiß durch seine Adern schoss.

Die Bestie in seinem Inneren pulsierte und drängte und flehte ihn an, sie ganz herauszulassen. Es wussten nur wenige, aber die Form, die JF normalerweise annahm, war ein hybride Version seines Whampyrs. Und doch gab es noch einen viel tieferen, dunkleren Teil von ihm.

Lass das Monster nicht aufwachen. Denn wenn es einmal wach war, dann würde nur Blut es wieder besänftigen.

Männer mit Gewehren, angeführt von einer grinsenden Jan, kreisten ihn ein. »Bringt ihn nicht um. Ich brauche erst noch einige Proben von ihm.«

JF ließ sie näher herankommen. Er hatte den Kopf gebeugt, ein Bild der Unterwürfigkeit. Gebrochen, blutend und geschlagen.

Das dachten sie jedenfalls. Er hatte jedoch noch einen Trick in seinem Whampyrärmel.

Als sie in Reichweite kamen, lächelte er bösartig und kalt, dann zog er an der Welt um sich herum, saugte alle Energie ein, die er in der Luft und auf der Erde finden konnte. Seine Hörner prickelten und nahmen die ganze, süße Macht in sich auf. Als er sich total vollgesogen hatte, ergriff er diese Macht und stieß sie als schwarze Wolke wieder aus, wie einen nächtlichen Nebel, der so dunkel war, dass kein Licht durch ihn hindurchdringen konnte.

Aber er musste nicht unbedingt sehen, um jagen zu können.

Als Schutzschild war das genial, aber er konnte es nicht lange benutzen, also bewegte er sich schnell und orientierte seine Verfolgung an Geräuschen. Ein Wimmern, ein Schleifen der Schuhe, ein keuchender

Atemzug. Mit seinen scharfen Zähnen schnappte er nach seinen Opfern, biss in ihr Fleisch und brachte das Blut zum Fließen, das er dann trank. Gierig schluckte er die heiße, metallische Flüssigkeit und fütterte damit die hungrige Bestie. Er musste die Energie wieder auffüllen, die seinem großen Körper entzogen worden war.

Als der Nebel sich wieder auflöste, wurden die zerbrochenen und zerfetzten Körper sichtbar. Tote, starrende Augen. Seine Feinde verschwanden, während die Kraft in ihm pulsierte.

Ich will mehr.

Er sah sich um und bemerkte, dass ein ganz besonderer Körper fehlte.

»Wo bist du, Jan?« Er hatte noch Lust auf einen kleinen Snack.

Die Tatsache, dass sie den Duft nach Nichts trug, machte es ihm leicht, ihr zu folgen. Es war der eine Pfad, der alles um sich herum aufhob. Er führte zur anderen Seite des Kraters, zu dem freien Gelände, das als Landeplatz markiert war.

Der Hubschrauber hatte keine Zeit verloren. Während einige der Männer die Jagd aufgenommen hatten, hatten die anderen den Hubschrauber beladen. Der bereitstehende Stapel Kisten war verschwunden und der große Metallvogel war bereit zum Start. Am Fenster erschien Jans blasses Gesicht. Sie drückte ihren ausgestreckten Mittelfinger als letzten Gruß an die Scheibe.

Sollte sie doch abhauen. Er hatte genug von ihr.

Dann hob sie ihre andere Hand und winkte mit einem Gürtel, der ihm bekannt vorkam.

Der Gürtel von Staceys Superheldenkostüm.

Die Schlampe hat sich meine Prinzessin geschnappt.

Als er das sah, überwältigte ihn das Biest. Es raste durch

seinen Leib, pulsierte in ihm und sprengte jedes Atom in seinem Körper.

Er stieß einen gewaltigen Schrei aus und stürzte dem Hubschrauber hinterher.

Er schwang seine Flügel mit aller Kraft, konnte aber mit der Maschine nicht mithalten. Der Hubschrauber entfernte sich von ihm und brachte nicht nur seine Feindin, sondern auch seine Frau aus seiner Reichweite.

Er brüllte seinen Frust laut heraus, einen tierischen Schrei der Wut, der an den Wänden des Vulkans widerhallte, so laut, dass die Wände vibrierten.

Er brüllte noch einmal.

Grummel. Ein weiteres Zittern durchlief die inneren Wände des Vulkans.

Fels zersplitterte.

Zerbröckelte.

Ein großes Stück des Kraterrands löste sich, fiel hinab und traf den Hubschrauber so heftig, dass ein Rotorblatt verbogen wurde. Der Metallvogel hing schief, wie betrunken, in der Luft und verlor an Höhe. JF schoss wie ein Pfeil darauf zu und zwang sich zu höchster Geschwindigkeit.

Aber er war nicht schnell genug. Der Hubschrauber prallte gegen das Gestein und brach in Flammen aus.

Ein rasendes Feuer hüllte den Hubschrauber ein. Es ging so schnell und war so heftig, dass die Schreie nach wenigen Sekunden verstummten, als jeder, der in dem Hubschrauber gesessen hatte, tot war.

Der brennende Metallhaufen stürzte in die Tiefe und JFs Herz setzte aus. Langsam ließ er sich auf den Boden sinken und starrte entsetzt auf das Wrack. Eine rauchende Ruine, in der niemand überlebt hatte.

Sie ist tot. Ich habe sie getötet.

Es sollte ihm eigentlich nichts ausmachen.

Prinzessin ...

Nein.

Nein. Nein. Nein. Ein Loch klaffte in seiner Brust und er brüllte erneut, während er sich selbst schlug.

Erst als das Echo verklang und nur das knisternde Prasseln des Feuers hörbar war, vernahm er etwas in der Ferne.

Einen durchdringenden Schrei.

Kapitel Siebzehn

Sie wurde an einer nackten Schulter wach und sabberte nur ein kleines bisschen – nicht das Schlimmste, das Stacey jemals widerfahren war. Wie damals, als sie aufgewacht war, mit einer Kloschüssel im Arm, die schon einige Chiliabenteuer hinter sich gebracht hatte? Das jagte ihr heute hoch einen Ekelschauer über den Rücken.

Sie war also schon zu sehr viel schlimmeren Anblicken erwacht als dem eines niedlichen, kleinen Hinterteils, das nur mit einem String bedeckt war, dessen Riemen sich durch die Ritze zog.

Allerdings stellte sie fest, dass es nicht JFs Hintern war, der vor ihren Augen wackelte. Es war auch nicht sein Körper, der Stacey durch den Lavatunnel trug. Und die Haare, die sie kitzelten, waren auf gar keinen Fall lebendig.

»Oh, wie eklig, trägst du wirklich eine falsche Löwenmähne?«, rief sie aus.

Maurice antwortete schnaufend und prustend. »Du dürftest noch gar nicht wach sein.«

»Tut mir leid. Haben die K.-o.-Tropfen schon nachgelassen?« Sie hatte eine hohe Toleranzgrenze. Die meisten ihrer Schlampen hatten das. Vielleicht lag es am Alkohol. Oder an ihrer rebellischen Teenagerzeit. Einige ältere Wissenschaftler des Rudels hatten einmal gesagt, dass die Wandlergene alles schneller verstoffwechselten. Was auch immer. Auf jeden Fall bedeutete es, dass Maurice sich verrechnet hatte.

»Ich habe dich nicht unter Drogen gesetzt. Das war meine Schwester.«

Schwester, also Jan. Die Sache wurde langsam spannend. Nein, eigentlich nicht wirklich. Sie hatte schon geahnt, dass sie verwandt waren. Sie hatten die gleichen verschlagenen Augen.

»Deine Schwester mag ja die Betäubungsdrogen angeordnet haben, aber du bist hier und schleppst mich ab, mit nichts als Zahnseide bekleidet und mit einem toten Tier auf dem Kopf.«

»Ich rette dich.« Das sagte er so, als ob er ein Lob dafür erwartete.

»Wovor?«

»Vor dem Kampf.«

»Ich verpasse einen guten Kampf für das hier?« Sie verdrehte den Kopf, um zurückzusehen, aber durch die Kurven und Biegungen im Tunnel konnte sie nichts erkennen. Also, das war echt beschissen. Sie hätte so gern jemanden vermöbelt. Aber immerhin, der Abend war noch jung und sie wurde gerade entführt. Es bestand noch die Hoffnung, dass jemand sterben oder zumindest nach seiner Mama schreien würde.

»Hab keine Angst. Ich kenne einen Ort, an dem wir in Sicherheit sind. Es ist nicht mehr weit.«

Das sollte es besser auch nicht sein, denn Maurice war so außer Puste, dass er wahrscheinlich umkippen würde, bevor er sein Ziel erreichte. Da konnte ein Mädchen ja glatt

Komplexe kriegen. Allerdings wusste sie, dass JF sie problemlos tragen konnte.

Sie kamen aus dem Tunnel heraus, aber nicht aus dem gleichen, in den sie hineingegangen waren, und fanden sich in einem neuen Teil des Dschungels wieder. Die Lichtung war ziemlich ausgetreten und die Felswände hielten sie gefangen, wie eine Palisade. Eine Flucht würde nicht einfach sein.

Für Maurice.

Gut. Stacey verspürte ein dringendes Bedürfnis, sich mit dem Jungen zu unterhalten, und hier würde ihn wenigstens niemand schreien hören.

Maurice setzte sie ab. Sofort sah sie sich gründlich um. Die steilen Felswände waren aus purem schwarzem Stein, bis auf den Tunnel, aus dem sie herausgekommen waren. Am entfernten Ende der ziemlich großen Lichtung, deren Boden sichtlich zertrampelt war, bis auf ein paar erbärmliche Pflanzen, die sich verzweifelt nach oben drängten, befand sich eine grob gezimmerte Hütte aus Holzbalken mit einem Reetdach.

»Was ist das denn?«

»Mein geheimer Zufluchtsort. Darin ist ein Bett«, teilte er ihr mit.

»Du hast mich in dein Liebesnest gebracht?«

»Ich ziehe es vor, es meinen Tempel der Zeugung zu nennen.«

Sie wirbelte herum und starrte ihn verblüfft an. »Dein was?«

»Das ist mein Tempel. Du wirst schon sehen. Ich werde dich segnen, so wie ich auch die anderen gesegnet habe.«

Maurice war also der Leotaurus auf dem Video. Ein gefälschter. Aber das war noch nicht alles. *Mit ihm stimmt irgendetwas nicht.* Ihre Nase zuckte. Ihre innere Löwin ging unruhig hin und her.

Etwas riecht falsch.

Es ergab keinen Sinn. Einerseits roch Maurice wie ein Löwe, der Gestank war fast überwältigend, und trotzdem ... irgendetwas stimmte daran nicht. Fast so, als ob der Geruch eine Fälschung war.

Und dann war da noch diese bescheuerte Kopfbedeckung, die er trug. Kein Gestaltwandler, der etwas auf sich hielt, würde jemals ein totes Tier tragen.

»Gibt es nicht eine ungeschriebene Regel, dass wir unsere Vorfahren nicht anziehen dürfen, auch wenn sie noch nicht so weit entwickelt waren wie wir?«, fragte sie.

»Ich bin so viel mehr als nur ein Gestaltwandler.« Maurice warf sich in die Brust. Sein schlanker Körper war attraktiv, aber lange nicht so sexy wie der eines gewissen Whampyrs. »Ich bin ein Gott.«

Sie konnte es sich nicht verkneifen. Sie musste lachen.

Natürlich war er beleidigt. »Hör auf. Ich bin ein Gott. Ich teile dir mit, dass meine Familie von dem Lleyoniias-Volk abstammt.«

»Wenn du ein Gott bist, dann beweise es. Verwandele dich, anstatt diesen toten Fellhut zu tragen.«

»Ich muss überhaupt nichts beweisen.«

Sie stieß ein verächtliches Schnauben aus. »Weil du es nicht kannst. Du verschwendest nur meine Zeit.«

Sie wollte um ihn herumgehen, aber Maurice versperrte ihr den Weg. Kurz zog sie in Betracht, ihn zu schubsen, sodass er auf seinen Hintern fiel. Es würde sie keine große Mühe kosten.

»Ich befehle dir, in den Tempel zu gehen und den heiligen Wein zu trinken. Dann wird dir alles klar werden.«

Wetten, dass er dem Wein etwas Stärkeres hinzugefügt hatte? »Ich werde deinen Wein nicht trinken.«

»Du bist ganz schön stur.«

»Ich bin eben eine Frau. Vielleicht wüsstest du das

besser, wenn du nicht erst alle deine Verabredungen unter Drogen setzen müsstest, um zum Zug zu kommen.«

»Ich habe nicht alle unter Drogen gesetzt. Die meisten kamen freiwillig zu mir.«

»Und kamen zurück, ohne sich an irgendetwas erinnern zu können. Warum? Hattest du Angst, sie könnten etwas über dein winziges Wiener Würstchen sagen?« Ihr bedeutungsvoller Blick auf seinen Lendenschurz sorgte dafür, dass sich sein Ding noch mehr zurückzog.

»Ich bin ein toller Liebhaber. Und wenn das Projekt nicht wäre –«

Sie unterbrach ihn. »Was für ein Projekt?« Was hatte sie alles während ihres unfreiwilligen Schläfchens verpasst?

»Das Projekt, das meine Schwester ins Leben gerufen hat. Das Projekt, auf dem Schwarzmarkt Düfte und Wandlerstammzellen zu verkaufen, und sogar Eizellen.«

»Es gibt einen Markt für meine Eizellen?« Stirnrunzelnd starrte sie auf ihren Bauch hinunter. »Also das geht hier vor sich? Alter, du bist so was von tot. Eizellen und so ein Zeugs ohne Erlaubnis zu nehmen ist nicht cool. Mein König wird dir ein neues Arschloch verpassen.« Dann verpasste Stacey ihm ein paar Ohrfeigen, weil er so ein Arsch war.

»Dein König wird mich nicht finden. Nicht ohne jegliche Witterung.« Maurice zog eine Phiole aus seinem Lendenschurz – ein weiterer Beweis, dass er darunter nichts Bemerkenswertes verbarg – und bespritzte sich damit. Sein Geruch wandelte sich von aufdringlichem Löwengeruch zu ...

»Nichts. Verdammt noch mal.« Stacey hätte noch mehr dazu zu sagen gehabt, aber eine Explosion erschütterte die Welt so stark, dass der Boden unter ihnen erbebte. Ein leichter Geruch nach Rauch kam aus dem Tunnel, aber noch aufregender war der tierische Wutschrei, der folgte.

Wetten, jemand hatte gerade herausgefunden, dass sie verschwunden war? Und er hörte sich verdammt wütend an.

Ein Lächeln erhellte ihr Gesicht. »Jetzt hast du wirklich ein Problem.« Und dann, ohne dass es sie große Mühe kostete, da sie sich genau vorstellen konnte, wie viele haarige Viecher hier überall herumkrochen, stieß sie den Schrei aller Schreie aus.

»Sei still!«, kreischte Maurice. Er stürzte sich auf sie, aber sie tänzelte lässig aus seiner Reichweite.

Sie hätte ihn problemlos fertigmachen können. Ganz einfach. Aber sie hatte so ein Gefühl, dass jemand ein bisschen Stress abbauen musste.

Maurice wollte wieder auf sie losgehen, dieses Mal mit einer Spritze – die er auch aus seinem winzigen Lendenschurz gezogen hatte.

»Wenn du mich ein Mal erwischst, ist es meine eigene Dummheit, aber wenn du es noch mal versuchst, dann wird mein Freund dich in Stücke reißen«, trällerte sie.

Dieser dämliche Mensch, der sich als etwas Besseres aufspielte, hielt abrupt inne, als ein Schatten über ihn fiel.

Mit einer eleganten Landung, die in krassem Widerstand zu seiner unheimlichen Erscheinung stand, gesellte Francois sich zu ihnen. Seine große Fledermausgestalt sah jetzt mehr aus wie ein Gargoyle. Die Hörner, die aus seiner Stirn aufragten, waren ziemlich beeindruckend. Und der Rauch, den er aus seinen Nüstern ausstieß?

Der reine Wahnsinn.

»Höchste Zeit, dass du kommst, um mich zu retten.« Stacey verschränkte die Arme vor der Brust und warf ihr Haar zurück.

Francois, inzwischen eine Kreuzung zwischen Gargoyle und Dämon, knurrte.

Maurice hingegen quiekte wie eine Maus und rannte weg.

Man sollte nie vor einem Raubtier wegrennen.

Niemals.

Da könnte man sich genauso gut ein Schild an die Stirn kleben, auf dem stand: »Friss mich.«

Maurice verschwand mit hüpfendem falschen Haar im Tunnel, während Francois sich in die Lüfte hob.

Ungeduldig mit dem Fuß klopfend wartete Stacey. Es dauerte nicht lange, bis sie den Schrei hörte.

Einen Schrei, der abrupt abgeschnitten wurde.

Momente später landete das Biest mit den großen Flügeln vor ihr. Rauch stieg aus seinen Nüstern und seine Augen glühten rot.

»Du hast ja ziemlich lange gebraucht.«

Er stieß ein grollendes Knurren aus und griff mit seinen großen, mit Krallen bewehrten Händen nach ihr. Aber er ging ganz sanft mit ihr um, zog sie nahe an sich und schnüffelte an ihr. Das rauchige Aroma seines Moschusduftes umgab sie und seine lederartige Haut war unerwartet zart. Er vergrub seinen Mund in ihrem Haar, ließ ihn dann abwärts wandern und presste die Lippen an ihren Hals.

Sie schloss die Augen und seufzte. »Ist das nicht schön? Du und ich, allein im Dschungel.«

Er schnaubte und das Geräusch ging in ein Lachen über, als er sich wieder verwandelte. »Du wärst beinahe umgebracht worden und nennst das romantisch?«

»Also bitte. Ich wäre schon mit Maurice fertiggeworden. Aber da ich ja eine Prinzessin bin, war es nur recht und billig, dass mein Held zu meiner Rettung herbeieilt.«

»Ich bin kein Held.«

»Und doch bist du hier. Heißt das, du willst nicht den Kuss bekommen, der dem Helden zusteht?«

»Sollten wir nicht lieber Hilfe holen? Falls du es noch

nicht bemerkt hast, haben wir einen Verbrecherring aufgedeckt, der hier im Vulkan operiert und euer Resort als Lager benutzt, um die Gene von Gestaltwandlern zu sammeln.«

»Das geschieht schon seit Monaten und wie es sich angehört und gerochen hat, hast du die Sache ganz gut gehandhabt. Also kommt es auf fünfzehn Minuten mehr oder weniger auch nicht mehr an.«

»Fünfzehn?«

»Du hast recht.« Sie nahm sein Gesicht in beide Hände und zog es zu sich hinunter. »So wie ich mich gerade fühle, werde ich nur zehn, vielleicht sogar nur fünf Minuten brauchen, bis ich komme.«

»Du kannst mich nicht herumkommandieren, Prinzessin.« Das sagte er zwar, aber trotzdem hatte er ihr Haar um seine Faust gewickelt. Der scharfe Zug an ihrem Haar ließ ihr den Atem stocken.

»Möchtest du, dass ich bettele?«

Er legte seinen anderen Arm um ihre Taille und zog ihren Hintern an seinen Körper, sodass er sich in seinen Schritt schmiegte und sie die Härte seines Ständers deutlich spüren konnte. »Ich denke, du solltest jetzt aufhören zu reden.«

»Oder?« Er ließ seine Finger zu der Öffnung in ihrem Anzug wandern, die für ihren Schwanz vorgesehen war. Aber wenn man richtig daran zog, legte sie ihren ganzen Schritt frei.

»Du willst mich doch nicht von meinem Plan ablenken.« Er schob seine Finger in sie hinein und sie sog scharf die Luft ein, als er so schnell in sie eindrang.

»Und was willst du?«, fragte sie mit ziemlich atemloser Stimme.

»Dich«, flüsterte er und nahm ihr Ohrläppchen zwischen die Zähne.

Sie stöhnte und ließ sich in seine Arme sinken. »Es gibt ein Bett in jener Hütte«, schlug sie vor.

»Viel zu weit weg«, brummte er an ihrer Haut. »Stütze dich an der Wand ab.«

Mit Wand meinte er den Felsen. Sie legte die Hände gegen den Stein. Die scharfen Kanten gruben sich in ihre Handflächen, aber nicht schmerzhaft genug, um ihre Hitze zu kühlen, als er langsam begann, seine Finger an ihrer Muschi hin- und herzubewegen. Er spürte ihre schlüpfrige Nässe und benutzte sie, um ihre Klitoris zu reiben.

»Ja«, zischte sie.

»Wie ist es nur möglich, dass ich dich so sehr will?«

Ja wie nur? Aber war das überhaupt wichtig?

Plötzlich presste er die Spitze seines Schwanzes an ihre Muschi, der den Platz seiner Finger einnahm, hart und dick und bereit, in sie einzudringen.

Er zog sie ein Stück zurück, sodass sie ihm ihren Hintern präsentierte, damit er seinen Schwanz in sie hineinschieben konnte.

Oooh.

Ja.

Tiefer.

Sie musste laut gesprochen haben, denn er murmelte: »So tief, wie du es brauchst.« Und dann gab er ihr mehr. Die ersten Stöße durchdrangen sie und trafen einen empfindsamen Punkt in ihrem Inneren. Die Reibung löste etwas in ihr aus. Etwas Mächtiges und Überwältigendes.

Als sie kam, schrie sie auf. Sie schrie und krallte sich in den Stein, als er wieder und wieder in sie hineinstieß, sie ausfüllte und dehnte.

Dann kam auch er. Sein heißes Sperma brandmarkte sie und die Berührung seines Mundes auf ihrem markierte sie als sein Eigentum. Ihre Haut gab dem Druck seiner Zähne leicht nach.

Ihre Körper vereinigten sich.

Ihre Herzen schlugen im Einklang.

Es war ein süßer und sinnlicher Moment, der noch so viel mehr hätte sein können, wenn nicht einige Schlampen genau diesen Moment gewählt hätten, hier aufzutauchen und sie zu nerven.

»Ich habe dir doch gleich gesagt, dass es der Schlampe gut geht. Und wer ist der verdammt heiße Kerl, der es ihr gerade besorgt?«

Stacey knurrte: »Meiner.«

Kapitel Achtzehn

Es war schon zwei Wochen her, seit JF aus dem Dschungel geflohen war.

Zwei verdammt lange Wochen, seit er Stacey zum letzten Mal gesehen oder berührt hatte.

Eine Ewigkeit.

Es war ja nicht so, dass er nicht wusste, wo sie war. Sie war vor zwei Tagen von der Insel zurückgekehrt, nachdem sie beschlossen hatte, bei den Mädels ihrer Clique zu bleiben – die noch etwas Sonne tanken wollten, jedenfalls behaupteten sie das in dem Chaos, das ihrem plötzlichen Auftauchen folgte –, um die Überreste des Camps zu durchsuchen. Ja, er hatte den Fall im Auge behalten. Es gab aber nicht mehr viel zu entdecken. Der Brand des Hubschraubers hatte die meisten Beweise in alle Richtungen verstreut und zerstört. Da Jan verschwunden war, gab es keine Verbindung mehr zu dem Schmugglerring und den Produkten, also konnte man nur hoffen, dass die Gefahr beseitigt war. Wenigstens waren die Gestaltwandler jetzt vorgewarnt und konnten besser auf sich aufpassen.

Das Leben konnte seinen normalen Lauf wieder aufnehmen.

Aber JF war vor alledem weggelaufen. Er war mit eingezogenen Flügeln nach Hause zurückgekehrt. Er konnte nicht bleiben und es war ja nicht so, als bräuchte sie ihn jetzt noch.

Aber ich brauche sie. Er verhungerte, wenn sie nicht in seiner Nähe war. Nicht nur, weil es ihn nach ihrem Blut gelüstete; es ging sehr viel tiefer als das. Seine Seele, sein innerstes Wesen litt unter ihrer Abwesenheit.

Er würde sicherlich bald darüber hinwegkommen. Er brauchte nur ein wenig Abstand. Er schaffte es, die räumliche Trennung zu ihr einzuhalten, aber es verging nicht eine Sekunde, in der sie nicht in seinen Gedanken war. Er verzehrte sich nach ihr. Das hatte zur Folge, dass er eine echte Scheißlaune hatte, sogar noch beschissener als sonst.

Sein Boss machte eine Bemerkung dazu, als sie in ihrer Kontrollbox mit Blick auf den Klub standen, den Klub, den sie an anderer Stelle neu eröffnet hatten, nachdem ein Feuer den vorherigen zerstört hatte.

»Eigentlich kommen Leute aus einem tropischen Paradies mit gebräunter Haut und einem glücklichen Lächeln zurück.«

»Ich hasse die Sonne.« Vor allen Dingen hasste er die Tatsache, dass die Welt um ihn herum jegliche Farbe verloren hatte. Sein Leben war wieder normal – langweilig, grau und bedeutungslos. Das letzte Mal, als das geschehen war, hatte eine Frau ihn verraten. Sie hatte ihn in der Überzeugung zurückgelassen, er wäre tot.

Dieses Mal ... *bin ich an meinem Unglück selbst schuld.* Er war gegangen. Nicht Stacey.

Als die verrückten Löwinnen ihn und Stacey in ihrem intimen Moment im Dschungel überrascht hatten, Witze reißend und ihn begutachtend – einige hatten sogar Fotos geschossen –, hatte er das Chaos, das sie umgab, voller Entsetzen betrachtet.

Was hatte er sich nur dabei gedacht? Nicht nur hatte er von Staceys Blut getrunken und seinen Durst wie ein Mann in der Wüste gestillt, er hatte es sogar zugelassen, dass er Gefühle für sie entwickelte.

Gefühle für eine Frau, die Lärm und Hektik und noch mehr Katzen in sein Leben bringen würde.

War er völlig irre geworden?

In diesem Moment klarer Gedanken hatte er sich fortgestohlen. Mit dem Rudel vor Ort, bereit, den Ort des Verbrechens zu untersuchen und Stacey zu unterstützen, wurde er nicht mehr länger gebraucht.

Also floh er. Er floh und versteckte sich wie ein verdammter Feigling vor der einzigen Frau, die es schaffte, dass er sich lebendig fühlte. Einer Frau, die seine sterile Welt gründlich auf den Kopf stellte.

Es war wirklich besser so und vielleicht würde er es eines Tages sogar schaffen, das zu glauben.

»Ach so, ich brauche dich heute Abend im Klub«, bemerkte Gaston. »Reba schmeißt eine Junggesellinenparty für eine ihrer Freundinnen.«

»Das bedeutet Katzen.« Er verzog das Gesicht.

»Ich bevorzuge es, sie als unsere Freunde und Verbündeten zu betrachten.«

»Warum kannst du es nicht wie die anderen reichen Typen machen und dir einen Hund anschaffen?«, knurrte JF und verließ das Büro. Er blieb eine Weile oben an der Treppe stehen und betrachtete das Meer aus Köpfen.

Es war sehr viel los heute Abend. Obwohl es hier eigentlich jeden Abend voll abging. Seit Reba mit Gaston zusammen war, schien die gesamte Wandlergemeinde diesen Ort für alle ihre Partys zu bevorzugen.

Der harte Technobeat, der aus den Lautsprechern

pulsierte, flutete über ihn hinweg und machte es unmöglich, irgendetwas zu hören. Aber er brauchte gar nichts zu hören. Er konnte fühlen. Ein ganz bestimmtes Bewusstsein verursachte ihm eine Gänsehaut.

Sie ist in der Nähe. Zwischen ihnen bestand eine Verbindung, die er nur zu gern abgestritten hätte.

Er ließ den Blick durch den Raum wandern, so viel Farbe und Bewegung wirkte ablenkend, aber nicht genug, um *sie* nicht sofort zu entdecken.

Er blieb oben an der Treppe stehen und starrte sie an. Stacey sah so umwerfend aus wie immer. Sie bahnte sich ihren Weg durch die Gäste, in einem Kleid, das die Farben eines Pfaus hatte, helles Türkis, mit Gold, Blau und Grün. Ihr feuerrotes Haar war nach oben gebürstet und wurde von einem Band gehalten, sodass ihr schlanker Hals unbedeckt war – eine verdammte Provokation für jemanden wie ihn. Oben in ihrem Dutt steckten Pfauenfedern, die bei jeder Bewegung auf und ab hüpften.

Wie gern würde ich sie auf mir auf und ab hüpfen sehen. Eine Welle des Begehrens überkam ihn mit unerwarteter Heftigkeit.

Das enge Bustier, das an der Taille mit einem Gürtel gehalten war, weitete sich wieder über ihren Hüften. Darunter blitzte ein winziger Tütü-Rock hervor. Über ihren Rücken floss ein Schal in pfaufarbenen Streifen.

Nur Stacey hatte das Selbstbewusstsein, so etwas zu tragen und damit zum Anbeißen auszusehen.

In einer Hand hielt sie ein Tablett, auf dem mehrere Gläser mit Flüssigkeiten in verschiedenen Pastelltönen standen. Es gab auch einige Weingläser mit Rotwein. In der anderen Hand balancierte sie ebenfalls ein Tablett, auf dem sich Schnapsgläser mit etwas Klarem, Hochprozentigem befanden. Die Zitronenscheiben verrieten, dass es sich um Tequila handelte.

Viel Alkohol. Sie wollte es heute Abend wild treiben.

Ist mir doch egal. Soll sie sich doch besaufen.

Trotzdem sah er immer wieder zu dem Raum hin, in dem sie verschwunden war. Der Raum, in dem die private Party abging.

Er sollte doch aufpassen. Das hatte sein Boss ihm aufgetragen.

Geh nicht dort hinein.

Hatte er Angst, dass er nicht die Kontrolle über sich behalten würde?

Ja.

Zwei Wochen hatten seinen Hunger nicht besänftigt, sondern eher das Verlangen noch geschürt. Er verbrannte im Inneren.

Die Bestie in ihm hungerte.

Bevor JF wusste, was er tat, stand er schon vor der Tür. Er konnte das ungehemmte Lachen von Frauen hören, vielen Frauen, aber nur eine, deren Lachen klang wie eine helle, silberne Glocke.

Er konnte sich nicht davon abhalten, durch den Türbogen zu schauen, und schob die luftigen Gardinen beiseite, die den Raum vor neugierigen Blicken schützten.

Im Inneren gab es keine leuchtenden, blitzenden Lichter wie im Klub selbst, das Licht hier drinnen war sanft und gedämpft. An den Wänden standen Sofas, auf denen Frauen saßen, von denen die meisten goldblondes Haar hatten. Einige saßen auf den Kissen, andere auf den Lehnen. Ihre Kleidung reichte von lässigem Grunge bis hin zu Designerklamotten und hohen Absätzen.

Stacey trug die höchsten Schuhe. Aber sie hatte sie ausgezogen und mitten in den Raum geschleudert. Und was machte ihre Besitzerin? Sie und einige andere Mädchen hatten eine lange Stoffbahn entdeckt, die von der Decke herabhing. Sie wickelten sich in diese Stoffbahn wie in einem luftigen Tanz, rollten sich in dem Stoff noch oben ein und ließen sich dann fallen, sodass es aussah, als würden sie auf den Boden stürzen.

Instinktiv streckte er die Hand nach ihr aus und zog sie sofort wieder zurück.

Geh nicht hinein.

Er sollte verschwinden. Aber das konnte er nicht. Sie sah ihm in die Augen. Es knisterte zwischen ihnen.

Er konnte sie beinahe flüstern hören.

Da bist du ja.

Irgendetwas zog ihn vorwärts. Er war schon einen Schritt in den Raum getreten, als ihm klar wurde, dass er schon wieder die Kontrolle verlor.

Er musste stärker sein.

Aber er konnte nicht hierbleiben, so nahe, dass sie seine Gedanken verwirrte, also wandte er sich ab und drängte sich durch die Menge im Lokal zur Vordertür, um etwas frische Luft zu schnappen. Das würde ihm guttun und ihm den Kopf freimachen.

Gerade als er hinausging, kamen noch weitere Gäste hinein, eine Gruppe junger Männer, super angezogen, in Anzügen und Hemden, mit einem starken Duft nach Panther. Die verdammten Katzen, es kamen immer mehr von ihnen.

Einer von ihnen, ein großer Typ mit straff zurückgegeltem schwarzen Haar, hielt ihn an. »Ich bin hier für eine Junggesellinnenparty.«

»Drinnen, Hinterzimmer«, erklärte JF knapp. Er versuchte, sich einzureden, dass es ihm egal war, dass diese Männer sich zu den Damen gesellen würden.

Ich dachte immer, dass bei Junggesellinnenpartys keine Männer zugelassen sind.

Außer die Stripper.

Er stieß sich von der Wand ab, an die er sich gelehnt

hatte. Ein nackter Mann, der sein Ding vor Stacey hüpfen ließ?

Das war ihm egal.

Warum ging er dann wieder hinein?

Und warum schrien die Leute?

»Eine Waffe!«

Bumm. Bumm.

Er hörte Schüsse und drängelte sich durch die Menge der Leute, die ihm auf ihrer Flucht zur Tür den Weg versperrten.

»Geht mir aus dem Weg.« Er teilte das Meer von Menschen, verschaffte sich mit schweren Schritten einen Weg durch den Strom und durchquerte den Klub.

Als er endlich zum Hinterzimmer kam, wo natürlich zwangsläufig die Probleme auftreten mussten, waren dort nur noch wenige Frauen zurückgeblieben, Katzen, die mit Handschellen an die Stripperstangen gefesselt waren, die Gaston dort hatte installieren lassen.

»Was in Dreiteufelsnamen ist hier passiert?«, verlangte er zu erfahren und ließ seinen harten Blick von einer zur anderen wandern. Alle waren geschockt. Niemand verletzt. Aber eine fehlte.

»Es war Staceys Ex«, rief Reba. »Er tauchte hier einfach mit seiner Clique auf und sie bedrohten uns mit Waffen.«

»Sie haben es geschafft, euch alle zu überwältigen?« Das erschien ihm ziemlich unwahrscheinlich.

»Eure Sicherheitsvorkehrungen sind echt scheiße«, erklärte Luna.

»Lass es nicht an mir aus, dass sie euch überrumpelt haben«, knurrte er. »Wo ist Stacey?« Er konnte ihr flammend rotes Haar nirgendwo sehen.

»Er hat sie mitgenommen.«

»Er hat uns alle mit der Pistole bedroht und sie so gezwungen, mit ihm zu gehen.«

»Ich glaube, er will ihr etwas antun«, fügte eine andere Frau hinzu.

Was?

Vielleicht hatte er dieses eine Wort herausgebrüllt; er war sich nicht sicher. Er verlor fast den Verstand, stürmte aus dem nächsten Ausgang heraus und folgte der Witterung der Panther. Als er in die Gasse einbog, sah er noch das Blinken roter Rücklichter in der Ferne. Und eine einzige Feder auf dem Boden.

Das Monster brach aus ihm heraus.

Kapitel Neunzehn

Die Glasschiebetür zersplitterte in tausend Stücke, als er durch sie hindurchbrach.

Stacey lächelte. »Das wird aber auch höchste Zeit, dass du kommst.« Sie verriet ihm aber nicht, wie erleichtert sie war, dass er da war. Als sie den Plan mit ihren Schlampen ausgeheckt hatte, war sie sich nicht ganz sicher gewesen, ob Francois etwas unternehmen würde. Immerhin war er aus dem Paradies abgehauen, ohne sich zu verabschieden.

Sie hatte ihm Zeit gegeben. Lange genug, sodass er seinen Irrtum erkennen konnte.

Er sah sich um und runzelte die Stirn. »Warum liegt dein Ex-Freund bewusstlos auf dem Boden?«

»Vielleicht habe ich ihm etwas zu fest eins übergezogen.« Der blöde Trottel hatte tatsächlich geglaubt, dass er und seine Handlanger es geschafft hatten, ihre Schlampen zu überwältigen. Es war beinahe komisch gewesen, wie sie sich zurückhalten mussten, als er in das Partyzimmer platzte und mit seiner lächerlichen Pistole herumwedelte.

»Das heißt mit anderen Worten, du musstest eigentlich gar nicht gerettet werden?«

»Nein.« Sie schüttelte den Kopf. »Aber du.«

»Was redest du da? Ich bin doch nicht derjenige, der ständig Ärger hat.«

»Genau. Du gehst immer auf Nummer sicher und willst nichts riskieren.« Er war lieber weggelaufen als herauszufinden, wie sich die Dinge mit Stacey entwickeln würden.

»Ich riskiere jede Menge oder hast du nicht gehört, was am Vulkan alles passiert ist?«

»Willst du eine Medaille dafür? Du kannst kämpfen. Herzlichen Glückwunsch. Das kann ich auch und alle meine Schlampen. Aber wie wäre es, das Risiko einer Beziehung mit mir einzugehen?«

»Ist das der Grund für dieses ganze Theater? Du willst, dass ich dein Freund bin?« Er verschränkte die Arme vor seiner breiten Brust. »Das ist erbärmlich.«

»Nein, es ist nur erbärmlich, dass du nicht einfach sagen kannst: ›Stacey, ich liebe dich und will mit dir zusammen sein.‹«

Er zuckte zusammen. »Wir kennen uns doch kaum.«

»Na und? Man kennt sich meistens kaum, wenn man mit jemandem zusammen sein will. Deshalb verabredet man sich. Man geht aus zum Essen. Man hat Sex. Geht wieder essen. Hat wieder Sex.«

»Du willst nicht mit mir zusammen sein.«

»Da es sich hier um meinen Kopf und meinen Körper handelt, bin ich mir ziemlich sicher, dass ich weiß, was ich will.«

»Ich kann nicht mit dir zusammen sein. Du weißt warum.«

»Oh doch, das kannst du. Was spielt es für eine Rolle, dass eine Schlampe dich verarscht hat? Wir sind nicht alle so.«

»Gut. Nicht alle Frauen sind scheiße. Wir passen

trotzdem nicht zusammen. Hast du die winzige Kleinigkeit vergessen, dass ich ein Whampyr bin?«

»Ich weiß. Total sexy.«

»Nicht sexy, wenn du bedenkst, dass ich kein Mensch mehr bin.«

»Das bin ich auch nicht.« Verstand er denn nicht, dass es ihr egal war? Im Inneren war er immer noch die gleiche Person. Der Mann, den sie liebte.

»Ich trinke Blut, um zu überleben.« Er fletschte die Zähne.

Sie fletschte ebenfalls ihre Zähne. »Ich mag mein Steak blutig. Na und?«

»Ich kann keine Kinder zeugen.«

Sie zog die Nase kraus. »Lästige kleine Dinger. Muss man nicht ständig auf sie aufpassen? Dazu habe ich keinen Bock.«

»Das sagst du jetzt, aber ...«

Sie schüttelte den Kopf. »Wenn du meinst, dass ich plötzlich irgendwelche Mutterinstinkte entwickele, vergiss es. Sollte ich jemals das Bedürfnis verspüren, einen Tag lang Mama zu spielen, dann leihe ich mir für ein paar Stunden ein Baby von einer meiner Schlampen aus. Und wenn es die Windeln vollkackt, bringe ich es zurück.« Sie erschauderte. »Ich wechsle keine Windeln.«

»Was ist, wenn ich die Kontrolle bei dir verliere?«

»Das hoffe ich doch.«

»Ich könnte –«

»Mir wehtun?« Sie lachte. »Entweder hast du eine übertrieben hohe Meinung von dir oder eine zu geringe von mir. Lass mich dir eins sagen, Knackpo. Mir tut nur weh, wenn du nicht sofort deinen Arsch hierherschwingst und mich küsst.«

»Ich will nicht.« Jetzt hörte er sich einfach nur bockig an.

»Oh doch, das willst du. Komm jetzt her.« Sie zeigte mit dem Finger auf ihn und im Handumdrehen war er bei ihr. Er ragte hoch vor ihr auf und die pure, männliche Kraft, die er ausstrahlte, ließ sie erbeben.

»Wenn wir das durchziehen, dann muss dir klar sein, dass Whampyre in Kolonien leben. Wir sind nicht gern allein.«

»Hast du mein Rudel nicht schon kennengelernt? Wir können uns glücklich schätzen, wenn wir mal fünf Minuten für uns haben. Selbst die besten Schlösser können sie nicht aufhalten.«

»Du redest immer noch zu viel«, knurrte er und zog sie an sich. »Und ich muss verdammt bescheuert sein, weil ich es vermisst habe.«

»Weil du mich liebst«, trällerte sie.

»Halt endlich die Klappe«, brummte er und nahm ihren Mund in Besitz.

Der Kuss war heiß. Die Trennung hatte ihr gegenseitiges Verlangen nur noch geschürt. Ihre keuchenden Atemzüge vermischten sich, als ihre Lippen sich trafen. In immer stärker werdender Lust zerrten sie an ihrer Kleidung.

Sie rissen die Klamotten in Fetzen in ihrem Drang, endlich die Haut des anderen zu spüren.

Er ließ von ihrem Mund ab und seine Lippen an ihrem Kinn entlangwandern, wobei er ihr einige zarte Bisse zufügte. Dann legte er seinen Mund über ihre Halsschlagader und sie stöhnte auf.

»Trink von mir.«

»Wir sollten aufhören«, knurrte er und zog sich zurück, aber durch ihre halb geöffneten Augen sah sie die scharfen Reißzähne in seinem Mund aufblitzen.

Es war höchste Zeit, ihm ein für alle Mal zu beweisen, dass er nichts zu befürchten hatte. Sie zog ihn an sich. »Trink von mir«, befahl sie mit tiefer, sinnlicher Stimme.

Stöhnend gab er nach. Mit einem scharfen Stich durchdrangen seine Zähne ihre Haut und das wahnsinnige Gefühl, wie er mit mächtigen Schlucken an ihr sog, drang ihr bis tief in den Unterleib.

Ihre Muschi pulsierte im Rhythmus seiner tiefen Züge.

Er trank nur kurz und gab dann ihre Haut mit einem Seufzer frei. »Verdammt, Prinzessin, du bist einfach perfekt.« Er küsste sie wieder und ließ sie den kupfernen Geschmack ihres eigenen Blutes schmecken.

Das steigerte ihren eigenen Hunger nach ihm nur noch mehr. Wie sehr brauchte und wollte sie, dass er tief in ihr versank.

Sie vergrub ihre Finger in seinem Haar und öffnete den Mund, damit ihre Zungen sich umeinanderwinden konnten. Ein harter, muskulöser Schenkel drängte sich zwischen ihre Beine und verschaffte ihr die heiß ersehnte Reibung an ihrer Muschi. Er spürte ihr Stöhnen an seinen Lippen.

»Du machst mich total wild«, seufzte er.

»Gut.« Denn er sollte sich bei ihr lebendig fühlen. Unkontrolliert. Er sollte sich endlich gehen lassen und ihr vertrauen.

Der Kuss endete damit, dass er ihren Körper leicht nach hinten bog, sodass er sich mit den Lippen einen Pfad an ihrem schlanken Hals entlang bahnen konnte. Er ließ seinen Mund noch tiefer wandern, bis zu ihren Brüsten, und legte eine heiße, feuchte Spur um sie herum. Sein warmer Atem fächerte über ihre Brustwarzen und ließ sie vor Erregung erzittern. Dann nahm er eine ihrer harten Knospen in den Mund, saugte daran und biss zart hinein. Das spürte sie bis in ihre Muschi hinab.

Sie keuchte; sie grub ihre Finger in seine muskulösen Schultern und ihre Hüften zuckten. Es kümmerte ihn nicht, dass sie sich unter ihm wand und bettelte. Er ließ ihre

Brustwarze nicht los, sondern zog sie noch tiefer in seinen Mund.

»Jetzt«, flehte sie.

»Bist du bereit?«, fragte er, sein Atem warm auf ihren Lippen.

»Fass mich an, dann spürst du es.«

Bitte fass mich an. Es war schon so lange her.

Er ließ seine Finger tiefer wandern, zwischen ihre Schenkel, bis er endlich ihre Klitoris berührte und seine Finger in ihren warmen Honig tauchte.

»Ich will dich schmecken.«

»Später. Ich will dich.« Als er zögerte, fügte sie leise hinzu: »Bitte.«

Er stöhnte, als er sie hochhob. Sie schlang ihre Beine locker um seine Taille und vertraute darauf, dass er sie sicher halten würde, während sie seinen Schwanz ergriff und ihn zu ihrer Muschi führte.

Sie nahm sich einen Moment Zeit, um seine Eichel an ihrer Klitoris zu reiben. Bei dem Gefühl stockte ihr der Atem. Sie hatte sich so lange nach ihm gesehnt, dass sie nicht länger warten konnte. Sie führte den Kopf seines Schwanzes zum Eingang ihrer Muschi und schob die Eichel hinein. Dann spannte sie ihren Körper um ihn herum an, zog ihn näher und versenkte seinen Schaft tief in ihrem Körper.

Er packte mit den Händen ihren Hintern und begann, sie auf und ab zu heben, sodass sein Schwanz in sie hinein- und wieder hinausfuhr, wobei seine pure Kraft sie hielt. Jedes Mal tauchte sein Schaft tief in sie ein. Jeder Stoß sorgte dafür, dass ihre Muschi sich enger um ihn schloss und ihre Lust anstieg. Jeder Nerv in ihrem Inneren spannte sich an, als sie auf den orgastischen Höhepunkt zusteuerte.

Und dann wurde sie von einem Orgasmus überrollt.

Und als alles in ihr für eine Sekunde erstarrte, bevor es wieder zu pulsieren begann, biss sie ihn.

Sie biss so fest zu, dass sie seine Haut durchdrang. Sie schmeckte sein Blut und hörte sein Stöhnen; und dann biss er sie auch. Sie waren miteinander verschmolzen, Körper an Körper, Blut zu Blut, Seele an Seele.

Für immer.

Und natürlich musste ihr blöder Vollhorst von einem Ex genau diesen Moment wählen, um zu sagen: »Nimm deine Finger von meinem Mädchen.«

Falsche Wortwahl. Zu Francois' Verteidigung musste gesagt werden, dass Michael sie nicht hätte entführen sollen, und sein Pech war, dass er sie ausgerechnet im Penthouse gefangen hielt. Er konnte nicht einmal mehr anhand von zahnärztlichen Unterlagen identifiziert werden, nachdem er vom Asphalt gekratzt worden war, also wusste niemand, wer er war und aus welchem Zimmer er gesprungen war. Das bedeutete, dass sie nun ungestört waren, denn sobald JF Michael vom Balkon geschmissen hatte, kam er zu ihr zurück und sagte: »Du gehörst mir.«

Das war das Erotischste, das jemals jemand für sie getan hatte, und deshalb bekam Francois wenige Minuten später in der Dusche auch den besten Blowjob seines Lebens.

Danach kamen sie fünf Tage lang nicht aus dem Hotelzimmer heraus.

Ein neuer Rekord.

Epilog

»Nein.« Er hörte sich sehr unnachgiebig an.

»Bitte«, schmeichelte sie und klimperte mit den Wimpern.

Ohne Erfolg. »Immer noch nein, Prinzessin.«

»Aber ich habe es extra machen lassen.« Stacey ließ das Kostüm an ihrem Finger baumeln und grinste. Francois gab nicht nach.

Sogar nach dem Sex.

Sie schmollte. »Wie sollen wir den Wettbewerb für das süßeste Paar im Klub gewinnen, wenn du kein Kostüm trägst?«

»Ich weigere mich, auf so eine Art entmannt zu werden. Kein Kostüm.«

»Aber der Gewinner bekommt eine Flasche richtig teuren Champagner.«

»Ich werde eine Flasche für dich stehlen.«

»Ich könnte mir selbst eine klauen, wenn ich das Zeug wirklich wollte.«

»Ich sage dir was, wenn du so gern zu dieser Party gehen willst, komme ich mit.« Auf ihr Lächeln hin fügte er hinzu: »Als ich selbst. Aber eigentlich hatte ich für heute Abend eine bessere Idee.« Er zog sie an sich. »Zieh dein Höschen aus.«

Jede andere Frau hätte gefragt warum. Stacey zog einfach ihren Rock hoch und ihr Höschen aus. Hallo! Alles, wobei man kein Höschen anhatte, musste einfach Spaß machen.

»Und jetzt?«, fragte sie in freudiger Erwartung.

»Halt dich gut fest, denn es gibt kein Sicherheitsnetz in den Wolken.«

War es ein Wunder, dass sie diesen Mann liebte? Er mochte der Öffentlichkeit ein grimmiges Gesicht zeigen. Er lachte oder lächelte nicht oft, aber er wusste, wie er sie glücklich machen konnte.

Und zwar nicht nur durch den weltbewegenden Sex Hunderte Meter hoch über dem Boden, sondern weil er sie nachher an sich kuschelte und ihr ins Ohr murmelte: »Ich liebe dich, Prinzessin.«

Da sie so ein Luder war, hielt sie die Kamera hoch und schrie: »Übertrefft das, ihr Schlampen!« Dann versah sie es mit den Hashtags #seidneidisch #soverliebt #schicktessenmittauben. Scheiß drauf. #schickteinfachnurtauben

---

Einige Wochen später in der technischen Abteilung des Rudels, auch bekannt als Mellys zweites Schlafzimmer ...

Der Brief mit dem seriösen Logo schien sich über sie lustig zu machen. Wie konnte das Finanzamt es wagen, ihr eine Steuerprüfung auf den Hals zu schicken? Sie hatte ihre Steuererklärungen eingereicht, ihre Spesen geltend gemacht und nun erwartete das Finanzamt Belege dafür.

Als müsste sie sich dafür rechtfertigen, wenn sie nach

einer langen, harten Arbeitswoche einen Wellnesstag nötig hatte. Da sie ein Computerfreak war, verbrachte Melly sehr viel Zeit im Sitzen. Es war praktisch eine Anordnung des Arztes, dass sie einen Tag freinahm und ihren armen Körper massieren und verwöhnen ließ. Außer dass sie anscheinend ein ärztliches Rezept und Belege für ihre ganzen Steuerabzüge benötigte.

Da ihre kreative Buchführung nicht geschätzt wurde, befand sie sich nun in einer schwierigen Lage.

»Ähm.«

Mit dem Kopf nach unten und dem Hinterteil in die Luft gereckt, da sie gerade nach einem Klebezettel fahndete, der aus dem Papierstapel in ihrer Hand gefallen war, sah sie durch ihre Beine hindurch die perfekte Bügelfalte an der Hose des Mannes, der hinter ihr stand. Offensichtlich handelte es sich um einen Menschen, denn ein männlicher Gestaltwandler hätte sofort etwas Freches getan, wie ihr einen Klaps auf den Hintern zu verpassen oder von hinten anzügliche Bewegungen zu machen. Wahrscheinlich hätte er danach sofort dafür büßen müssen – aber nur wenn er hässlich war und nicht für Anzüglichkeiten jeder Art geeignet.

»Wer hat Sie hereingelassen?«, fragte sie. Sie hatte weder ein Klingeln noch ein Klopfen gehört.

»Die Tür stand weit offen und auf mein Rufen hin hat niemand geantwortet.«

»Sind Sie der Typ vom Finanzamt?«, erkundigte sie sich, als sie gerade den Klebezettel an ihrer Schuhsohle entdeckte. Sie nahm ihn, richtete sich zu ihrer vollen Größe auf, was nicht besonders viel war, da sie nur etwas über einen Meter fünfzig maß, und sah zu dem Mann auf. Und auf.

Vor ihr, in einem Anzug mit korrekt gebundener

Krawatte und einer dicken Hornbrille, stand ein heißer Streber.

Mit dem könnte ich mir einige Nummern gut vorstellen. Die ganze Nacht lang. Knurr.

ENDE ...
ES SEI DENN, MELLY LÄSST SICH MIT DEM STEUERPRÜFER VOM FINANZAMT EIN, DER EINIGES MEHR IST ALS NUR DER BRAVE STREBER, DEM SIE IN ***WENN EINE LÖWIN JAGT*** BEGEGNET.

www.ingramcontent.com/pod-product-compliance
Lightning Source LLC
LaVergne TN
LVHW041627060526
838200LV00040B/1478